그 숲으로 가는 길

양은영 장편소설

그 숲으로 가는 길

초판 1쇄 인쇄일_2014년 1월 27일
초판 1쇄 발행일_2014년 2월 05일

지은이_양은영
펴낸이_최길주

펴낸곳_도서출판 BG북갤러리
등록일자_2003년 11월 5일(제318-2003-00130호)
주소_서울시 영등포구 국회대로 72길 6 아크로폴리스 406호
전화_02)761-7005(代) | 팩스_02)761-7995
홈페이지_http://www.bookgallery.co.kr
E-mail_cgjpower@hanmail.net

ISBN 978-89-6495-064-7 03810

이 도서의 국립중앙도서관 출판시도서목록(CIP)은 e-CIP홈페이지(http://www.nl.go.kr/ecip)와 국가자료공동목록시스템(http://www.nl.go.kr/kolisnet)에서 이용하실 수 있습니다.
(CIP제어번호 : CIP2014001784)

양은영 장편소설

그 숲으로 가는 길

BG 북갤러리

작가의 말

작가의 말을 쓰려고 컴퓨터 앞에 앉으니 머릿속이 하얗게 비어만 간다.

내가 가장 쓰기 힘든 글이 작가의 말이다. 말이든 소든 토끼든 호랑이든 얼른 뛰쳐나와 주어야 하는데…….

책을 낸 지 십여 년이 넘었다. 그러나 글을 쓰지 않은 것은 아니다. 잠시의 칩거와 공백이 있었지만 나는 줄곧 글을 써왔다. 사실 수많은 작가들이 책을 낼 발판을 잃어왔고 잃어가고 있다. 인터넷에 창궐하는 수많은 일회성 글을 읽느라 서점에서 책을 사서 읽는 지성과 낭만을 잃어가는 세상.

누구라도 한이 없을까만 나는 한이 많다. 가난의 한, 배움의 한, 사랑의 한.

야간 여상 시절 국어 선생님이 하신 말씀이 생각난다. 한을 승화시키라는. 내 한의 승화는 활자였다. 그러나 한때 활자에 대해 회의와 좌절에 빠지기도 했다. 그저 활자 그 자체의 미화에만 빠진 알맹이 없는 거짓 활자들을 쓰고 읽으면서.

두 번 다시 글을 쓰지 않으리라, 아니 발표하지 않으리라 오기도 가졌지만 역시 내가 갈 길은 활자의 길이다.

《그 숲으로 가는 길》은 내가 끊임없이 활자의 길을 걸으리라는 나 자신과의 약속 하에 쓰여진 글이다.

본문 중에 영신이 나 자신이냐는 질문을 받은 적이 있다. 맞다.

그러나 또 아니다. 어쩌면 영신의 언니 영순의 모습이 진정한 나일지도 모른다. 내 안에 있는 화류성의 끼를 잠재우기 위해 어쩌면 나는 제법 노력했고, 열심히 살아온 모습을 보였는지도 모른다.

겨울이다. 창문을 열면 눈이 와있고 내렸으면 좋겠다.

나에게 눈은 어느 시인의 '먼데서 여인의 옷 벗는 소리'가 아니라 창살 안에서 그저 바라보는 자유에 대한 갈망, 그 기억이다. 돌아가신 어머니의 신경통처럼 겨울마다 찾아오는 불면의 기억이다. 차가운 눈밭을 발가벗고 걷는 삶에 대한 미친 열망이다.

사는 것이 외롭고 힘들고 슬프고 억울할 때, 눈물처럼 글을 썼다. 그 눈물이 이 글을 읽는 누군가에게 힘이 되면 좋겠다. 내가 누군가의 글을 읽고 힘을 얻은 것처럼.

쓴다는 것은 곧 읽는 것. 작가인 동시에 독자.

한 가지 바라는 것이 있다면 앞으로 온라인 글보다는 서점의 종이 책들이 날개를 다는 세상이면 좋겠다. 그것이 독자의 최대한의 양심이고 작가의 최소한의 존재의미이므로.

이것으로……

내 슬픈 계절 겨울을 떠나보낸다.

2014년 겨울 난곡 법원단지에서

양은영

사람은 늘 행복하게 살기를 꿈꾸고 그 행복을 위해 앞으로 나아가지만 누구에게나 그 행복은 오래가지 않으며 불행한 시간이 찾아오기도 한다. 그러나 불행한 시간도 또 오래가지 않는 것은 얼마나 다행한 일일까. 늘 행복한 삶도 늘 불행한 삶도 없다. 이 보이지 않는 삶의 법칙과 굴레 안에서 우리는 얼마나 잘 이겨내고 견뎌내고 버텨낼 수 있을까.

사람에게는 누구나 숲이 있다. 그 숲이 꿈이든 사랑이든 야망이든 그 끝은 행복으로 이르기를 갈망한다. 그러나 궁극적으로 행복으로 이르는 길은 없을지도 모른다. 그저 순간순간 행복하고 순간순간 불행할 뿐. 그러니 우리는 그저 묵묵히 길을 걸을 수밖에.

이 이야기는 영신이라는 한 여자가 자신이 원하는 숲을 향해 끊임없이, 쉼 없이 걸어가는 그 '길'에 대한 이야기다.

(1)

열다섯 살이 되는 봄 날, 영신은 고향을 떠나 서울에 사는 먼 친척오빠의 집에 머물게 되었다. 오 년 전에 아버지가 돌아가시고 기울어질 대로 기울어진 가정 형편으로 인해 다니던 중학교를 그만두고 입이라도 하나 덜기 위해 그녀의 어머니가 내린 슬픈 결단이었다.

"오빠가 곧 고등학교 졸업하고 돈을 벌 때까지만……. 그럼 너도 다시 고향으로 돌아와서 학교도 다시 다니고…… 알았……지? 영신아……."

어머니는 채 말끝을 맺지 못하고 눈물을 흘렸고, 그런 어머니를 보는 영신의 마음도 찢어지는 아픔을 느꼈지만, 이미 돈을 번다고 서울로 떠난 언니에게서 연락도 끊긴 마당에 싫다고 고집을 부릴 수는 없는 일이었다. 아니 오히려 자신이 집을 떠나서 조금이라도 보탬이 된다면 그것을 받아들여야 한다는 기특한 생각을 했다.

영신이 옷 몇 벌이 든 보따리 하나를 들고 친척오빠 강준구 사장의 집에 입성하던 날, 강 사장의 부인 손 여사는 내심 안도의 한숨을 쉬었다.

열다섯 살이라고 하지만 누가 보아도 열두어섯 살로 보이는 마르고 작은 체구의 영신은 못 먹어서 그런지 얼굴에 버짐까지 피어있어서 그동안 은근히 경계를 했던 자신의 소심함에 웃음까지 나왔다. 그녀의 눈에 비친 영신은 영락없이 시골 촌뜨기에 미운 오리 새끼의 모습이었다.

그녀는 선천적으로 남자를 믿지 못하는 성격이었다. 세상에 남자란 남자는 곁에 조금이라도 암내를 풍기는 여자란 존재가 있으면 반드시 마음을 품고 언젠가는 그 몸을 탐내는 짐승이라는 생각은 그녀의 아버지가 집안에서 부리던 어린 식모를 건드리고 그 일로 인해 어머니가 마음고생을 한 것에서 기인한 것이기도 했다.

며칠 동안 손 여사는 남편이 내린 결정을 두고 갈등을 해야 했다.

이미 집안일을 봐주는 할머니 한 분이 있는데도 불구하고 남편은 문득 그런 말을 꺼냈었다.

"당신이 좀 이해를 해. 영신이 아버님은 살아 계실 때, 고향에서 어려운 사람을 도와주었고 나도 그 도움을 받지 않았다고는 할 수 없으니까……."

영신의 고향으로 약간의 쌀을 보내주는 것이 아까운 것은 아니었다. 데리고 있다가 야학이라도 보내주자는 기가 막힌 말을 덧붙인 남편이 약속한 것도 아니었다. 오로지 집안에 어린 여자아이를 둔다는 그 사실에 경계를 하는 것 뿐. 그래서 몇 년 전에 남편의 고향에서 일손을 도울 사람을 하나 데려오자고 했을 때도 어린 여자애나 나이 든 아줌마가 아닌 할머니를 들이자고 한 것이었다.

결국 손 여사는 남편의 뜻을 따랐지만 순종해서는 아니었다. 그녀는 주변 사람들이 볼 때, 늘 남편을 섬기고 순종하며 사는 아내로 보였지만 그 이면에는 늘 이기심과 계산적인 생각이 자리했다. 남편이 오랫동안 머물렀던 교직생활을 정리하고 땅을 사서 집을 지어 파는 건축시장에 뛰어들게 한 것도 그녀의 이기심이 작용했다는 것은 아무도 몰랐다.

무엇보다 그녀는 같이 사는 남자의 비위를 거슬러서 좋을 것이 없다는 것을 경험으로 익히 알고 있었다. 아버지가 어린 식모를 건드렸을 때, 그것을 그저 남자의 어리석은 본능이나 순간적 욕망의 충동으로 받아들이지 않고 마치 자신의 자리를 뺏기기라도 하는 것처럼 울며불며 난리를 치고 남편을 호색한으로 밀어붙이고 소문을 내서 결국 아버지로 하여금 궁색한 변명조차 할 수 없게끔 만든 어머니의 경솔함은 어린 그녀가 봐도 참 한심한 처사였다. 남자란 아무리 욕망의 덫에 사로잡혀 사는 동물이라고 하더라도 자신을 믿어주는 여자에게 돌아오는 이성적인 존재이기도 하다는 것을 어머니는 왜 몰랐던 걸까.

친척오빠의 집에 온 첫날 밤, 영신은 잠을 이룰 수 없었다. 당장 다음날 새벽부터 부엌일을 거드는 것이 그녀의 일상이 될 터인데, 그 현실이 두렵다기보다는 열다섯 살이라는 무르익은 감성이 앞날에 대한 불안과 온갖 상상을 불러일으키고 있는 것이다.

게다가 그녀가 앞으로 기거하게 될 부엌 쪽에 붙은 뒷방에는 쌀가마니와 밀가루 포대가 쌓여있어서 고향에서 보리밥에 시래깃국을 끓여 먹고 있을 식구들이 생각나는 것도 이유였다.

영신이 잠을 못 이루고 뒤척이자 자는 줄 알았던 할머니가 어둠 속에서 나즉하게 내뱉었다.

"참 딱하구나. 어쩌다 너희 집안이 그리 되었는지……. 나도 니 아버지를 아는데…… 참 풍채가 좋고 그 풍채만큼이나 마음도 손도 크신 분이었지. 고향에서 물난리가 나거나 흉년이 들면 네 아버지 도움을 받지 않은 사람이 없을 정도였고……. 그나저나 네가 와서 나는 참 좋다. 요즘 부쩍 관절도 더 저리고 온 몸이 쑤시지 않은 곳이 없는데…… 안방의 저 젊은 년, 부엌에는 코빼기도 비추지 않고 잔소리는 또 얼마나 많은지……. 얼른 자둬라. 식구도 없는데, 일이 좀 많아야지…….”

새벽에야 잠이 든 영신은 꿈을 꾸었다. 그녀는 아버지가 생전에 가꾸던 집 뒤 화원에 서있었다. 하지만 꽃이 만발한 그런 화원이 아니고 푸른 잎 하나 보이지 않는 황량한 곳이었다. 텅 비고 쓸쓸한 그 느낌에 뼛속까지 시려서 그녀는 주저앉아 울기 시작했다. 울다가 문득 눈을 떴을 때, 그녀는 잠시 이곳이 어딜까 하는 낯설음에 현실감을 잊고 누워 있다가 코끝에 스미는 밥 냄새에 정신을 차렸다. 그리고 늦잠을 자버렸다는 생각에 허둥지둥 부엌으로 달려갔다.

“늦게 일어나서 죄송해요, 할머니…….”

“응, 괜찮다. 밤새 잠을 못 자는 것 같드니…… 그 나이 땐 쏟아지는 게 잠 아니냐? 눈꺼풀이 떨어지지 않을 정도로. 참으로 무서운 잠이지. 근데 그 잠이 늙으면 오지도 않어……. 삭신은 쑤시고 새벽에 잠이 깨서 앉아 있으면 그저 어서 빨리 땅속에 누워있고 싶은 생각뿐이야…….”

영신이 어찌할 바를 모르고 멍하니 서있자 할머니가 주걱을 내밀었다.

“자, 밥을 퍼라. 뜨거우니까 조심 하고. 쟁반에 담아서 마루로 내가고 국도 퍼서 내가고…….”

얼마 만에 푸는 하얀 쌀밥일까. 뱃속을 찌르르 울리는 그 구수한 밥 냄새. 그렇게 먹고 싶던 하얀 쌀밥을 푸는데, 왜 슬픈 느낌이 밀려오는지 영신은 알 수 없었다. 비록 남의집살이는 하지만 자신은 먹을 수 있는 쌀밥을 고향의 식구들은 먹지 못한다는 현실이 슬퍼서일까.

쟁반을 들고 마루에 갔을 때, 영신은 눈앞에 펼쳐진 광경에 잠시 멍했다.

신문을 보고 있는 친척오빠, 거울 앞에서 교복을 입고 하얀 깃을 바로 잡고 있는 또래의 여자애, 그 옆에서 머리를 매만져주는 손 여사. 그것은 전형적인 행복한 가정의 모습 바로 그 자체였다.

하얀 쌀밥 냄새만큼이나 화목하고 정겨운 풍경에 영신은 잠시 멈칫했고 하마터면 밥그릇을 담은 쟁반을 놓칠 뻔했다. 손 여사가 남편을 살피며 얼른 쟁반을 받았다.

"환경이 낯설어서 긴장되지?"

손 여사의 목소리는 한없이 상냥했지만 쟁반을 받아드는 손길이 뭔가 냉정하고 거칠게 느껴지는 것을 영신은 눈치 챘다. 하지만 자신이 이 행복한 가족의 모습 앞에서 주눅이 들어서 그러는 것일 거라고 생각했다.

그제야 신문을 내려놓은 강 사장은 영신에게 따스한 눈길을 보내며 말했다.

"오늘은 그냥 좀 쉬어도 되는데…… 일찍 일어났구나. 참! 지혜야, 엄마한테 들었지? 시골에서 온다고 했던 그 영신이란 아이다. 이제 보니 너랑 동갑이구나. 앞으로 잘 지내라. 너 항상 그랬지? 혼자라서 항상 외롭다고. 형제간들 많은 집 부럽다고……. 어제 인사를 시켰어야 하는데, 지혜가 외할머님 댁에 갔다가 늦게 오는 바람에……."

옆에서 손 여사가 남편의 숟가락을 챙기며 한 마디 거들었다.

"그래, 집안일은 쉬엄쉬엄 배우고…… 지혜하고 말동무라도 하면서 지내면 참 좋겠다."

그녀는 말은 그렇게 상냥하게 했지만 속으로는 남편의 따스한 눈길이나 말투가 거슬려 아니꼬운 생각이 들었다. 하나밖에 없는 딸을 시골 촌뜨기와 말동무를 시킬 생각은 추호도 없었다. 일을 시키러 데려왔으면 일을 시키면 되는 것이다.

영신은 안 그래도 낯선 환경에 주눅이 든데다가 자신보다 한 뼘은 키가 큰 이 동갑 여자애를 보자 더 주눅이 들어서 고개를 들 수가 없었다.

교복에 가려있지만 가슴도 엉덩이도 이미 성인 여성의 몸을 하고 있는 이 지혜라는 여자애는 키도 작고 삐쩍 마른 영신을 우월감을 느끼며 미소를 띠고 바라봤지만 그 후로 자신에게 수시로 열등감을 맛보게 하는 존재가 될 줄은 꿈에도 몰랐다.

(2)

영신이 친척오빠 집에 온 지도 한 달이 흘렀다. 그동안 영신은 온 집안을 부지런히 쓸고 닦았다. 빨래와 청소, 그리고 부엌일을 하는 할머니를 옆에서 돕는 것이 그녀가 할 일이었다. 그녀가 얼마나 집안을 쓸고 닦았는지 그동안 연로한 할머니가 미처 손에 닿지 못한 곳까지 반짝반짝 윤이 났다.

외로운 지혜와 말동무라도 하면서 지내라는 강 사장의 말이 있었지만 사실 지혜는 그다지 외로워하는 것 같지도 않았다. 아침에 교복을 입고 학교에 가면 저녁 늦게나 돌아왔는데, 일주일에 두 번은 수업이 끝나면 체육선생님으로부터 특별히 테니스 교습을 받는다고 했다.

강 사장도 회사 일이 바빠서인지 늦게 들어오는 일이 많았고 손 여사 또한 가끔 외출을 해서 온 가족이 마주앉는 시간은 아침을 먹는 시간뿐일 때가 많았다.

어느 날 할머니가 저녁 일을 마치고 뒷방에 앉아 실과 실패가 든 바구니를 앞에 놓고 뭔가 꿰매고 있었다.

"할머니, 눈도 어두운데 뭐하시는 거예요?"

"이제 곧 더위가 오는데, 넌 두꺼운 옷을 여직 입고 있잖냐. 지혜가 안 입고 버리라고 놔둔 옷 손보고 있다. 네가 입기엔 너무 커서 내가 줄여주려고. 웃옷은 큰대로 그냥 입고 치마만 줄이면 될 것 같다……."

할머니가 주름진 얼굴에 가득 웃음을 띠고 바늘이 잘 들어가라고 흰머리에 쓱쓱 문지르다가 영신의 얼굴을 유심히 들여다보았다.

"비가 한 번씩 내릴 때마다 풀들이 쑥쑥 크는 것처럼 요즘 네가 그렇구나. 하긴 네가 아버지를 닮았다면 벌써 대나무처럼 컸을 걸. 그러고 보니 얼굴도 피어나네. 날이 갈수록 피어나서 마당에 꽃이 너를 보면 부끄러워서 숨어버리겠다."

할머니의 칭찬에 영신은 이미 부끄러워져서 대꾸도 못하고 있는데, 그 얼굴을 할머니는 다시 들여다보며 말했다.

"너 거울은 보는 거냐?"

물론 영신이 거울을 안 볼 리는 없었다.

뒷방에 거울이 없어서 마루에 있는 거울을 닦을 때마다 보지만 버짐이 핀 얼굴이 보기 싫어서 외면을 하는 일이 많았다. 자신의 얼굴을 보는 일보다 얼굴에 윤기가 흐르는 지혜의 얼굴을 보면서 부러워하는 일이 많다고 할까.

"집안 일 열심히 하는 것도 좋지만 여자가 얼굴에도 신경 써야지. 나이 들수록 거울을 보는 일이 서러워지지만 피어나는 여자는 거울을 볼 때마다 더 예뻐진다는 것을 알아야지……."

"정말 거울을 볼 때마다 예뻐질까요? 할머니……"

"그럼, 나중엔 거울이 네가 너무 예뻐서 보려고 하지도 않을 거다. 샘이 나서……."

'샘으로 하면 안방 젊은 년처럼 많을까…….'

나중에 한 말은 영신이 듣지 않도록 할머니 혼자 속말을 했다.

사실 영신이 그 나이에 걸맞게 얼굴에 관심을 갖지 않는 것도 아니었지만 신경은 온통 손 여사 눈 밖에 나지 않도록 집안일을 하는데 가있었다. 어머니도 그러지 않았던가. 아무리 친척오빠 집이라고 하더라도 남의집살이를 하는 거니까 그저 주인 식구들 눈에 벗어나는 행동을 하면 안 된다고.

무엇보다 그녀는 아직도 지난날의 꿈에 젖어 살았는데, 아버지와 같이 살던 그 행복했던 시절의 기억에서 벗어나지 못하고 있었다.

가끔 졸린 눈을 비비고 새벽에 일어나면 아직도 그곳이 남의 집이라는 것에 실감이 나지 않았다. 금방이라도 아버지의 웃는 얼굴을 대할 것 같고 부엌에서 어머니가 하는 음식 냄새가 코끝에 밀려올 것 같았다.

눈이 어두워서인지 할머니가 미간을 찌푸렸다.

"할머니 제가 할게요."

"그래? 아무래도 젊은 네 눈이 낫겠지. 그럼 내가 알려주는 대로 여기 한 번 꿰매 봐라."

영신이 할머니가 건네주는 바늘을 받아들고 한 땀 꿰매자 할머니가 소리를 내서 웃었다.

"아이고, 마치 소걸음 걷듯이 그렇게 꿰매지 말고……. 그렇게 하면 금방 터져버리지. 자, 봐라. 이렇게 촘촘하게 한 땀 한 땀 정성들여서……."

할머니는 영신이 자신이 가르쳐준 대로 바느질을 하자 흐뭇한 표정으로 바라보다가 물었다.

"엄마 생각 안 나냐?"

잠시 잊고 있던 어머니 생각에 결국 영신이 참았던 눈물을 흘렸다. 눈물 때문에 앞이 흐려져서 영신은 얼른 그 눈물을 훔쳐버렸다.

"참 내가 주책이지……. 안 날 리가 있을까. 괜히 그런 말을 해서……. 부모란 존재는 곧 잊어. 나이가 들수록 짝을 찾는 마음이 강해지니까. 제 짝이 생기면 아예 부모 자체를 잊고 사는 사람도 많지……."

"짝이라뇨?"

"짝 말이다, 짝. 네 신랑. 동물이나 식물이나 제 짝을 찾는 일이 가장 행복한 일 아니겠냐?"

영신에게는 할머니의 말이 생소하게만 들렸다. 아무리 짝을 찾는다고 하더라도 어머니를 잊을까. 짝이고 뭐고 그녀는 얼른 오빠가 졸업을 해서 이 집을 벗어나 다시 식구들에게 돌아가는 날만을 기다렸다. 비록 아버지는 안 계시지만 다시 가족들과 함께 할 수 있는 것만이 지금 영신이 꿈꾸는 행복의 전부였다. 그 생각을 하니 마음이 밝아져서 웃으면서 한 땀 한 땀 바느질을 했다.

학교에서 일찍 돌아온 지혜는 그날따라 집안이 조용한 데 짜증이 났다. 웃으면서 가방을 받아드는 영신에게 던지듯이 건네며 물었다.

"엄마는?"

"외출하셨어. 오늘 좀 늦으신대. 할머니는 편찮으셔서 일찍 주무시고……."

어머니가 가끔 외출하는 것은 잘 알고 있었다. 하지만 요즘 들어 늦은 귀가가 지혜는 마음에 들지 않았다. 학교에서 친구들과 약간의 말다툼도 있었고 몸도 좋지 않아서 어머니와 TV를 보며 수다를 떨고 싶었던 지혜는 가방에서 도시락을 꺼내 마루에 소리 나게 던져놓았다.

그것을 집어 들던 영신이 묵직한 느낌에 놀라서 말했다.

"세상에. 도시락이 그대로네. 점심은? 배고프지? 금방 밥해줄게. 이것만 빨아놓고……."

영신이 다시 마당의 수돗가에 앉아 빨던 옷들에 재빠르게 비누칠을 해대며 혼잣말을 했다.

"이제 점점 날이 더워져서 도시락이 쉴 텐데……."

"누가 너보고 도시락 쉬는 거 걱정하랬어? 할머니가 해주는 반찬 맛없어서 안 먹었다, 왜?"

영신은 지혜의 화난 목소리에 가슴이 덜컹 했다. 가끔 지혜가 이유도 없이 짜증을 부리면 대체 어떻게 그 비위를 맞춰야 하는지 알 수 없어 당황하곤 했다.

조금은 미안해진 지혜가 마루에 교복을 훌훌 벗어던지다가 영신이 입고 있는 물방울무늬의 치마에 눈을 두었다.

"뭐야? 그 옷은? 내 옷이잖아."

영신이 화들짝 놀라면서 멋쩍게 치마를 여미며 대꾸했다.

"응, 네가 안 입는 옷이라고 할머니가 줄여주셨는데……."

그러고 보니 영신이 입은 웃옷도 지혜의 옷인데, 너무 헐렁해서 지혜는 웃음이 났다. 반에서 영신이처럼 키가 작고 몸이 왜소한 친구들은 그녀의 성숙한 몸을 부러워하지만 날이 갈수록 부풀어 오르는 몸이 불편했다.

집에서 입는 헐렁한 원피스로 갈아입은 지혜는 내친 김에 브래지어도 풀어서 마루에 던져놓으며 자신도 모르게 내뱉었다.

"휴, 편해……."

어머니가 없어서 편한 것도 있다고 생각했다. 어머니는 지혜에게 잠시라도 브래지어를 풀지 말라는 말을 했다. 가슴이 처진대나.

"그것도 빨아줄까? 땀 찼을 텐데……."

지혜는 잠시 머뭇거리다가 영신에게 브래지어를 건넸다.

영신이 손으로 조물조물 브래지어를 빠는 모습을 보면서 지혜는 한편 영신이 안됐다는 생각이 일순간 들었다. 자신과 동갑 나이인데, 부모를 떠나서 남의 집 일을 하고 있으니……. 하지만 그것은 생각뿐이었고 진심으로 영신의 편에서 그 입장을 헤아리기엔 풍족한 지혜에게 역부족인 일이었다. 그것보다 지금 자신의 가방 안에 든 달거리용 기저귀에 온통 신경이 가있었다. 아무리 그녀의 시중을 들고 무엇이든 해주는 어머니지만 달거리용 기저귀는 빨아주지 않았다. 게다가 그녀의 달거리 양은 많아서 하루에 서너 번은 갈아주어야 했고 한 달에 한 번 일주일은 일을 치루니 여간 고역이 아니었다.

'엄만 왜 약국에서 사는 편한 패드를 못 쓰게 하는지 몰라. 화학제품이라 여자 자궁에 좋지 않다 어떻다 그런 소리나 하면서…….'

그러다가 반에서 친구들과 모이면 그중에 입바른 소리를 하는 친구 하나가 킬킬거리면서 하던 말을 떠올렸다.

'우리만 이렇게 힘들게 한 달에 한 번 이 고생을 하는 게 아냐. 남자들도 하는 게 있다더라.'

'그게 뭔데?'

'있어, 그런 거.'

몸만 컸지 아직 성에 대해 잘 알지 못하는 지혜는 달거리용 기저귀를 찬 남자의 모습이 상상되자 배를 움켜잡고 웃기 시작했다. 그러자 잠시 잊고 있던 아랫배의 묵직한 통증이 다시 일어나서 기분이 나빠졌다.

'대체 언제까지 갓난애처럼 기저귀를 차야하는 걸까. 왜 여자로 태어나서 이 고생인지……. 참! 남자도 기저귀를 찬댔지.'

몸만 성인여성이지 마음은 아직 열다섯 살의 철딱서니 없는 계집애인 지혜는 기저귀를 찬 또래의 남자애들 생각이 나서 연신 킥킥댔다.

빨랫줄에 빨래를 널던 영신은 지혜가 혹시 자신의 헐렁한 웃옷을 보고 웃나 싶어서 자신도 따라 겸연쩍게 웃었다. 어쨌든 지혜가 짜증을 내지 않고 웃으면 그녀의 마음은 편했으니까.

"이제 빨래 다 했어. 금방 저녁 할게."

"됐어. 난 식빵 먹을 거야."

지혜가 냉장고 문을 열고 식빵과 잼, 오렌지 주스를 꺼냈다. 냉장고 문을 열 수 있는 사람은 이 집 가족에 국한된 것이었다. 할머니나 영신은 냉장고 문을 열 수 없고 냉장고는 늘 손 여사가 관리를 했다.

물론 손 여사가 없을 때, 영신이 냉장고 문을 열어볼 수는 있지만 그녀는 그 규정을 어기지 않았다.

지혜에게 빵을 먹였다고 손 여사에게 혼이 나면 어쩌나 영신은 걱정을 했지만 지혜는 이미 빵에 잼을 발라 질겅질겅 씹고 있었다.

"그럼, 난 네가 가져온 도시락을 먹을게, 그래도 되지? 할머닌 죽을 끓여드리고……."

"그러든가……."

지혜는 식빵을 씹으며 머릿속은 온통 가방 속에 든 기저귀를 어떻게 빼나 그 궁리뿐이었다. 버려버리자니 개수가 제한되어 있어서 어머니가 알 것 같았고 약국에서 패드를 사서 쓰자니 확실히 어머니 말대로 패드가 질이 안 좋아서인지 조금만 피가 새도 겉면이 터지고 흡수율도 좋지 않은 것 같았다. 언젠가 한 번 몰래 사서 써본 경험에 의하면.

"어디 가?"

영신이 도시락을 들고 부엌으로 가려고 하자 지혜가 물었다.

"도시락 먹으려고."

"여기서 먹어."

지혜가 선심 쓰듯이 옆 자리를 내주었고 영신은 도시락 뚜껑을 열었다. 하얀 밥 위에 동그란 계란 프라이가 얌전히 얹혀 있었고 반찬통에는 나물과 멸치조림, 콩자반이 담겨있는 것을 보고 그녀는 또 고향에 있는 어머니와 오빠, 남동생을 생각했다. 식구들은 여전히 보리밥에 시래깃국을 먹고 있겠지. 아버지가 살아 계실 때는 그녀도 이렇게 계란 프라이가 얹혀있는 도시락을 까먹곤 했다. 그러고 보니 이 집에 와서 처음 먹어보는 계란이었다. 계란은 필요할 때만 손 여사가 몇 개씩 냉장고에서 내주곤 했으니까.

'계란이 생계란이면 좋을 걸. 그럼, 할머니한테 계란죽을 끓여드릴 수 있을 텐데…….'

마루에 앉아 식빵과 도시락을 먹는 영신과 지혜를 누가 보면 영락없이 사이좋은 자매간으로 보이겠지만 둘의 마음속은 각각 다른 것을 생각하고 있었다.

지혜는 기저귀를 어떻게 안 빠는 수가 없을까 궁리하다가 한 가지 묘안을 생각해냈다.

"나 네가 저녁 안 해주었다고 엄마한테 이를 거야."

"무슨 소리야? 네가 식빵 먹겠다고 해서……."

영신이 화들짝 놀라 손에 들고 있던 젓가락마저 떨어뜨렸다. 그 모습을 보고 지혜는 골리는 재미에 쾌감마저 느꼈다. 말동무가 아니라 심심풀이용 장난감을 구한 기분이라고나 할까. 언젠가도 지혜는 귀찮아서 일부러 국어숙제를 안 해놓고 어머니에게 영신이 자꾸 말을 시키는 바람에 까먹었다는 거짓말을 해 영신을 곤경에 빠뜨린 적이 있었다.

"네가 저녁도 않고 쿨쿨 늘어지게 잤다고 말할 거야."

영신은 이 말도 안 되는 지혜의 억지를 보면서 문득 고향에 있는 남동생을 떠올렸다. 아버지가 돌아가시고도 아직 집안 형편을 눈치 채지 못한 남동생은 보리밥을 먹지 않겠다고 생떼를 쓰거나 계란 프라이를 해달라고 반찬투정을 하기도 했다. 물론 어린 나이기도 했지만. 하지만 남동생의 행동은 아직 현실을 받아들이지 못하는 어린애의 어리광 수준이라지만 지혜의 행동은 그야말로 억지였다.

영신은 깨달았다. 이 몸만 큰 동갑내기 여자애가 마음은 아직 어린애이고 철부지 소녀임을. 그래서 지혜를 어리광 부리는 동생으로 생각하기로 했다. 그 어리광을 그냥 받아주기로. 그러나 어리광은 마냥 받아주는 것이 아니다. 본인을 위해서도.

"마음대로 해. 난 그냥 한 끼 굶는 벌을 받을 거니까. 근데 네가 바라는 것은 내가 혼나는 것이 아니잖아. 다른 요구 사항이 있을 거야."

영신의 역습에 지혜는 한 방 맞는 기분이었다. 체구는 작지만 역시 자신하고 동갑이니까 보통이 아니라는 생각이 들었다.

"그래, 안 이를게. 아니 이르는 것이 아니지. 내가 저녁을 안 먹는다고 한 게 사실이니까. 대신 내가 입던 주름치마 있지. 왜 너도 참 예쁘다고 말한 그 치마. 그거 너 줄게. 내 빨래 하나 해줘."

"빨래야 늘 해주고 있잖아."

"그거 말고……."

지혜는 정말 이래도 되는지 머뭇거리다가 에라, 모르겠다 하고 가방

안에 든 달거리용 기저귀를 내놓았다.

“이거 빨아줘. 엄마 오기 전에 얼른!”

영신은 자신 앞에 죽은 듯 웅크리고 있는 이 하얀 덩어리를 물끄러미 바라보았다. 어디서 하얀 토끼를 잡아온 걸까.

마치 낯선 생물체를 바라보는 듯한 영신의 표정에 지혜는 괜한 제안을 했나싶어 후회도 들고 부끄러운 생각도 들었지만 그래서 더 소리를 질렀다.

“이런 거 처음 봐? 너도 월경 하니까 다 알 거 아냐. 얼른 빨아!”

지혜는 이제 제안이 아니라 명령을 하고 있었다. 유감스럽게도 영신은 아직 월경을 시작하지 않았다. 하지만 성숙한 여자라면 한 달에 한 번 하는 그것을 모를 리는 없었다.

고향에서 어머니와 언니가 어둠이 내린 앞마당의 수돗가에서 소리죽여 이야기를 하며 달거리용 기저귀를 빠는 것을 본 일도 있다. 하얀 기저귀는 햇빛을 보지 못하고 빨랫줄에 밤새 박꽃처럼 걸려 있다가 아침에 해가 뜨기 전에 사라지곤 했었지. 어머니와 언니는 여자의 달거리용 기저귀를 절대 남의 눈에 띄게 하면 안 된다는 것을 그렇게 무언중에 영신에게 알려주는 것 같았다. 그런데 이 철부지 소녀는 자신의 달거리용 기저귀를 빨아 달라니.

그동안 영신은 이 집에서 지내려면 지혜의 비위를 거스르면 안 되는 것도 알았고 이 일로 의외로 지혜와 잘 지낼 수도 있을 것 같다는 생각이 들었다. 게다가 이런 지혜에게 마냥 휘둘리면 안 된다는 계산도 작용했다.

"좋아, 근데 주름치마는 필요 없어. 혹시 알아? 나중에 내가 달라고 해서 준 거라고 네가 그럴지. 대신 냉장고에서 생계란 하나만 내줘. 네가 먹었다고 하고."

이건 보통내기가 아니구나, 하고 지혜는 생각했다.

"좀 전에 계란 프라이 먹고 또 먹고 싶어 그래? 그래, 줄게."

영신은 누가 볼세라 지혜가 내놓은 기저귀 뭉치를 손에 감싸 쥐고 수돗가로 가면서 대꾸했다.

"내가 먹을 게 아냐. 할머니 죽 끓여드리려고……."

지혜는 순간 가슴이 뜨끔 했다. 아버지도 그렇고 학교에서 선생님이 어려운 사람의 입장을 헤아리고 도와야 한다는 말을 했을 때, 마음이 미동도 안했는데 자신이 할머니를 위해 계란 하나를 내어드린 적이 없다는 것을 영신이 상기시켜주자 뭔가 정체도 모를 죄책감이 밀려들었다. 그건 참 기분 나쁜 감정이라서 어떻게든 분풀이를 하고 싶었지만 이미 기저귀를 빨고 있는 영신에게 그 제안을 물리자고 할 수도 없는 일이었다.

(3)

영신이 지혜의 달거리용 기저귀를 빨아주고 생계란 하나를 받은 일은 일종의 은밀한 거래라서 그 동기가 어쨌든 둘 사이에 보이지 않은 한 가닥 우정의 끈을 이어주었다. 그 후로도 지혜는 자신이 한 달에 한 번 빨아야 할 생리대를 영신에게 맡겼고 영신은 그 대가로 지혜가 쓰던 공책이나 연필 같은 것 등을 받았다.

아침에 교복을 입고 학교를 가는 지혜와 달리 하루 종일 집안일을 해야 하는 부엌데기인 이 영신에게 한 가지 즐거움이 생겼는데, 지혜에게 받은 공책에 일기를 적기 시작한 것이다. 굳이 그녀가 일기라고 정한 것은 아니고 그저 공책에 자신의 마음을 적는 일이었다.

영신은 글을 쓴다는 일이 참 신비하고도 재밌는 일이라고 생각했다. 아무도 알 수 없는, 혹은 자신조차도 알 수 없는 마음을 활자에 담아 써 내려가면 마치 자신의 마음이 구체적인 어떤 형상이 되어 눈앞에 또렷이 나타나는 느낌이랄까.

게다가 아버지를 그리는 마음과 고향의 식구들을 걱정하는 마음, 자신의 미래에 대한 불투명한 불안함이 일기를 쓰면서 조금씩 희미해져 가는 경험조차 했다.

이제 그녀는 자신의 처지를 생각하며 몰래 울기보다 공책에 또박또박 그 슬픔을 적어가는 일에 몰두했다.

그녀가 쓰는 글은 지난 시간을 더듬는 길인 동시에 아직 알 수 없는 길로 가는 하나의 통로였다. 가슴 가득 퍼져 오르는 벅참, 설렘, 보이지는 않지만 자신 안에 가득한 어떤 가능성.

그것은 바로 인간이 미래를 알 수 없을 때, 꿈꾸는 희망이란 것이었지만 영신은 아직 그 정체를 몰랐다. 그리고 그 희망이란 것이 꿈을 꾸는 만큼의 똑같은 양 그 이상의 절망을 줄 수도 있다는 것을 영신은 훗날 알았다. 희망은 어쩌면 절망의 또 다른 이름. 그 희망이 클수록 운명의 신은 끝없는 절망으로 인간을 시험한다는 것도.

여름의 초입. 장마가 시작되면서 집안이 눅눅하다고 손 여사는 영신에게 연탄불을 피우라고 했다.

연탄광에 간 영신은 연탄을 들고 나오려다가 무심코 창고 뒤쪽에 문 하나를 발견했다. 집 구석구석을 청소하고 모르는 곳이 없다고 생각한 영신에게 그 새로운 장소는 호기심을 불러 일으켰다.

빛이 들어오는 곳이라고는 손수건만 한 창문이 전부인 그 창고는 오랜 시간 사람의 손길이 닿지 않아서인지 먼지와 정적이 내려앉아 있었고 영신은 그 분위기가 좋아서 한동안 멍하니 서있었다. 그러다가 호기심은 더욱 발동을 했고, 그곳에 쌓인 물건들을 살펴보기 시작했다.

아마 쓰지 않는 그릇들을 모아둔 것 같았는데, 그 틈에서 그녀는 사과박스도 발견했고 그 안에 든 책들도 보았다. 그것은 강 사장이 교편생활을 할 때, 학생들을 가르치던 교재나 소설책들이었다.

영신은 마치 자신이 현실을 벗어나 또 다른 세상에 와있는 느낌이었다. 인간의 기억 그 최초는 어느 시점일까. 어머니의 뱃속? 어머니의 젖을 빠는 순간? 한 발 두 발 걷던 그 최초의 환희?

영신에게 최초의 기억은 늘 아버지의 화원으로부터 시작했다. 아버지가 꽃에 물을 주고 그 꽃의 이름을 알려주고 향기를 맡아보라고 한 그 시점.

어느 날의 꿈에 나타난 아버지의 그 화원은 꽃 한 송이 피어있지 않고 황량했다. 그 느낌이 너무나 무섭고 허전해서 그녀는 울었지만 아버지는 나타나지 않았다. 아무리 꿈속이지만 그녀는 그 공허한 느낌을 현실에서도 잊을 수 없었다. 그런데 그 공허한 느낌이 이 음침한 공간에서 새로운 벅참으로 바뀌는 것을 느꼈다.

그동안 지혜가 하얀 칼라에 빳빳하게 다려진 교복을 입고 학교에 갈 때마다 느꼈던 부러움. 부모의 사랑을 받으면서 천진난만한 웃음을 지을 때마다 느꼈던 비애감. 그런 것들이 한때 자신이 누렸던 것이지만 어느 순간 사라진 것에 대한 공허감.

감수성이 풍부한 소녀들은 불확실한 미래를 늘 궁금해 하고 호기심을 가지며 꿈을 꾸는데, 세상의 온갖 동화는 그 소녀들을 환상의 미래로 인도하곤 했다. 백설공주, 신데렐라, 인어공주 등등. 그러나 영신이 그 창고에서 꾼 꿈은 그렇게 동화적인 꿈은 아니었다. 이 집을 벗어나 다시 고향으로 돌아가 공부를 계속 하는 꿈.

상당히 현실적인 영신의 이 꿈은 손 여사의 목소리가 깨놓았다.

"애, 너 뭐하는 거니? 연탄불 피우라는 때가 언제인데……."

연탄광 밖에서 손 여사의 날카로운 목소리가 들리자 영신은 화들짝 정신을 차렸다. 그녀는 연탄집게에 꽂은 연탄 하나를 들고 황급히 연탄광을 나왔다.

이 모습을 본 손 여사는 팔짱을 끼고 참 한심하다는 표정을 지었다. 그도 그럴 것이 영신이 몸에 연탄가루를 묻히고 쥐새끼처럼 나타났기 때문이다.

요즘 들어 부쩍 심기가 불편한 손 여사는 그 모습이 밉상스럽기만 했다.

골골거리는 할머니와 이 어린 계집애는 자신이 할 수 없는 집안일을 맡아하는 고마운 존재인 동시에 꼴도 보기 싫은 존재이기도 했다.

연탄을 들고 황급히 부엌으로 가는 영신의 뒤태를 보다가 손 여사는 새로운 사실에 눈이 갔다. 그동안 눈여겨보지 않았는데, 영신의 몸이 부쩍 성숙한 여자의 티가 났던 것이다.

'저 년이 나 몰래 뭘 훔쳐 먹나? 아무리 지 집에서 보리밥에 시래깃국이나 끓여 먹다가 여기 와서 쌀밥을 먹었다고 해도 그새 저렇게 키가 크고 살이 오르지는 않을 텐데.'

그 뿐이 아니었다. 방금 연탄광에서 화들짝 놀라면서 눈도 제대로 마주치지 못하고 나온 영신이 흘깃 자신을 본 눈빛은 예전의 그것이 아니었다. 맑고 까만 그 눈빛은 한 번 본 사람에게 어떤 불도장을 찍을 것만 같았다.

사실 그녀는 이 집에서 가끔 나오는 쥐에 대해 공포감마저 느끼는 터였다.

먹을 것 하나 없는 이 집에 대체 쥐가 무얼 먹고 사는지.

쌀가마와 밀가루 포대가 든 방은 할머니와 영신이 지키고 있는데 말이다.

"쥐 같은 년!"

손 여사는 그렇게 내뱉고 안방에 들어와서 침대에 잠시 누워 있다가 아직도 자신을 흘깃 보던 영신의 눈빛이 생각나서 견딜 수 없었다.

처음에 영신이 이 집안에 들어섰을 때, 그 비루한 체구에 남의 눈치를 보는 듯한 기가 죽은 눈빛에 잠시 방심을 했던 것이다. 물론 언젠가는 영신이 성숙한 여자가 되리란 것을 예감하지 않은 것은 아니지만 그날이 너무 빨리 온 것 같았다. 게다가 요즘에는 지혜가 부쩍 영신과 친하게 지내며 키득대는 것도 마음에 들지 않았다.

그날 저녁 지혜가 학교에서 돌아오자 손 여사는 딸을 닦달하기 시작했다.

"너 엄마한테 속이는 것 없어?"

손 여사는 그냥 무조건 이렇게 닦달을 하면 상대방이 그 기세에 짓눌려 뭐든 털어놓는다는 것을 알고 있었다. 그녀의 예상대로 지혜는 그간의 일을 술술 털어놓았다.

"뭐? 네 생리대를 빨아주는 대신 계란이나 공책을 달라고 했다고?!"

"그럼 어떡해? 첨엔 나도 고마워서 계란을 줬는데, 그 후로 계속 이거 달라 저거 달라 협박을 하는데."

손 여사는 이것이 그동안 불편했던 심기를 달래는 좋은 돌파구라고 생각했다.

"가서 영신이 불러와!"

이미 안방에서 들려오는 큰소리에 겁을 먹은 영신이 손 여사 앞에 나타났다. 영신은 너무 겁을 먹은 나머지 파들파들 떨기조차 했다.

"이래서 사람은 가정교육이 중요하다는 거야. 아버지도 없이 자란 년이 하는 짓이 그렇지. 어디서 순진한 우리 지혜를 꼬드겨서……. 뭐하고 서 있는 거니? 가서 지혜한테 받은 공책 가져오지 못하고?!"

영신이 가져온 공책을 한 장씩 넘겨보던 손 여사는 자신이 어린 소녀들 앞에서 어른스럽지 못한 행동을 하고 있다는 사실을 깨닫지 못하고 흥분하기 시작했다.

"뭐? 아버지가 어떻고…… 나중에 꿈이 어떻고? 아주 꼴값을 하고 있구나."

공책을 방바닥에 내팽개친 손 여사는 영신이 그것을 주으면서 눈에 눈물이 그렁그렁 맺히자 더욱 가학 심리가 발동을 했다. 무엇보다 기분 나쁜 것은 영신의 그 까맣고 투명한 눈빛이었다.

'남자 여럿 잡을 눈이야. 저 년 저 눈빛……'

자신도 모르게 머릿속에 떠오르는 그 소리를 지우느라고 손 여사는 내친 김에 영신의 손에서 공책을 빼앗아 북북 찢어 방바닥에 팽개쳤다.

"재수 없는 년!"

손 여사가 무심히 내뱉은 이 한마디는 어떤 주문 같아서 정말 그녀의 인생에 영신이 재수 없는 존재가 되리라고는 상상조차 할 수 없었을 것이다. 찢어진 공책을 줍는 영신의 비굴한 모습을 보자 손 여사는 이성을 잃고 결국 끝내 하지 말아야 할 말마저 쏟아내고 말았다.

"너! 네 언니가 어떻게 사는 줄 알아? 화냥년! 창녀 같은 년!"

이 독기어린 말투에 지혜마저도 어머니를 생소한 표정으로 바라보았다. 그러거나 말거나 손 여사는 의기양양한 표정으로 영신을 내려다보면서 며칠 전에 남편이 해준 말을 떠올렸다.

'영신이 언니 말야. 내가 수소문해서 찾아봤는데, 가발공장에 다니다가 지금은 술집에 나가고 있대.'

확실히 영신은 손 여사에게 재수 없는 존재였다. 그날따라 일찍 퇴근한 강 사장이 이 모든 상황을 안방 문 밖에서 다 듣고 있었던 것이다.

(4)

손 여사는 남편이 오랜만에 베풀어주는 이 뜨거운 몸의 사랑을 이해할 수 없었다. 자신이 어린 소녀들 앞에서 어른스럽지 못하게 포악을 떨어대는 광경을 들키고 그 치부가 드러나서 수치심에 어떻게 변명을 할까 온통 그 궁리를 하고 있었는데, 강 사장은 아무 말 없이 아이들을 물러가게 하고 자신을 침대로 이끌었으니. 게다가 이게 얼마만인가. 가끔 피곤한 듯이 마지못해 사랑의 행위를 하던 남편이 정성을 들여 온 몸을 애무하고 있으니.

'이 양반이 밖에서 뭐 못 먹을 것을 먹었나.'

어안이 벙벙해서 아직 강 사장이 이끌어주는 쾌락의 경지에 쉽게 발을 들여놓지 못하던 손 여사는 남편의 혀가 자신의 젖가슴에 닿자 이를 악물었다. 그 다문 이 사이로 신음이 흘러나와서 손 여사는 괜히 한 번 자신을 더듬는 손길을 제지하며 콧소리를 냈다.

"여보…… 어쩌려고. 아직 지혜가 자지 않을 텐데……."

강 사장이 싱긋 웃으며 일어나서 TV를 켰다. 벗은 남편의 몸에 눈이 간 손 여사가 문득 자신의 아랫배에 손을 가져갔다. 그러고 보니 남편의 몸이 예전과 다르게 탄탄하다고 생각됐다.

이렇게 갑자기 남편이 급습을 할 줄 알았다면 샤워라도 하고 향수라도 뿌리는 건데, 재수 없는 영신이란 어린 계집애 따위 때문에 준비를 하지 못했다고 그녀는 다시 영신을 원망했다. 하지만 강 사장이 오랜만에 아내에게 베푸는 이 사랑의 행위는 화난 그녀를 위로하려는 의무감에서 나온 것이기도 했다. 집안 살림을 하는 여자가 신경질을 부리는 이유 중의 하나가 바로 남편의 사랑을 받지 못하는 데서 기인하는 것이라고 그는 생각했다.

교편생활을 할 때, 강 사장은 삐뚤어진 행동을 하거나 스스로 그런 행동을 즐기며 반항을 하는 학생들에게 매를 들거나 훈계를 했지만 그것은 잘 먹히지 않았다. 오히려 그들 자신의 행동이 스스로 부끄럽게 느껴지도록 돌려서 말하거나 칭찬을 하는 것이 교육상 더 좋다는 것도 경험으로 알고 있었다. 포악을 떨고 신경질을 내더라도 손 여사는 자신이 사랑하는 여인이었고 지금도 사랑하고 앞으로도 사랑해야 할 소중한 아내란 존재이니까. 한 번 그런 생각이 들자 강 사장은 좀 전에 포악을 떨어대던 아내의 모습은 순식간에 잊히고 자신의 몸을 꼼짝 못하게 하던 신혼 시절의 아름답고 풍만했던 모습이 떠올라서 몸의 한곳에 불같은 뜨거움과 단단함이 몰려왔다. 조금 더 애무를 해야 하지만 그는 참지 못하고 아내의 몸속으로 들어갔다. 그와 동시에 손 여사가 짧은 비명소리를 냈다. 그리고 그의 허리를 잡은 손에 힘을 주기 시작했다. 아내가 그렇게 허리를 부여잡고 신음소리를 내기 시작하면 그는 오래 버티지 못했다. 조금 더 움직여서 아내에게 쾌락의 절정을 주겠다는 맹세와는 달리 자신의 몸은 이미 절벽에서 떨어지고 있었다.

나른해진 강 사장은 그대로 아내의 젖가슴에 머리를 푹 묻고 어린애처럼 자고 싶은데, 손 여사는 슬그머니 일어나 잠옷을 걸치고 문 밖으로 나가 냉장고에서 시원한 물을 꺼내와 그에게 내밀었다. 그리고 좀 전의 흥분한 표정은 어디로 사라졌는지 다시 투덜대기 시작했다.

"여보, 글쎄 영신이가 지혜한테……."

"알아, 다 들었어. 그 나이 땐 그런 거래도 하는 거지. 나도 어릴 땐, 내 물건을 동네 녀석들 딱지나 구슬하고 바꾸기도 했으니까. 게다가 영신이는 계란을 받아서 할머님한테 죽을 끓여드렸다고 하던데. 내가 내일 주의를 줄 테니까 이번 일은 그냥 넘어갑시다."

'이 할망구를 그냥!'

강 사장이 퇴근할 때, 문을 열어주는 것은 늘 손 여사의 주관이었는데, 할머니가 얼른 나가서 문을 열어주고 좀 전의 사태를 다 보게 한 것이 할머니의 농간이라고 생각되자 그녀는 다시 슬슬 화가 치밀기 시작했다. 그 모습을 보고 강 사장이 자신의 한쪽 팔을 내밀며 손짓을 했다. 얼른 그 팔에 얼굴을 묻고 자자는 뜻이었다.

강 사장의 가슴에 얼굴을 묻고 잠이 들려고 애쓰던 손 여사는 남편이 잠에 들었는지 숨소리가 크게 들리자 일어나서 거울 앞에 앉았다.

세월은 참 야속했다. 한때는 손 여사도 터질 듯한 가슴에 팽팽한 아랫배를 하고 미끈한 허벅지가 자랑스러워 견딜 수가 없었는데, 지금은 그 팽팽하고 미끈했던 몸이 슬슬 아래로 처지기 시작하고 있었다.

'안되겠어. 내일부터는 수영도 더 열심히 하고 마사지도 더 부지런히 받아야겠어.'

어쨌든 남편의 사랑의 손길을 듬뿍 받은 손 여사는 그 좋은 몸의 기운이 사라지기 전에 다시 강 사장의 옆에 몸을 뉘었다. 그리고 곧 숨소리를 크게 내면서 꿈나라로 빠져들었다.

한편 찢어진 공책을 들고 제 방으로 돌아온 영신은 어둠 속에 멍하니 앉아있었다.

전기세가 많이 나온다고 저녁을 먹은 후에는 불도 켜지 못하게 하는 손 여사 때문에 공책을 다시 이어붙일 수가 없는 것이 안타까웠다.

할머니가 그런 영신의 몸을 잡아끌었다.

"어서 자자. 영신아, 자고 나면 기분이 괜찮아질 거다."

할머니는 요즘 영신과 자는 게 그렇게 좋을 수가 없었다. 자신의 차가운 몸과 딱딱한 몸이 부드럽고 따스한 영신의 옆에 있으면 얼마나 잠이 잘 오고 하루의 피로가 풀리는 것 같은지.

영신은 할머니의 따스한 손길조차 쉽게 위로가 되지 않았다.

어둠 속에 하염없이 앉아있던 영신은 그저 밤이 지나면 새벽같이 일어나 보따리를 들고 이 집을 빠져 나가야겠다는 결심을 했다. 돈 한 푼 없지만 그저 나가면 어떻게든 되겠지, 하고.

영신이 쌀가마니 옆에 있는 보따리를 주섬주섬 챙기자 기어이 할머니가 화를 냈다.

"보따리 들고 어디로 가려고…… 영신아?"

"몰라요, 할머니. 전 내일 무조건 이 집을 나갈 거예요."

할머니가 몸을 일으키면서 짧은 신음소리를 냈다. 몸을 움직일 때마다 관절이 소리를 내면서 통증이 일어나는 것이다.

"난 지혜만 철딱서니가 없는 줄 알았더니 영신이 너도 똑같구나."

영신은 대꾸를 하지 않았다.

"이 집 주인양반은 참 좋은 사람이지? 인품이 있어, 아무리 봐도……. 난 좀 전에 사실 많이 걱정했다. 안방에서 투닥투닥 싸우는 소리가 나면 어쩌나 하고. 나도 참 생각이 없지. 네가 계란죽을 끓여주었다고 그 양반한테 이르고 말았으니. 아무튼 주인양반은 집안을 조용하게 다스리는 품성이 있어서 여간 다행이 아냐."

영신은 자신을 이 집으로 데려온 강 사장이 하나도 고맙다는 생각이 들지 않았다. 고향집이 아무리 어려워도 어떻게든 살 길이 있었을 텐데.

"영신이 너는 지혜나 지혜어미가 원망이 많이 되겠지만 세상은 다 그런 거다. 누가 남에게 호의를 베풀고 진심으로 그 사람 입장에서 이해해주겠냐? 그런 사람은 흔하지 않단다. 나쁜 사람들이 얼마나 많은데……. 어떻게든 남을 이용해먹고 등쳐먹으려는 사람들이 수두룩하지. 네가 이 집을 나가는 순간 그런 사람들이 너를 가만 놔두지 않을 거다. 그저 이 집에서 참고 얌전히 있다가 네 오빠가 학교를 졸업한 후에 가도 되지 않겠냐?"

영신이 그제야 몸을 돌리고 앉아 할머니를 마주보았다.

어둠에 눈이 익어 할머니의 주름진 얼굴에 활짝 떠오르는 미소를 보며 자신이 이 집을 떠나면 할머니 혼자 힘든 집안일을 할 게 걱정도 되었고 말은 떠난다고 했지만 집을 나서는 순간 후회할 것도 같았다.

영신이 마음을 돌린 거 같자 할머니가 방 한쪽에 놓인 상자 안에서 무언가를 부스럭거리며 꺼냈다.

"이거 받아라, 영신아."

"이게…… 뭐예요? 할머니?"

"거울이다. 손거울. 앞으로 네가 화난 일이 있거나 미운 사람이 있을 때, 여기 비춰보렴. 그럼 거기 너를 화나게 한 사람이나 미운 사람의 얼굴이 비칠 거다. 그런 거 싫지?"

영신이 고개를 끄덕였다.

"그러니까 말이다. 누군가 밉고 화가 날 때는 거울을 보지 마. 네가 행복하고 좋은 사람이 있을 때만 비춰보고……."

"제가 무슨 행복하고 좋은 사람이 있겠어요."

"그런 소리 마라. 사람의 한평생이 얼마나 긴데, 그 긴 시간에 행복한 순간이 없겠냐. 남의 집 밥을 얻어먹는 거지들도 먹는 순간은 그저 배가 부르고 좋아서 벌쭉벌쭉 웃어대는데……."

그러고 보니 영신은 할머니 말씀이 일견 일리가 있다고 생각됐다.

고향에서 식구들과 밥상 앞에 둘러앉아 밥을 먹을 때, 비록 보리밥에 시래깃국이지만 뱃속이 따뜻해지고 불러오는 그 느낌이 좋아서 서로 얼굴을 보며 웃어대던 일이.

"그리고…… 이거……."

할머니가 다시 상자 안에서 뭔가 꺼내 영신의 손 안에 쥐어주었다. 손바닥만 한 복주머니가 꽤 묵직했다.

"이건…… 내가 할아버지한테 받은 건데…… 집안에 대대로 내려오는 복주머니란다."

할머니가 복주머니를 열고 그 안에 든 엽전꾸러미를 영신의 손안에 쏟아놓았다.

“오래 전 돈이란다. 아주아주 옛날 돈. 이걸 지니고 있으면 돈이 많이 들어온다는 집안 내력이 있었지.”

‘할머니는 그럼 이거 가지고 계시면서 돈 많이 들어왔어요?’

이 말을 하려다가 영신은 얼른 다른 말로 돌려버렸다. 오갈 데 없이 남의집살이를 하는 할머니에게 그 질문은 적절한 것 같지 않았다.

“그런데 이걸 왜 저에게 주세요. 그렇게 소중한 것을……. 저 안 가질래요, 할머니.”

“계란죽 값이라고 생각해. 그날 네가 끓여준 계란죽을 내가 얼마나 맛나게 먹은 줄 아냐? 그리고 내가 무덤 속까지 가지고 갈 것도 아니고……. 정 가지고 있기 부담스러우면 너도 나중에 고마운 사람에게 주면 되지 않겠냐? 나처럼 할미가 되면…….”

영신이 잠이 든 것을 확인한 할머니는 그녀를 품에 꼭 껴안았다. 정말 영신이 새벽에 보따리를 들고 떠나지는 않을 거라고 생각은 했지만 혹시라도 가버리면 어쩌나 은근히 걱정을 했던 것이다. 요즘 들어 부쩍 몸이 차가워지고 굳어지는 느낌인데, 따뜻하고 부드러운 영신을 껴안으면 하루를 더 살 것 같은 힘을 얻곤 했던 것이다.

‘세상에 공짜는 없는 법이지. 한없이 베풀기만 하는 사람이 어디 있을까. 알게 모르게 서로 거래를 하며 사는 거란다. 물론 영신이 네가 이 할미에게 계란죽을 끓여준 것은 아무 것도 바라지 않은 착한 마음에서 나온 거지만……. 그런 너도 세상을 살다보면 수없이 거래를 할 일이 생길 거다…….’

그렇게 속말을 하면서 할머니도 잠에 빠져들었다.

(5)

다음 날 강 사장이 출근을 하고 영신은 오전 내내 궁금했던 일을 손 여사에게 물어보기로 했다. 어제 저녁에는 찢어진 공책에만 신경을 쓰느라고 잊고 있었는데, 손 여사가 내뱉은 언니에 대한 언급이 마음에 걸렸다. 언니가 술집에 나가다니. 여자가 술집에 나가면 주변에서 어떤 소리를 듣게 되는 것을 아직 세상 경험이 많지 않은 영신이지만 모를 리는 없었다. 당장 전 날 손 여사에게 화냥년이니 창녀 같은 년이니 하는 소리를 들었으니까. 술집은 언니가 나가는데, 왜 자신이 그런 욕을 들어야 하는지도 의문이었다.

마침 손 여사가 오이를 얇게 썰어서 가져오라는 말을 했다. 얼굴에 마사지를 하려는 것이다. 영신이 오이가 담긴 그릇을 들고 안방에 들어가자 거울 앞에서 머리를 정리하던 손 여사가 흘깃 한 번 보고 고개를 돌려버렸다. 그렇게 차가운 표정의 손 여사에게 뭔가 물어본다는 것만으로도 참 용기가 필요한 일이었지만 영신은 궁금증을 지워내야만 했다.

"저기, 언니……."

"어머나? 내가 왜 니 언니니?"

영신은 아차 싶었다. 강 사장은 자신을 사장님이라고 부르는 것을 좋아하지 않았고 오빠라고 부르라고 했지만 손 여사는 아니었던 것이다.

"사돈의 팔촌도 친척이라고 데려와서 언니라고 부르라고 하다니. 참,

내가 기가 차서."

손 여사는 남편에 대한 원망의 말을 영신이 듣던지 말든지 입 밖으로 쏟아내 버렸다.

"어제 언니 이야기…… 술집에 나간다는 소리 무슨 말씀인지……."

그게 궁금하냐는 듯이 영신을 경멸어린 시선으로 바라보던 손 여사는 아침에 강 사장이 나가면서 다짐을 준 소리를 떠올렸다.

"영신이 언니 이야기 다시는 영신이에게 말하지 마요. 실수로라도. 그 어린 애가 알면 얼마나 충격을 받겠어. 소식 없던 언니 찾았다고 연락처라도 알려달라고 하면 어쩌려고……."

"그건 사장님이 잘못 본 거다. 사장님이 네 언니를 몇 번이나 봤다고 알아보겠니? 보나마나 술집에 나간다면 화장을 덕지덕지 했을 텐데……."

영신이 머뭇거리며 앉아있자 손 여사가 소리를 질렀다.

"나가 봐! 점심 준비 안 해? 칼국수 밀라고 했잖아."

영신이 나가고 얼굴에 오이를 붙이고 누워있던 손 여사는 문득 자신이 감지하지 못했던 사실에 생각이 미쳤다. 왜 남편이 영신의 언니를 술집에서 보았을 거라는 생각을 못했던 걸까. 그렇다면 술집에 드나든다는 것인데, 거기 나오는 여자들 술시중도 당연히 받을 테고. 그러고 보니 영신이만 자신에게 신경이 쓰이고 재수 없는 존재가 아니고 이제 그 언니까지 나타나서 자신을 골치 아프게 한다는 생각에 화가 치밀었다. 아무래도 저녁에 남편이 돌아오면 영신이 언니에 대한 전후사정을 꼬치꼬치 물어봐야지 직성이 풀릴 것 같았다.

그날 저녁 퇴근한 강 사장이 영신에게 내민 봉투는 안 그래도 심기가 불편한 손 여사를 더욱 자극했다.

"이거 받아라, 영신아. 공책이다. 어제 찢어져버린 공책은 버려버리고……."

자신에게 주려는 선물인 줄 알고 기대를 하고 있던 지혜가 서운한 마음이 들어서 볼멘소리를 했다.

"아빤 아무래도 딸이 하나 더 필요한가봐. 나만 있으면 된다고 하고선. 아예 영신이를 딸로 삼지 그래요?!"

강 사장은 딸의 투정이 싫지 않았다. 몸이 너무 빨리 성숙해버려서 이제 예전처럼 안고 볼을 부비지는 못하지만 그럴수록 딸에 대한 사랑은 애틋했다. 언젠가 이 집을 떠나 짝을 만나 살아야 한다는 현실이 싫기도 했고. 물론 그건 어느 아버지에게나 다 공통된 아쉬움이긴 했지만.

강 사장은 그저 딸의 어깨를 토닥이면서 사람 좋은 웃음만 흘렸다.

옆에서 이 광경을 보던 손 여사는 남편이 공책을 찢은 자신의 치졸한 행동에 대해 그런 식으로 수치심을 준다고 생각했다. 말로는 자신과 지혜를 누구보다 사랑한다고 하지만 강 사장의 행동은 이해하기 어려울 때가 많았다. 왜 그렇게 자신이 싫어하는 영신에게 과한 친절을 베푸는 것인지. 그냥 집에서 부리는 부엌데기로만 대하면 안 되는지. 사실 교편생활을 할 때도 남편은 반에서 어려운 학생들이 있으면 그냥 지나치지 못하고 돕는 일이 많았고 그건 선생이 제자에게 베풀 수도 있는 선의라지만 지금의 경우는 아니었다. 거의 매일 얼굴을 대하는 어린 계집애 따위에게 따스한 표정, 웃음, 말투를 하는 것이 그녀에게 얼마나 샘을 불러일으키는지 강 사장이 전혀 눈치도 못 채니 참 답답할 노릇이었다.

손 여사는 강 사장이 저녁상을 물리고 채 소화도 되기 전에 채근을 했다.

"당신, 영신이 언니를 어디서 봤죠?"

"어디긴…… 술집이지."

남편이 너무나 아무렇지 않게 술집이라고 대답하자 손 여사는 일순 맥이 빠졌다.

"그럼 당신은 그렇게 여자들 나오는 술집에 드나들었던 말예요?"

"그럼 어떡해요. 그런 술집에 어쩔 수 없이 가야할 일도 생기는 것을……. 신경 쓰지 마, 그냥 옆에 앉아있기만 하는 여자들이니까."

"참나!"

손 여사가 허공에 대고 코웃음을 쳤다.

"무슨 일을 그렇게 기집년들이 나와서 술 따라주는 술집에서 한대요? 내가 집에만 있지만 알만한 것은 다 알아요. 남자들이 그런 자리에서 무슨 짓거리들을 하는지. 그런데 나오는 년들이 돈을 뜯어내려고 오죽 아양을 떨고 꼬리를 칠까. 그런 게 싫지 않으니 남자들이 일 핑계 대고 술집에 드나드는 것 아니예요!"

"어휴……."

강 사장이 한숨을 쉬었다. 사실 아내의 말이 전혀 틀린 것도 아니었다. 남자들이란 존재는 아름다운 여자가 상냥하게 미소를 짓고 사근사근하게 시중을 들면 하루의 피로가 다 풀려버리니까. 그에 비해 집에서 맞아주는 아내들은 그날 기분 나빴던 일조차 남편들에게 풀려고 작정을 하고 벼르지 않는가.

"어쨌든 영신이 언니가 있는 그 술집 어딘지 말해 봐요!"

"당신이 어쩌려고?"

"어쩌긴요. 어린 여자애가 그런데서 남자들 시중이나 들면 나중에 신세가 어찌 되겠어요. 얼른 그곳에서 빼내야죠."

손 여사가 말은 그렇게 했지만 그럴 생각은 추호도 없었다. 일단은 영신이 언니가 있다는 곳을 알아내야 안심이 될 것 같아서 거짓말을 했을 뿐.

"소용없어요. 내가 이미 설득해봤어. 결심이 너무 단호하더라고. 자긴 절대 술집을 그만둘 생각이 없대. 공장이나 남의집살이는 죽어도 하기 싫다고 하는데……. 참, 같은 자매간이라도 영신이하고는 천지차이야. 그럼 고향에 돈이라도 좀 부치던가……. 식구들이 지금 어떻게 살고 있는지는 안중에도 없으니……."

그렇게 말하면서 강 사장은 얼마 전에 본 영신의 언니 얼굴을 다시 떠올렸다. 긴 속눈썹을 달고 진한 화장을 한 그 모습은 예쁘다기보다는 어떤 섬뜩한 애처로움이었다. 순진한 시골처녀에서 그런 모습으로 탈바꿈한 영신의 언니를 알아본 것은 아무리 화장을 했어도 영신과 참 많이 닮은 얼굴이기도 했지만 공장을 그만둔 소녀들이 술집으로 흘러들어간다는 것이 너무나 흔한 현실이고 사회의 모습이라서 혹시 영신의 언니도 술집에 나오지 않을까 늘 눈여겨 봐왔던 참이었으니.

"전요. 다른 애들처럼 그렇게 식구들 위해서 공장에 다녔던 것도 아니었고, 지금 이곳에 나오는 것도 누구를 위해서가 아닌 순전히 저 자신을 위한 거예요. 누가 뭐라든 이 생활이 좋거든요. 죽도록 고생만 하고 월급도 제 때 못 받는 공장 생활은 정말 지긋지긋해요."

강 사장은 영신의 언니가 단호하게 내뱉던 그 모습이 다시 떠올라서 한숨까지 내몰았다. 그 모습을 보고 손 여사는 점점 더 기가 찼다. 한숨을 내뱉다니. 얼마나 걱정이 되면 저럴까 하는 생각에 가슴에서 불이 솟구치는 것 같았다. 하지만 강 사장의 한숨은 특별히 영신의 언니에 대한 염려에서 비롯한 것은 아니었다. 가정이 불우한 어린 소녀들이 공장에 다니다가 술집으로 흘러들어가는 안타까운 사회 현실이 늘 싫었던 것에서 나온 것임을 손 여사는 알 리 없었다.

"암튼 어딘지 알려줘요. 나도 이거저거 걱정도 되고 궁금한 것도 있어서 그러니……."

"소용없어. 며칠 전에 가보았더니 벌써 그만 뒀더라고. 다른 데로 갔겠지."

강 사장은 이제 숫제 손 여사에게 등을 돌려버렸다. 더 이상의 질문은 하지 말라는 무언의 몸짓 앞에 손 여사도 입을 다물었지만 머릿속은 온갖 궁리에 궁리를 하느라고 복잡하게 엉키기만 했다.

(6)

손 여사가 궁리에 궁리를 거듭하다가 결국 영신의 언니 영순이 다니는 술집을 알아내고 찾아간 것은 어리석은 실수였고 그녀의 가슴에 커다란 생채기를 내는 일이 되고 말았다. 싸구려 술집에 다니는 천박한 술집 여자를 상상하고 찾아갔던 영순이 다니는 술집은 거대하고 휘황찬란했고 수많은 남자와 여자가 어울리는 환락의 공간이었다. 그녀가 말로만 듣던 남자들의 밤의 세상은 상상을 초월한 것이라서 자신이 그동안 우물 안 개구리로 살았다고 한탄했다. 그 우물이 자신을 보호하고 지켜주는 버팀막이었다는 것을 깨닫지는 못한 채.

"용건만 말하세요, 아줌마!"

손 여사는 자신을 향해 서슴없이 아줌마라고 부르는 이 당돌하고 건방진 어린 여자애를 참담한 표정으로 그저 바라볼 뿐이었다.

영신이 늘 기가 죽어서 자신을 언니라고 부르다가 사모님이라고 부르면서 눈치를 보는 것에 비하면 영순은 너무나 당당하고 도도했다.

"아줌마라니……, 어디서."

그녀가 내뱉을 수 있는 말은 이것이 전부였다. 그런 그녀를 마치 사냥감이라도 잡아온 사냥꾼처럼 영순이 거만한 표정으로 바라봤다.

"풋, 사모님이라고 불러주기 바라시나 봐요? 좋아요. 저도 사모님이라고 불러 드릴 테니 아줌, 아니 사모님도 저를 영순이라고 부르지 말고 다희라고 부르세요. 아줌마가 아줌마에서 사모님으로 거듭난 것처럼 저도 영순이에서 다희로 거듭난 거니까."

단순히 화장을 덕지덕지 한 천박한 술집 계집애를 연상하고 왔던 손 여사에게 영순의 모습은 충격 그 자체였다. 몸매는 깎아 놓은 대리석 조각처럼 군살 하나 없이 탄탄했고 비록 화장은 진하게 했지만 그 얼굴에서는 정체를 알 수 없는 귀티마저 흘렀다.

세상 모든 여자들은 자신보다 젊고 아름다운 여자들에게 본능적으로 기가 죽어버린다. 손 여사도 그랬다. 한껏 차려입고 나온 우아한 정장, 목에 건 진주 목걸이와 손에 낀 결혼반지로 기를 죽이려는 손 여사의 계획은 빗나가고 말았다.

당장 따귀를 때리든가 영순이 먹는 양주잔을 엎어 버리고 싶었지만 감시를 하듯 드나드는 건장한 체격의 웨이터의 눈길이 심상찮아서 소리를 죽여 말했다.

"용건은 하나다. 난 네가 이런 데 있는 것이 걱정스럽단다."

이런 손 여사를 영순은 팔짱을 끼고 한심하다는 듯이 쳐다봤다.

"아줌마랑 저랑, 아니 사모님처럼 사는 부류의 여자들과 저는 살아가는 방식이 다르고, 생각조차 달라요. 그저 부모 복이 없거나 팔자가 세서 그런 것일 뿐, 무시하려고 생각은 마세요. 여긴 젊은 총각들은 오지 않아요. 다 나이든 노인네들이나 마누라가 있어도 외롭다고 하소연 하는 남정네들 천지니까. 사모님은 참 우물 안의 개구리네요. 세상을 몰라도 너무 몰라요. 하긴 모르는 게 속 편하죠. 남자들 세계 안다고 또 어쩌지도 못할 테니."

"그러니까 넌 네 동생 영신이 우리 집에서 부엌일을 하면서 고생을 하건 고향에 있는 식구들이 고생을 하건 너만 생각하면 된다는 거니? 참 안타깝구나. 난 일껏 네 생각을 하고 찾아왔는데……."

이런 손 여사의 말에는 순간적인 진심이 담겨있었다. 그동안 어른스럽지 못하게 영신을 구박하고 경계했지만 문득문득 지혜와 또래인 영신이 학교에도 못하고 부엌일을 하는 모습이 안됐다는 생각이 들 때도 있었으니.

"흥!"

영순이 앞에 놓인 양주를 홀짝 들이키며 코웃음을 쳤다. 같은 여자가 봐도 그 도톰하고 붉은 입술이 참으로 고혹적이라고 손 여사는 생각했다.

'남자들이 저 입술을 보면 당장 쪽쪽 빨고 싶겠지.'

"무슨 말씀인지는 잘 알겠어요. 그러니 이제 가세요. 다신 오지 마시구요. 자꾸 이러시면 제가 강 사장님을 이곳으로 불러들일 수도 있으니까……."

이 한 마디에 손 여사는 기가 질려버렸다. 어찌 저런 계집애가 있을까. 아무리 술집에 다닌다 해도 저렇게 악랄하고 닳고 닳아빠진 말을 내뱉다니.

"알았다. 더 이상 난 너에게 신경 쓰지 않겠어. 나중에 나이 들어 후회 말아라."

손 여사는 자신의 뒷모습이 초라해 보이지 않도록 일부러 고개를 꼿꼿이 들고 걸었다. 그 등 뒤에 대고 영순이 못을 박듯이 또렷하게 말했다.

"그리고 아줌, 아니 사모님. 우리 영신이 구박할 생각은 하지 마세요. 난 그 좀 가진 사람들이 없는 사람들 업신여기고 잘난 체 하는 게 싫어서 여기 왔어요. 적어도 여기서는 남자들이 나를 그렇게 대하지 않으니까. 분명히 기억해둬요. 아줌마 남편도 술집에 오면 어린 계집애들이 좋아서 환장하는 남자들 중에 하나일 테니. 그나저나 요즘은 왜 이렇게 나 같은 여자들에게 관심 갖는 사람들이 많은 줄 몰라. 지 남편 단속 하느라고 찾아오질 않나. 영화나 소설 같은 것은 그렇게도 할 일이 없는지 모두들 우리 이야기만 쓰고 있으니. 뭐 술집에 다니면 다 인생 패배자인 동시에 가정 파괴자인줄 아나?"

손 여사는 패배감을 느꼈다. 철저하게 패배였다. 영순을 찾아가서 한 남자의 사랑을 받으며 행복하게 살고 있는 중년여자의 행복한 모습을 보여주고 싶었던 계획은 빗나갔다. 비웃어주고 경멸해주고 잘난 체 하고 싶었는데, 이런 씁쓸한 비참함은 뭐란 말인가.

밤의 거리에서 술 냄새를 풍기는 중년 남자 몇이 일부러 그녀의 몸을 부딪치며 지나갔다. 그녀는 황급히 택시를 잡았다. 택시 안에서 손거울을 보니 거기 화장이 땀으로 얼룩진 중년의 여인이 음울한 눈빛으로 마주보았다. 마음 같아선 그 손거울을 발로 밟아 작살내버리고 싶었지만 차마 그러지 못하고 슬그머니 거울을 백 안에 집어넣었다.

집에 돌아온 손 여사는 대문을 열어주는 영신에게 짜증을 내지도, 그날 있은 일을 말하려고 자신에게 웃으면서 다가오는 지혜에게 다정한 목소리도 들려주지 않았다. 그녀는 욕실에 들어가서 거울 앞에 비친 자신의 모습을 보았다.

예쁘고 자신 있고 당당했던 모습은 어디로 갔단 말인가. 흰 머리는 늘어가고 얼굴에 주름은 늘어가고 뱃살도 처지고 그런 외모에 비례해서 마음도 자꾸만 주름져 가는 현실.

그녀는 자신의 처지가 한없이 가여워서 욕실 바닥에 주저앉아 울기 시작했다. 한 번 눈물이 나기 시작하자 이제 누가 듣던 말든 그녀는 거침없이 소리까지 냈다.

욕실 밖에서 이 소리를 듣는 영신은 혹시 자신과 관계된 일은 아닐까 불안했고 지혜는 한 번도 보지 못한 어머니의 이런 모습에 안절부절 못했다.

손 여사가 스스로를 진정시키면서 울음을 멈추고 일어서다가 문득 인기척을 느끼고 돌아보니 문 앞에 강 사장이 서있었다. 강 사장은 얼굴이 눈물로 얼룩진 손 여사를 참으로 낯설다는 표정으로 바라보았다. 가끔 화를 내거나 신경질을 내는 것을 빼면 남편에게 늘 싹싹한 존재였던 아내의 우는 모습은 참으로 오랜만이었다. 여자의 눈물이 남자를 설득하거나 위협하는 무기라는 것을 알고 더러 일부러 계획된 눈물을 쏟는 것을 본 적은 있지만. 여자의 눈물이 남자에게 무기인 것은 맞았다. 강 사장에게 아내의 눈물은 가슴을 찌르는 칼 같은 것이었으니. 그는 아무 말 없이 손 여사를 껴안았다. 그리고 아내의 귀에 속삭였다.

"…… 숙자야…… 왜 우는 거야. 무슨 일 있어?"

얼마 만에 듣는 자신의 이름인가. 손 여사는 남편이 왜 자신의 이름을 그렇게 다정하게 부르는지 현실감이 들지 않았다. 그러자 다시 조금 전에 본 그 도도하고 아름답고 오만한 영순의 모습과 목소리가 떠올랐다.

'전 영순이가 아니고, 다희예요.'

"오늘 어디 갔다 왔어? 이렇게 예쁘게 차려입고서……."

"나 영신이 언니한테 갔다 왔어요."

이 말에 강 사장이 몸을 움찔하면서 놀랐다.

"당신이 그런 데를 뭐 하러 가? 참 쓸데없는 짓을 하는구만."

"왜요? 난 그런 곳에 구경 가면 안 되나? 거기 보니 당신 또래 남자들이 득실득실 하더라고요. 하여튼 남자들은 참 좋겠어요. 젊은 예쁜 년들에게 시중 받으면서 술도 마시고. 그러다가 집에 오면 마누라가 어떻게 보일까?"

손 여사는 내친 김에 자학적인 말을 내뱉었다.

강 사장은 좀 전에 눈물로 얼룩진 아내의 모습에 애처로움을 느꼈다가 표독스런 표정을 짓는 모습에 슬슬 짜증이 솟구쳤다. 그래도 같이 맞받아서 짜증을 낼 수는 없었다. 그러다가 싸움으로 번지기라도 하면 잠도 못자고 피곤해질 테니. 대신 그는 가방 안에 든 작은 반지상자를 내밀었다. 강 사장은 가끔 이렇게 아내에게 목걸이나 반지를 선물하는데, 오늘 같은 날은 아주 적절하게 잘 준비했다고 생각했다. 손 여사가 반지를 받고 나면 화를 좀 가라앉힐 테니. 그런데 다른 날과 달리 손 여사는 반지를 보고도 시큰둥했다.

'그렇다면 다른 방법이 없겠구만.'

강 사장은 속으로 중얼거리면서 아내의 손을 잡고 안방으로 이끌었다. 이미 남편의 의도를 눈치 챈 손 여사가 마지못한 척 다소곳이 따라갔는데, 강 사장은 참으로 걱정이었다. 요즘 들어 잠자리에서 유달리 몸짓이 격렬하고 집요해지는 아내에게 주눅이 드는 느낌이었다. 아내를 충분히 만족시켜야 남편으로서 위신도 서고 남자로서의 자부심도 생기는 법인데, 늘 자신만 만족하는 느낌이니.

여자들은 나이가 들수록 남자의 몸을 깨우쳐가고 쾌락을 알아간다는 주변의 소리가 딱 맞는 것 같았다. 아내는 남자들이 밖에 나가서 젊은 여자를 만나고 외도를 할 거라는 어떤 맹신을 하고 있는데, 사실 요즘은 남자들만이 문제가 아니었다. 가정주부들의 외도도 심심찮게 거론되는 현실이니까.

한차례 폭풍 같은 일을 치룬 강 사장이 잠이 들자 손 여사는 뿌듯한 마음이 되어 그를 내려다보았다. 자신이 만족하고 하지 않고는 문제가 되지 않았다. 그저 남편이 자신의 몸 안에 들어와 사정을 늦추려고 애를 쓰다가 도저히 참을 수 없다는 표정으로 절정의 순간을 맞으면 그것만으로 좋았다. 남편을 만족시킬 수 있는 것처럼 행복한 일이 세상에 또 있을까?

그녀는 그제야 좀 전에 강 사장이 준 반지상자를 열어보았다. 붉은색 루비가 반짝거리며 그녀를 올려다보았다. 당신은 정말 행복한 여자군요, 하면서 우러러보는 눈빛으로.

'그래, 그런 천한 술집 년하고 내 신세를 비교했다는 것부터가 참 우습지. 내가 잠시 어떻게 되었었나? 그 년은 뭐 마냥 젊고 예쁠라구. 결국 오갈 데 없고 남자들에게도 버림받아서 참 꼴좋겠다.'

손 여사는 주변에서 들은 술집 여자의 말로에 대해 생각을 하자 이제 더 이상 영순이란 어린 계집애에게 신경이 쓰이지 않을 것 같았다.

거울을 보자 거기에는 안정적이고 풍요한 가정 안에서 충분히 행복을 맛보는 중년여인의 모습이 비치고 있었다. 손 여사는 그 모습을 보고 만족해져서 미소를 지었다.

'이제 두 번 다시 택시 안에서 본 그런 모습은 누구에게도 보이지 않을 거야.'

그녀는 그렇게 다짐을 하면서 남편 옆에 몸을 뉘었다. 그 기척에 잠시 눈을 뜬 강 사장은 자신을 또 얼마나 포근하게 안아주는지 그 단단한 가슴에 손을 얹고 어루만지면서 그녀는 허공을 향해 벌쭉벌쭉 웃어댔다. 생각 같아선 너무 좋아 소리라도 내서 크게 웃고 싶은 마음이었지만 그럴 수가 없어 웃음을 참느라고 온 몸이 떨리기조차 했다.

(7)

손 여사가 영순을 찾아간 일은 일단 이렇게 일단락되었다. 손 여사는 꼭 영순이 겁을 주어서라기보다 전과는 다르게 영신을 대했다. 관심의 초점이 영신이에게서 영순에게로 가서일까. 어차피 영신은 오래 이 집에 있을 존재가 아니었고 눈앞에 있으니 안심이 되었지만 영순은 보이지 않는 곳에서 무슨 짓을 할 지 경계가 되었다. 그리고 그 도도하고 버릇없는 영순에 비하면 입 안에 혀처럼 구는 영신은 차라리 고맙다는 생각조차 들었다. 요즘에 부쩍 골골거리는 할머니를 도와 집안일과 부엌일을 거의 도맡아하기도 하니 어찌 생각하면 손 여사에게 영신은 참 필요한 존재였다.

그러던 중 지혜가 여름방학을 맞았고 같이 수영을 다니거나 운동을 다니느라고 손 여사는 영신과 영순이란 골치 아픈 대상에서 잠시 해방 되는 느낌이었다.

여름은 영신에게 참으로 평화롭게 흘러갔다. 할머니는 늘 친할머니처럼 다정했고, 손 여사와 지혜가 자주 집을 비우는 바람에 연탄광 뒤의 창고에서 보낼 수 있는 시간이 많아졌다. 날은 더웠지만 창고 위가 장독대라서 지하처럼 서늘한 것도 마음에 들었다. 그곳에서 영신은 과거를 생각하지 않았다. 그곳은 더 이상 아버지를 처음 떠올린 황량한 화원이 아닌 비밀과 희망으로 가득 찬 미래의 방이었다. 강 사장이 학생들을 가르치던 교재들을 보면서 중단된 공부를 할 수 있다는 현실은 그녀의 마음에 굳센 의지와 앞날에 대한 포부를 갖게 했다. 가끔 어렴풋하게 품었던 불안감. 어쩌면 고향으로 돌아가지 못하고 이 집에서 집안일을 계속할지도 모른다는 절망감은 공부를 할수록 희미해져 갔다.

평온한 날이 이어져서 무료하게조차 느껴지던 여름날이 지나고 가을이 왔다. 아침저녁으로 서늘한 바람이 불면서 영신의 가슴속에도 그 바람을 닮은 영문 모를 서글픈 감정이 밀려들 때가 많았다. 영신은 그 묘한 서글픔을 이해할 수 없었다. 이제 이 낯선 집에도 적당히 적응이 되었고 더 이상 지혜가 부모 밑에서 누리는 행복을 부러워하지도 않았고 자신의 처지를 스스로 딱하게 여기는 연민이란 감상에서도 벗어났다고 생각을 하고 있었는데 말이다.

그녀는 자신이 아무리 그리워하고 부러워해도 아버지가 살아계시던 그 행복한 시절로 돌아갈 수 없는 현실을 어느 날부터인가 똑바로 직시했다. 그녀는 앞으로 현재와 미래만 생각하기로 결심했다.

어느 날 아침 영신은 아랫도리가 불쾌한 느낌에 이불을 들춰보다가 소스라쳐 놀랐다. 며칠 전부터 영신은 아랫배가 묵직하고 뭔가 찌뿌듯한 느낌에 어디가 아픈가 생각이 들었지만 소화가 안 돼 그렇겠거니 했는데, 드디어 그 정체를 알았다. 그녀는 망치로 머리를 얻어맞은 듯 멍하니 붉은 피가 묻은 이불을 내려다보았다. 그동안 그녀는 가끔 의문을 했다. 왜 자신에게는 생리가 찾아오지 않는 것일까. 또래의 지혜보다 덜 성숙해서 그런 것일까. 생리가 시작되면 진정한 여자가 된다는데, 어서 자신에게도 생리가 시작되면 좋겠다는 생각도 했다. 그러나 막상 이렇게 자신을 찾아온 '여자'를 보자 두려운 감정이 먼저 들었다.

단순히 그것이 피라는 붉은 것을 보는 본능적인 두려움이었을까. 가끔 칼에 손을 베어 흘러나오는 피를 보면 아픔보다는 그 붉음에 어떤 섬뜩함을 느끼곤 했다. 그리고 무엇보다 영신에게 붉은 피는 불길함의 상징이기도 했다. 암에 걸린 아버지가 쏟아냈던 그 엄청난 양의 붉은 피. 그 피를 볼 때마다 얼마나 두렵고 가슴이 뛰었던지.

그녀도 앞으로 수없이 많은 피를 쏟아내야 할 것이다. 영신은 고향에서 어머니와 언니가 밤이면 몰래 수돗가에서 생리대를 빠는 광경을 생각했다. 마치 죄를 짓는 것처럼 그 일은 은밀하게 진행되었고 하얀 생리대는 달빛 아래서 참 처연하게 걸려있었다.

영신은 일단 이 피 묻은 이불을 어떻게 처리해야 하나 고민했다. 아니 이불이야 아무렇지 않게 빨면 된다고 하지만 당장 자신의 몸에서 흘러내리는 이 붉은 피를 어떻게 처리해야 하는지…….

"영신아……."

옆에서 이미 이 광경을 지켜보고 있던 할머니가 기운 없는 목소리로 불렀다. 할머니는 영신의 손을 꼭 잡아주었지만 힘이 없어서 곧 놓아버리고 말았다.

"불쌍한 것……. 이럴 때 어미 손길이 필요한 건데……. 우선 저 머리맡에 수건을 대신 써야지 어쩌겠냐. 이따가 내가 어떻게든 마련해……."

말을 채 맺지 못하고 할머니는 밭은기침을 했다.

"오늘따라 내가 몸이 너무 힘이 드니 어쩌면 좋냐. 영신이 혼자 아침을 해야겠네……. 국 끓일 줄 알지? 쌀 씻을 때, 뜨물 틉틉하게 받아서 김치 썰어놓고 끓여라. 찬바람 불기 시작하면 이 집 주인양반은 김칫국을 즐겨 드신단다……."

물론 밥을 하고 국을 끓이는 것은 영신에게 문제가 아니었다. 그동안 할머니 옆에서 봐오기도 했지만 이 집 음식이 아버지가 살아계실 때, 어머니가 하던 음식과 크게 다르지는 않았던 것이다.

어쨌든 영신에게는 참 가혹한 아침이었다. 그녀는 붉은 피가 흐르는 몸을 이끌고 마치 전쟁터로 나가는 전사가 된 기분이었다. 부엌일은 늘 할머니가 이끌어주고 그녀는 따라가기만 하면 되는 것인데, 혼자 해야 한다는 것은 심적으로 참 부담이 되는 일이었다.

영신이 혼자 차려내온 아침상을 물린 강 사장이 흡족한 표정으로 말했다.

"영신이 김칫국 끓이는 솜씨가 할머님하고 똑같네. 안 그래도 어제 한 잔 했는데, 속이 다 후련하구만."

손 여사는 남편의 이 말이 고깝게 들렸다. 도대체 왜 늙어 꼬부라진 노인네의 음식이 입에 맞는다고 하는지 이해할 수가 없었다.

"아무래도 할머님 몸이 갈수록 예전 같지 않으신 것 같은데…… 당신이 부엌일을 하면 좀 어떻겠어? 아직 영신이 혼자서는 무리잖아."

"뭐라구요?"

손 여사는 벌컥 화를 냈다가 일순 후회를 했다. 아침에 출근하는 남편 앞에서 화를 내는 일은 가급적 자제하기로 했던 것이다.

"좋아요, 제가 할 수도 있어요. 근데 당신, 내가 해준 음식 전부터 늘 입에 안 맞아 했잖아요."

그녀는 슬그머니 말을 그렇게 돌려버렸다.

"그러니까 음식은 영신이가 할머님에게 배워서 제법 하는 것 같으니까, 그냥 집안일이라도 도와주라는 거지."

손 여사는 생각만 해도 끔찍했다. 그동안 안하던 집안일을 하라니. 자신의 주변을 아무리 둘러봐도 집안일을 하는 친구는 없었다. 형편이 어렵던 친구도 남편 사업이 잘돼서 식모를 두고 사는데, 다 늦게 무슨 생고생이란 말인가.

손 여사가 대꾸를 않자 강 사장도 더 이상 말을 잇지 않았다. 그 침묵이 손 여사는 마음에 걸렸다. 말을 않는다는 것은 곧 화가 났다는 것을 반증하는 것이니까.

"…… 알았어요."

손 여사는 일단 그렇게 말하고 웃는 얼굴로 강 사장을 배웅했다. 대답은 그렇게 했지만 그럴 생각은 없고 남편을 속여야겠다고 생각했다. 강 사장이 하루 종일 집에 있는 것도 아닌데, 자신이 집안일을 돕는지 어쩐지 알 턱이 없을 테니.

강 사장이 출근을 하고 손 여사는 유난히 부드러운 목소리로 영신을 불렀다.

"영신아, 할머니가 많이 아프셔서 너 혼자 힘들어서 어쩌니?"

"아니예요, 사모님. 전 괜찮아요."

"내가 좀 도왔으면 좋겠지만, 너도 알다시피 시간이 그리 많지 않아. 사장님은 나보고 너를 도우라고 하지만 여태 네가 깔끔하게 해오던 집안일을 내가 어떻게 하겠니?"

영신은 손 여사가 무슨 말을 하려는지 눈치 빠르게 알아챘다.

"걱정 마세요. 제가 다 해도 돼요. 별로 할 일도 없는 걸요."

"그래."

손 여사는 영신이 눈치만 보는 것이 아니고 눈치도 빠른 것이 마음에 들었다.

'하긴 남의집살이 하려면 그건 뭐 기본이지.'

그렇게 속말을 하다가 문득 영신이 엉거주춤한 자세로 서있는 것이 눈에 들어왔다.

'저 년이 왜 저런담? 배탈이 난 건가?'

"너 왜 그래! 치마 속에 뭘 숨겼니?"

머뭇거리던 영신은 하는 수없이 사실대로 손 여사에게 이야기 했다.

수건을 썼다고 혼이 나면 어쩌나 걱정을 하고 있는데, 손 여사가 큰 소리로 웃어댔다.

“아니, 그럼 너 여태 그걸 안하고 있었단 말이니? 하긴…… 너만 아니라 발육이 늦은 애들은 더 늦게도 한다고 하더라만. 난 우리 지혜가 하도 빨리 그걸 해서 다 그런 줄 알았다.”

아무리 손 여사가 영신을 집안일이나 하는 존재로 무시해도 같은 여자끼리 한 달에 한 번씩 하는 그 행사를 나 몰라라 할 수는 없는 일이라서 딸의 방에 들어가서 생리대 몇 개를 내놓았다.

그리고 짐짓 어른스런 목소리로 훈계를 했다.

“조심해! 항상. 너 알지? 여자가 생리를 한다는 것이 무슨 뜻인지? 지금부터 네 몸가짐을 함부로 했다간 인생 끝장나는 일이 생길 수도 있으니까.”

영신은 아직 손 여사의 말을 다 이해하지는 못했다. 생리를 한다는 게 무슨 뜻인지는 알지만 몸가짐을 함부로 한다는 것은 뭘 말하는 것인지. 그녀에겐 그 나이에 필요한 선생님도, 부모님도, 친구도 없었으니까.

대신 영신은 어린 시절부터 어른들이 무심히 내뱉었거나 은밀히 속삭이던 말, 손 여사가 말한 그 몸가짐에 대한 말의 뜻을 그녀가 혼자 찾는 그 창고에서 알아냈다. 창고에서 영신은 공부만 한 것이 아니라 한쪽에 쌓인 소설책들을 읽었고 그 과정에서 인간이 내뿜는 말속에 담긴 거짓이나 진실을 알아냈으며 삶에 대한 호기심은 더욱 왕성해졌다.

아직 어린 나이에 도맡은 집안일은 때론 벅찼지만 창고 안에서 혼자 공부를 하고 책을 읽는 기쁨이 그녀 안에 엄청난 정신적 에너지를 쌓아주었다.

그리고 가을이 깊어진 어느 날, 영신은 할머니의 죽음을 맞았다. 그녀는 그날을 평생 잊을 수 없을 것이다.

그날 아침은 비가 내리고 있었다. 아마 기온이 조금만 더 내려갔다면 눈으로 변했을 차가운 비였다. 여느 날처럼 눈을 떠서 부엌으로 가려던 영신은 자신의 몸을 감싸고 있던 할머니의 손의 감촉이 유난히 차갑고 딱딱하다는 것을 느꼈다. 그녀는 자신도 모르게 비명을 질렀고 집안에 있던 식구들이 비명소리에 놀라 달려왔다.

이 노인네의 죽음을 보는 느낌은 각자 달랐는데, 강 사장은 그동안 자신이 회사일이 바쁘다는 핑계로 할머니에게 좀 더 신경을 쓰지 못한 일에 땅을 치고 싶은 후회감이 들었고 손 여사는 언제든 닥칠 일이 왔다는 담담한 마음이었다. 아니 이렇게 잠을 자다가 조용히 생을 마감해 준 할머니에게 고마운 마음이 들었다고 해야 할까. 놀란 지혜가 울고불고 하면서 학교도 가지 못하고 난리를 칠 때, 눈물조차 흘리지 못하는 영신은 넋이 빠져서 드러눕고 말았다.

(8)

할머니의 죽음은 강 사장에게 깊은 회한을 남겼다. 어째서 진즉 병원에라도 한 번 모시고 가지 못했던가. 그저 늙어서 그런 것이라고만 생각했던 자신의 몰인정에 자괴감만이 들었다. 이런 마음도 모르는 채 손 여사가 철없는 소리를 했다.

“할머니한테는 오히려 다행인 일이죠. 그렇게 편안하게 잠자다가 죽는 거…….”

“조용히 해요!”

이렇게 화를 내는 남편의 모습은 처음인지라 손 여사는 가슴이 덜컹 했다.

“그건 그렇고…… 영신이를 고향에 보내줘야겠어. 가서 식구들 보면 몸도 마음도 좀 추스를 수 있을 거요.”

추석 명절에 보내주려다가 손 여사가 다음에 보내자고 반대를 하는 바람에 미루었던 것인데, 더 이상 앓고 있는 영신을 두고 볼 수는 없다고 강 사장은 결정을 내렸다.

고향으로 가는 기차 안에서 영신은 눈을 감고 집으로 가는 길을 떠올렸다. 역 앞 광장을 건너면 아버지가 자주 들러 빵을 사오던 제과점이 나온다. 제과점을 지나면 시공관이란 극장이 나오고 조금 걸으면 뒷마당에 커다란 오동나무가 서있는 경찰서, 빨간 소방차가 늘 한두 대 서있는 소방서가 보이고 소방서 뒷담을 따라 걸으면 공터가 나오는데, 더러 몇몇의 인부들이 벽돌을 찍어내는 곳이기도 하다.

그 공터가 끝나는 곳에 영신이 살던 집이 있다. 그 집으로 들어서려다가 그녀는 발길을 멈췄다. 이제 그곳은 영신의 집이 아니다. 역 뒤에 있는 아파트 옆에 허름한 집들이 모여 있고 거기 방 하나에 부엌 하나를 세 들어 사는 곳이 그녀의 집이다. 영신은 슬픈 회상에서 벗어나려고 눈을 떴다.

영신이 기차에서 내려 오랜만에 대하는 역 광장의 모습에 잠시 낯설어하고 있는데, 몇몇 사람들이 그녀를 부러운 눈길로 바라봤다. 영신이 입은 옷은 강 사장이 특별히 마련해준 코트였는데, 한눈에 보아도 세련되고 고급스런 느낌이었다.

꾀죄죄한 모습의 총각 하나가 음흉한 웃음을 지으면서 영신의 주변을 맴돌기에 그녀는 황급히 그곳을 벗어났다.

집에 들어섰을 때, 영신은 자신을 바라보는 한 노인네의 모습에 의아했다. 부엌에서 국수를 삶고 있던 노인은 바로 영신의 엄마였는데, 그녀가 고향을 떠날 때 모습과 너무 다르게 늙어보여서 한동안 알아볼 수조차 없었던 것이다.

"엄마, 엄마 맞어?"

영신이 손에 든 가방을 땅에 내려놓고 어머니를 끌어안으면서 오열했다.

"엄마, 왜 이렇게 할머니가 다 돼버렸어."

영신의 어머니도 잠깐 동안 딸의 모습을 알아보지 못한 것 같았다. 서울물을 먹은 딸이 몰라보게 예뻐지고 살도 올라 있었으니까.

모녀가 잠시 할 말을 잃고 그저 부둥켜안고 있는데, 방문이 열리면서 영신의 오빠가 내다보았다. 눈에 눈물이 그렁그렁한 영신은 오빠가 반갑게 맞아줄 줄 알았는데, 뚱한 표정을 짓자 어색하게 말문을 열었다.

"잘 있었어? 오빠……."

“그래…… 근데 너는 거기서 아주 잘 먹고 지냈나보네. 서울 아가씨가 다된 걸 보니…….”

비난인지 칭찬인지 모를 그 소리에 영신이 멋쩍게 웃고 있는데, 방문이 다시 쾅 소리를 내면서 닫혔다.

그 소리에 영신의 어머니는 가슴이 뜨끔 했다.

“신경 쓰지 마라. 먹는 거는 부실하고 공부하려니 힘들어서 그렇지……. 그나저나 네 동생이 걱정이다.”

“명식이가 왜?”

영신은 어머니가 삶아놓은 국수를 한 입 입에 넣고 오물거리면서 웃었다. 그 웃음에 영신의 어머니는 그동안 무뚝뚝한 큰 아들과 조금 모자란 작은 아들 틈에서 겪은 시름이 한 번에 다 풀리는 것 같았다.

“네 아버지 병 수발 하느라 너무 신경을 안 쓰고 있어서 몰랐던 거 같어. 자꾸 어리광이 늘어간다 그렇게만 생각하고 있었는데…… 학교에 가보니 선생님이 그러드라. 다른 애들에 비해서 지능이 많이 떨어진다고. 먹는 게 부실해서 그렇다고도 하고, 애정을 덜 받아서 그렇다고도 하고. 정말 걱정이다. 요즘은 학교도 안 가고 역 근처에서 헤매다가 저녁에야 들어온단다.”

호랑이도 제 말 하면 나타난다고 마침 그때, 명식이 부엌으로 들어서다가 영신을 보았다. 머리를 제 때 자르지 않아서 더부룩하고 목욕을 하지 않아 꾀죄죄한 그 모습은 영락없는 거지꼴이었다. 그래도 무뚝뚝한 오빠와는 다르게 얼굴에 웃음을 가득 띠더니 다짜고짜 영신의 가방을 뒤졌다. 그리고 그 안에서 나온 과자봉지를 움켜쥐고 그대로 밖으로 달아나버렸다.

그 모습을 민망하게 보면서 영신의 어머니가 한숨을 푹 하고 쉬었다.

"내가 좀 집에서 챙겨주면 저 꼴은 아닐 텐데……. 나도 요즘 장사를 다니느라고……."

"엄마가 장사를 다닌다고?"

"그래, 시골 사는 사람들 필요한 물건을 가져다 팔고 쌀이나 밀가루 같은 걸로 바꿔온단다. 더러 농사일 돕기도 하고. 한 번씩 장사를 다녀오면 명식이 녀석이 저렇게 거지꼴을 하고 있어……. 날도 추워오는데, 정말 걱정이네……."

영신이 그제야 가방 속에서 강 사장이 준 돈 봉투를 꺼냈다. 지금 어머니에게 가장 위로가 되는 것은 바로 돈일 것이다. 영신은 이렇게나마 어머니에게 조금이라도 보탬이 되는 자신이 뿌듯했다. 그리고 좀 더 도움이 되지 못하는 것이 또 안타까웠고.

"엄마, 내가 앞으로 돈 많이 벌면……."

"그런 소리 마라, 영신아. 네가 무슨 돈을 번다고. 니 오빠 졸업하면 얼른 집에 와서 학교도 다시 다니고 해야지."

모녀의 이 대화를 방안에서 듣던 영신의 오빠 경식은 책상을 주먹으로 쾅 하고 쳤다. 틈만 나면 자신의 졸업을 거론하고 이 집안을 떠맡고 가야할 장남의 임무를 상기시키는 어머니가 못마땅했다. 누나나 여동생이 마치 자신을 위해 희생하고 있는 듯 말하는 것도 거슬렸고.

"또 국수야? 영신이도 왔는데……."

저녁 상 앞에서 경식이 투덜거렸다.

그 말은 은근히 영신이를 채근하는 소리였다. 오랜만에 온 영신이 쌀밥에 고깃국이라도 끓여줄 줄 알았는데 실망한 것이다.

"오빠, 오늘은 엄마가 벌써 국수를 삶아놓아서……. 내일은 내가 쌀밥에 고깃국 끓여줄게. 근데 난 엄마가 끓여주는 이 국수 정말 맛있어. 멸치 국물도 너무 시원하고……."

"맛있기는. 너도 맨날 국수만 먹어봐라. 서울서 맨날 맛있는 것만 먹다가 어쩌다 먹으니 그렇겠지."

영신은 오빠의 이 볼멘소리가 원망스럽지 않고 가슴이 아팠다. 아버지가 살아 계실 때는 얼마나 다정다감했던 오빠였던가. 이 모든 원인은 모두 가난에 있다고 영신은 생각했다. 못 먹고 못 입으면 마음마저 황폐하고 거지꼴이 되는 것일까. 사람은 분명히 환경의 지배를 받고 있었다. 강 사장 가족이나 서울에서 마주치는 사람들은 얼굴빛도 환하고 온화한 웃음을 띠고 있는데, 고향에 오니 사람들의 얼굴은 음울하고 뭔가 남의 눈치를 보는 듯 비굴한 표정을 하고 있다.

영신은 공부고 뭐고 얼른 돈이라도 실컷 벌었으면 좋겠다는 생각을 했다. 매일 쌀밥을 먹으면 오빠도 괴팍한 성질을 죽이고 환한 성격이 될 수 있지 않을까. 못 먹어서 지능이 모자란다는 남동생도 어릴 때의 총기 어린 모습을 되찾을 테고. 영신은 문득 돌아가신 할머니가 주신 복주머니를 떠올렸다. 정말 그 복주머니를 지니고 있으면 돈이 들어올까? 그 생각을 하다가 영신은 피식 웃었다. 그건 그냥 할머니가 자신에게 용기를 주기 위해 하는 말씀이셨을 것이다.

며칠을 고향에서 보낸 영신이 강 사장 집으로 다시 돌아왔다. 대문 앞에서 영신을 마주한 손 여사는 얼마나 반갑던지 덥석 손이라도 맞잡고 싶은 심정이었다. 그도 그럴 것이 영신이 없는 동안 부엌일과 집안일을 하는 것이 너무나 힘들어서 새삼 느끼지 못했던 영신의 자리가 아쉽기 그지없었던 것이다.

"어머나, 우리 영신이 왔구나. 그래 식구들은 모두 별 탈 없이 잘 지내고 있지?"

"네, 사모님."

"사모님이라니……. 앞으로 언니라고 불러라. 진즉에 그렇게 부르라고 했건만. 그래, 이제 몸은 좀 괜찮니?"

지나치게 상냥한 손 여사의 말투와 표정에 영신은 오히려 부담을 느꼈다. 언니라고 부르라고 했다가 사모님이라고 부르라고 했다가 하는 변덕에는 이미 이골이 났고.

손 여사가 이렇게 상냥하게 영신을 맞은 것은 일부분 정말 반갑기도 해서였지만 지혜의 방안에 있는 청년을 의식한 행동이기도 했다. 청년에게 상냥하고 현숙한 여인으로 비치고 싶었으니까.

지금 지혜의 방안에는 용하란 청년이 와있다. 영신이 고향에 가있는 동안 강 사장이 문득 이 청년의 이야기를 꺼낸 것이다.

'당신도 기억하려나. 우리 여기 이사 오기 전에 살던 집에 한 번 놀러 온 적 있었지? 왜 그 은행 다닌다던 선배. 저번에 은행에 일보러 갔다가 우연히 만났어. 지점장이 돼있더라고. 참 세월 빠르지? 아들 녀석이 이번에 대학에 들어갔대. 아주 우수한 성적으로……. 지혜도 앞으로 대학에 들어가려면 조금이라도 더 빨리 기초를 잡는 것이 좋을 것 같아서 염치 없지만 부탁을 했어. 지혜 공부 좀 봐달라고……. 할머님 돌아가시고 집안 분위기도 너무 어둡고 한데, 새 사람이 들락거리면 당신한테도 아이들한테도 다 좋을 거 같아서.'

손 여사가 굳이 반대를 할 리 없었다. 그녀의 머릿속은 재빠르게 회전을 해서 일단 청년의 아버지가 지점장이란 것이 마음에 들었고 집안에 젊은 남자의 훈기가 어리는 것 또한 설레는 일이었다.

강 사장의 예상대로 청년의 등장은 집안에 고인 음울한 공기를 모두 몰고 가버리는 것 같았다. 오랜 시간 집안 곳곳에 고인 노인네의 흔적도 청년의 웃음에 다 사라지는 느낌이랄까. 작지만 까맣게 반짝거리는 눈과 고르고 하얀 잇속을 가진 청년이 웃는 것을 보고 손 여사는 주책맞게도 자신이 처녀 시절로 돌아간다면 얼마나 좋을까 하는 욕심마저 품었다. 어쨌든 그녀는 이 청년이 보통 마음에 드는 것이 아니었다. 외롭게 자란 지혜에게 필요한 존재는 또래의 영신이 아니라 오빠처럼 믿고 따를 수 있는 바로 이 청년이 아니겠는가.

'아니 오빠는 무슨……. 잘하면.'

손 여사는 이미 청년을 지혜의 신랑감으로 찍어놓고 말았다. 집안도 좋고 외모도 더 바랄 데 없이 준수하고 성격도 좋은 것 같고 좋은 대학에 다닌다니, 놓쳐버리면 두고두고 후회할 것이 분명하리라. 남편 또한 그런 의도로 청년을 집안으로 불러들인 것은 아닐까.

"저녁준비 할게요."

영신이 부엌으로 들어서며 앞치마를 두르자 손 여사는 굳이 말리지 않았다. 그때 지혜의 방안에 있던 용하가 밖으로 나오면서 말했다.

“저 이만 가보겠습니다.”

“어머나, 무슨 소리야? 저녁 먹고 가요. 마침 일하는 아이도 왔는데. 얘가 음식 솜씨가 얼마나 좋은 줄 알아요?”

용하가 흘깃 영신을 쳐다보면서 손가락으로 콧등을 문질렀다. 멋쩍을 때 하는 버릇 같았다. 영신도 한참 남자에 관심이 가고 눈이 떠가는 나이라 이 용하란 청년 앞에서 전혀 가슴의 동요가 없을 수는 없었다. 그러나 그녀는 손 여사가 자신을 ‘일하는 아이’라고 소개한 것에 부끄러움을 느껴서 용하를 제대로 쳐다보지도 못했다. 왜 그렇게 자신의 모습이 창피한 것인지 영신은 어디로 숨고만 싶었다.

(9)

용하란 청년은 일주일에 한두 번씩 지혜의 집에 들러 시간을 보냈다. 그의 주 임무는 지혜의 공부를 봐주는 것이었지만 이 집안에 웃음을 불러온 복덩이 같은 존재이기도 했다. 늘 밝은 표정에 사람들과 잘 어울리는 성격의 그는 손 여사와 지혜에게 한바탕 웃음을 쏟아내게도 했고 강 사장이 늦게 들어오는 날에는 여자만 있는 공간을 지켜주는 듬직한 남자로서의 역할도 했다. 그런 모습을 지켜보는 영신도 할머니가 돌아가신 후에 느껴지는 적적함과 허전함을 잊는 순간이 많아졌다.

사람의 품성과 심성은 어떻게 길러지는 것일까. 부모의 유전자? 환경?

아니면 순전히 개인 안에 내재한 순수의지?

어떤 사람은 좋은 부모와 풍족한 환경 아래에서도 부족함을 느끼고 방황하며 자신의 삶을 낭비하지만 용하는 타고난 품성이 선하고 남을 위하는 마음이 강했다. 그가 손 여사와 지혜 앞에서 지나치게 웃고 이야기를 많이 하는 것도 할머니가 돌아가신 이 집안의 음울한 분위기를 환기시키려는 노력의 일환이었다.

이렇게 늘 남의 입장에서 생각하고 배려하는 심성을 가진 용하는 천진난만하고 사랑스런 지혜보다는 또래의 나이에 부엌일을 하는 영신에게 더 관심을 가졌다. 당연히 그것은 이성으로서 갖는 관심이 아니라 어린 소녀의 딱한 현실에 갖는 인간적인 애정이긴 했지만.

용하가 지혜의 공부를 봐주고 있을 때, 영신이 간식이나 음료수를 내오면서 언뜻 비치는 부러움의 시선. 그러다가 시선이 마주치면 부끄러움과 수치심이 뒤섞인 표정으로 황급히 고개를 돌리는 모습은 그에게 가슴이 짠한 연민을 불러일으켰다.

용하는 세상을 숲이라고 느꼈다. 인간은 그 숲에서 자라나는 나무. 어떤 나무는 다른 나무들 위로 뻗어 올라 햇빛을 받고 어떤 나무는 그 아래 그늘에 있다. 또 어떤 식물은 그늘진 나무의 등을 타고 오르기도 한다. 그러나 숲과 인간의 세상은 근본적으로 다르다. 숲에는 보이지 않는 평등의 법칙이 존재하는데, 인간의 세상은 가진 사람이 없는 자를 더 착취하고 자신의 부와 배를 채우기 위해 급급하다.

세상에 대한 이런 용하의 시선은 누가 가르쳐준 것은 아니었다. 그가 살아오면서 수없이 느끼고 봐온 현실이었을 뿐. 보통 사람과 다른 눈을 가진 이런 심성으로 인해 혼자 있는 시간의 그는 종종 울적한 표정을 짓곤 했다.

그는 자신이 좋은 부모를 만나 유복한 환경에서 자라는 것이 그저 운이라고 생각했다. 능력이 아닌 것이다. 자신의 앞날은 현재로서 그다지 큰 걸림돌은 없을 것이다. 대학을 졸업하고 부모가 원하는 대로 좋은 직장에 취직을 하고 결혼을 하고……. 그런데 그는 당연한 자신의 삶의 행로에 대해 의문을 가졌다.

자신이 스스로 할 수 있는, 개척할 수 있는 삶은 또 없는 것일까? 사람은 정해진 어떤 존재가 아니라 스스로 만들어가는 존재가 아닐까. 아직 자신은 커다란 어려움을 겪어보지 못했다. 겪어보지는 못했지만 어려움을 겪는 사람들에게 힘이 되는 존재가 되고 싶은 것이 그가 원하는 삶의 행로였다.

용하는 영신을 볼 때마다 단순한 연민 이상의 어떤 감정을 느꼈다. 자신과는 다른 세상을 걷는 어린 소녀를 보면서 과연 어떤 에너지가 그녀를 한 걸음 두 걸음 앞으로 나가게 하는지 그 의지를 보고 싶었다. 풍족한 환경이나 밝은 성격이 삶을 이끄는 에너지의 전부는 아닐 것이다. 겉으로 드러나지는 않지만 잠재된 커다란 힘. 그 힘이 아니라면 영신이 어떻게 이 현실을 이겨낼 수 있을 것인가. 자신과 지혜를 보면서 부러운 시선을 보내고 더러 부끄러움과 수치심이 뒤범벅된 시선을 보내긴 해도 영신의 눈빛은 늘 빛났고 꼭 다문 입술은 마치 진주를 품고 보여주지 않겠다는 조개 같다고 할까.

어느 날 용하가 여느 날처럼 지혜의 집에 왔을 때, 연탄광에서 나오던 영신이 놀라면서 뭔가 뒤로 숨기며 말했다.

"오빠, 오늘 지혜 외할머님이 편찮으셔서 모두 거기 가셨어요."

용하는 싱긋 웃으면서 마루에 걸터앉았다.

"그럼, 나 그냥 갈까, 배고픈데……."

"…… 뭐 드시고 싶은데요? 사모님이 급히 가시느라고 저녁 찬거리를 준비해주지 않고 가셔서……."

"음, 영신이가 신 김치로 해주는 찌개 먹고 싶네. 근데 뒤에 감춘 건 뭐야?"

그 소리에 놀란 영신이 결국 떨어뜨리고 만 것은 책이었다. 그녀가 다시 그것을 줍기 전에 용하가 몸을 날려서 책을 집어 들었다.

"앙드레 지드의 《전원교향악》이구나. 영신이 책 읽는 것 좋아하나봐? 그래, 읽은 느낌이 어떻든?"

"아직 끝까지 읽지 못했어요. 거기 눈먼 소녀가 나오잖아요? 이제 곧 눈을 뜨게 될 것 같아요."

영신이 자신의 일인 것처럼 환한 표정으로 말하자 눈먼 소녀의 불행한 결말을 이미 알고 있는 용하는 문득 울적한 심정이 되었다. 하지만 뭐 할 수 없는 일이다. 삶도 소설도 늘 행복한 결말만 있는 것은 아니니까. 행복 뒤에는 불행이란 복병이 도사리고 있기도 하는 법.

"근데…… 오빠."

"뭔데?"

"이 이야기 아무에게도 하시면 안돼요."

"왜, 책을 읽으면 기특한 거지. 누가 뭐라고 하겠어?"

"…… 그래도……."

"흠. 그 연탄광 안에 책이 많나보구나. 나도 한 번 구경하자."

영신이 제지를 하기도 전에 용하는 성큼성큼 연탄광 입구로 걸어갔다. 키가 커서 고개를 숙이고 들어가는 모습이 참 듬직하기도 하다고 영신은 생각했다.

연탄광 뒤의 창고에 들어선 용하가 과장 섞인 탄성을 질렀다.

"와!~ 도서관이구나, 비밀도서관. 여기 있는 책들 다 읽었어? 영신이가?"

"아뇨, 아직은……."

영신은 책들을 뒤적이고 있는 용하의 모습을 보면서 알 수 없는 떨림을 느꼈다. 자신이 늘 혼자 있던 공간에 들어온 한 사람. 그 사람으로 인해 공간은 환하게 빛나는 것 같았다.

"나도 책을 많이 읽었지만 아직 못 읽어본 책들도 많네. 이거 영신이가 다 읽으면 내가 선생님으로 모셔야겠다."

"오빠도 참. 제가 무슨……."

용하의 농담 섞인 말은 영신의 가슴을 아프게 찔렀다. 문득 자신의 처지가 다시 상기가 되었기 때문에.

"읽어도 무슨 뜻인지 잘 몰라요. 그냥 심심하고 책 읽는 것이 좋으니 읽는 것이죠……."

영신의 말에 용하가 심각한 표정으로 대꾸했다.

"책을 꼭 뜻을 알려고 읽는 것은 아냐, 영신아. 뜻은 학교에서 선생님이 알려준 대로 암기할 수도 있는 거니까. 중요한 것은 책을 읽는 과정에 마음속에 일어나는 감흥에 있는 거라고 생각해. 그거면 족하지. 그런데 학교에서는 독서를 강요하고 그 뜻을 암기하기 바라곤 해."

"그래도 학교는 좋은 곳이잖아요. 학교를 나와야 취직도 할 수 있고. 돈도 벌 수 있고."

영신의 말이 틀린 것은 아니라서 용하는 잠시 입을 다물었다.

"영신이는 꿈이 뭔데?"

그는 학교를 다니지 못하고 남의집살이를 하는 이 어린 소녀의 현실이 안타까운 나머지 식상한 질문을 해버리고 말았다. 자신이 어른들에게 무수히 들어왔던 그 형식적인 질문. 그들은 꿈을 묻지만 이미 그 꿈은 정형화된 삶의 행태인 경우가 많았다.

영신은 머뭇거렸다. 글쎄, 정확히 뭐라고 답변을 해야 할지 스스로도 알 수 없었다. 그러고 보니 한 번도 구체적으로 생각해보지 않은 것 같다.

"…… 전 돈을 많이 벌고 싶어요. 그래야 저도 학교를 계속 다닐 수 있고, 식구들도 행복해질 수 있고……."

"어떻게?"

어떻게냐고 묻는 용하의 질문은 일견 영신에게 잔인한 것이었다. 돈을 많이 벌고 학교를 계속 다니는 것은 영신에게 현재로서 너무나 불투명한 미래일 뿐이니.

"아직은 잘 모르겠어요. 그냥 그런 생각을 하고 있을 뿐인데……."

"그건 꿈이 아냐. 단순히 지금 너의 현실에서 벗어나려는 의지일 뿐이지. 꿈은 네가 정말 하고 싶은 거. 네 안에 너도 모르게 숨겨있는 에너지를 발산하는 거지."

그렇게 말해놓고 용하는 실소했다. 자신도 할 수 없고 두려움을 가지는 그 정체를 알 수 없는 꿈이란 것에 대해서 어린 소녀 앞에서 잘난 체를 한 것 같다. 거기에서 멈췄어야 하는데, 용하는 영신에게 결정적인 실수를 하고 말았다. 자신에게 어떤 꿈을 가지면 좋겠다고 은근히 주입시키고 강요한 선생님이나 어른들처럼.

"쓰고 싶은 생각은 안 들어? 영신아……."

"쓰다뇨?"

"오빠는 책을 읽으면서 가끔 그런 생각을 했거든. 소설 결말이 내가 원하는 것이 아니면 다른 결말로 쓰고 싶다고. 현실은 내가 원하는 대로 흘러가지 않지만, 소설은 아니잖아. 난 그게 참 좋거든."

영신은 언뜻 그 말을 이해할 것도 같았다. 강 사장이 준 노트에 더러 일기를 쓰고 있는데, 그 내용은 늘 현실과 다르게 갔다. 미래를 그리다 보면 정말 그렇게 될 것 같아서 마치 주문처럼 쓰고 있었으니까.

그날 밤, 영신은 그동안 써오던 일기 중에 가장 긴 일기를 썼다. 창고에서 용하가 들려준 이야기. 김치찌개를 맛있게 먹던 그를 보면서 가슴이 차오르던 설렘과 행복감. 괴팍한 오빠와는 표정도 말투도 마음 씀씀이도 다른 친절한 그에게 해줄 수 있는 유일한 것이 음식이라고 생각되자 앞으로 더 신경을 써서 맛있게 해줘야겠다는 생각만으로 행복해서 잠을 설쳤다.

(10)

지혜의 집에서 처음 맞는 영신의 겨울은 혹독했다. 아무리 집안일에 이골이 난 영신에게도 차가운 새벽 공기를 맞으며 찬물에 손을 담구는 일과 안방과 지혜의 방에 수시로 연탄불을 갈아 넣고 다 탄 연탄재를 골목 밖에 내다놓는 일은 힘이 들었다.

손 여사는 연탄을 아끼라며 낮에는 영신이 자는 뒷방에서 연탄불을 빼고 밤에만 다른 방에서 연탄불을 붙이라고도 했고 더러 연탄이 빨리 줄어든다고 타박을 했다.

겨울이라서 해가 빨리 지는 것도 영신에게는 슬픈 일이었다. 불을 오래 켜놓을 수 없어서 공부를 하거나 책을 읽는 시간도 줄어들었으니까.

그녀는 부엌 뒷방에서 더러 울기도 했다. 눈물과 슬픔이 몸의 기운을 앗아간다는 것을 알았지만 자신도 모르게 눈물이 쏟아졌다. 그러면서도 용하의 친절한 미소와 목소리를 떠올리면 슬픔이 잦아드는 것도 같았는데, 그것만으로는 부족했다. 영신에게는 더 큰 사랑과 관심이 필요했다. 누군가 옆에서 많은 이야기를 해주고 자신도 이야기를 하고 싶었는데, 늘 혼자라는 것이 쓸쓸했다.

어느 날 지혜의 집 앞에 이르던 용하는 작은 체구의 한 소녀가 연탄재가 가득 든 통을 들고 끙끙거리는 모습을 보았다. 그 소녀가 영신이 아니라고 하더라도 그는 달려가서 그 통을 뺏어 들었을 것이다.

"이리 줘라, 영신아. 내가 버리고 올게."

영신이 채 말릴 틈도 없이 통을 받아들던 용하는 영신의 손이 튼 것을 발견했다. 그 손을 보는 용하의 가슴속에 뜨겁게 치미는 것이 있었다. 그것이 불우한 현실에서 살아가는 어린 소녀를 보는 그 이상의 감정인 것을 그 자신도 알지 못했다.

용하가 연탄광에 든 연탄재를 골목 입구에 다 버리도록 바깥 날씨가 춥다고 방안에만 있는 손 여사나 지혜는 알 턱이 없었다.

연탄재를 다 버린 용하가 손을 탁탁 치면서 영신에게 말했다.

"어떠냐? 오빠, 힘 좋지?"

"오빠, 고마워요……."

"고맙긴. 앞으로도 연탄재는 내가 버려줄게."

앞으로라니……. 영신은 혹시나 손 여사가 볼까봐 가슴이 두근거려서 그런 일은 상상조차 할 수 없었지만 용하의 그 말이 싫지는 않았다.

세상에는 세 부류의 사람들이 존재한다. 하나는 자신의 배가 부르면 남의 배는 고프던 말든 느끼지조차 못하는 사람, 두 번째는 남의 배가 고픈 것을 느끼기는 하지만 가여워만 하는 사람, 세 번째는 배고픈 남을 위해 자신의 밥 한 숟갈을 나누어주는 사람. 용하는 세 번째에 속하는 부류였다. 그런 심성과 현실 사이에는 커다란 장애가 있었지만 패기만만하기만 한 그가 아직 그걸 깨달을 수는 없었다.

지혜의 집에 드나들던 용하가 어느 날 강 사장에게 한 가지 제안을 했다. 어차피 지혜의 공부를 봐주는 김에 영신도 그 자리에 앉아서 공부를 하게 하면 어떻겠냐는. 강 사장은 흔쾌히 받아들였다. 그는 왜 자신이 진작 이런 생각을 못했나 젊은 청년 앞에 부끄러운 생각마저 들었다. 늘 영신을 부엌일만 하게 해서는 안 된다는 생각을 하면서도 구체적인 방법을 미루고만 있었던 것이다. 물론 영신에게 마음을 쓰면 손 여사하고 신경전을 벌여야 하는 일이 부담이 되어서이기도 했지만.

손 여사 또한 용하의 제안을 받아들일 수밖에 없었다. 잘 생기고 품성도 좋고 집안도 좋아 지혜의 신랑감으로 찍어놓은 청년에게 속 좁고 아량 없는 여자로 보이고 싶지는 않았으니까.

속이 상한 것은 지혜였다. 영신과 같이 나란히 앉아 공부를 한다는 것도 싫었지만 용하가 영신에게 친절을 베푸는 것은 더더욱 신경에 거슬리는 일이었다. 그동안 영신에 대해 그저 하찮은 부엌데기로만 생각하던 지혜는 처음으로 경쟁의식을 느꼈다. 이 경쟁의식은 영신이 자신과 같이 나란히 앉아 공부를 하면서 더욱 불거졌다. 사실 지혜는 가만히 앉아 골치 아픈 수학 문제를 풀거나 국어책 속에 나오는 시의 구절을 이해하는 일이 죽기보다 싫었다. 수영을 하거나 테니스를 치고 친구들과 어울려 이야기를 하는 일이 더 적성에 맞았다. 잠시라도 책을 앞에 놓고 앉아 있다 보면 짜증이 나고 엉덩이가 들썩거려서 견딜 수가 없었다. 하지만 주변의 사람들은 모두 공부하기를 강조했다. 자신에게 대체로 관대한 손 여사마저 늘 열심히 공부하기를 바랐으니까. 지혜가 얼마나 공부를 하기 싫었냐면 집안 일만 하고 학교를 다니지 못하는 영신을 부러워하는 지경일 정도였다. 이것이 지혜의 잘못은 아니었다. 오직 운동을 좋아하고 활동적인 지혜의 천성일 뿐.

더욱 가관인 것은 용하의 태도였다. 그는 수시로 영신을 칭찬했다. 그동안은 혼자 수업을 받으니 비교 대상이 없었지만 영신이 끼어드니 자신은 꼭 바보가 된 느낌이었다. 영신은 용하가 내는 수학문제를 척척 잘도 풀어냈다.

용하는 용하대로 신이 났다. 모든 가르치는 사람은 배우는 사람이 열의를 가지고 받아들이고 이해를 할 때, 그 보람을 느끼는 법이다. 용하는 이미 간파했다. 지혜가 공부 체질이 아님을. 거기에 비해 영신은 자신이 가르치는 것을 마치 스펀지가 물을 빨아들이듯이 흡수했다. 그것은 단지 공부를 할 수 없는 현실을 가진 소녀의 애달픈 열망은 아니었다. 영신에게는 천성적인 총기가 있었다. 한 마디로 머리가 좋다는 것이다.

이런 영신에게 한없이 공부를 가르쳐주고 싶은 용하의 열정은 역효과가 났다. 그런 한편에서 지혜는 소외감과 열등감으로 어떻게든 영신을 해하기 위해서 전전긍긍하고 있었으니까.

어느 날 문득 지혜는 영신이 기거하는 부엌 뒷방에 들어갔다. 자신의 방과는 비교할 수 없을 정도로 누추하고 협소한 그 방에서 고소한 심정이었지만 그래도 분에 차지 않아 이런저런 물건을 뒤적이다가 영신이 쓰던 일기장을 발견했다.

그것을 들춰보던 지혜는 용하에 대해 써내려간 영신의 마음을 읽었다.

"어쭈, 이 계집애가?"

단순히 용하의 친절에 대해 고마워하는 내용이었지만 지혜는 차오르는 질투심을 느꼈다. 당장 그 일기장을 찢어버리고 싶었지만 나중에 더 차근히 읽어보려고 자신의 방에 일기장을 숨겼다.

시장에 다녀오던 영신은 좀처럼 부엌에 들어서는 일이 없는 지혜가 부엌에서 나오자 의아하게 생각하다가 저녁 설거지를 마치고 방에 들어갔다가 일기장이 없어진 것을 알고 다급해졌다. 예전처럼 이번만큼은 노트를 뺏기고 싶지 않았던 것이다. 영신은 지혜의 방문을 두들겼고 빠끔히 고개를 내민 지혜의 표정은 차가웠다.

"노트 줘."

"무슨 노트?"

"다 알아. 네가 내 방에서 가져간 거."

"얘가 무슨 생트집이야. 너 나를 도둑으로 모는 거야?"

영신이 휴, 하고 한숨을 쉬었다.

"제발…… 지혜야. 나한테 정말 중요한 거야."

"몰라, 난."

영신도 물러설 수 없었다.

"너 정말 유치하다. 남의 일기장을……."

"뭐라고?'

지혜는 영신이 뜻밖에 거세게 나오자 은근 겁이 났다. 얌전하던 개가 달려든다고나 할까.

안방에 있던 손 여사가 밖에서 들리는 말다툼 소리에 나왔다.

손 여사가 나오자 지혜는 기다렸다는 듯이 울기까지 했다.

손 여사는 자신도 울리지 않고 애지중지하던 딸이 영신의 앞에서 울자 피가 머리끝으로 솟구치는 것 같았다.

"무슨 일이야!?"

"엄마, 영신이 좀 봐. 내가 지 방에서 뭘 가져갔다고 따지는 거야."

지혜에게는 대들었던 영신도 표독스런 손 여사를 보자 주눅이 들고 몸이 떨렸다. 그래도 영신은 이번만은 그냥 넘어가지 않으려고 손 여사를 똑바로 보았다.

"언니, 제가 그냥 그러는 것이 아니고……. 분명히 지혜가 제 방에서……."

그 소리가 끝나기도 전에 손 여사의 손길이 영신의 따귀를 갈겼다.

"이 그지 같은 년!"

"네가 갈수록 분수를 모르고 날뛰는구나. 이래서 없는 것들은 잘해주면 안 돼. 잘해주면 할수록 분수를 모르고 기어든다고. 요즘 지혜랑 같이 공부도 하고 그러니까 네가 무슨 벼슬이나 한 줄 알아?!"

영신은 얼얼한 뺨을 한 손으로 잡고 이 받아들일 수 없는 현실에 낯설어했다. 그동안 그 누구에게서도 뺨을 맞아본 일은 없었던 것이다.

"그게…… 아니고……."

"시끄러워! 참나 갈수록 태산이네. 어디서 우리 지혜한테 큰 소리야. 이게 보자보자 하니까 정말. 넌 지금도 주제파악을 못하는구나. 우린 너를 불쌍하게 생각해서 네 고향에 생활비도 보태주고 공부도 가르쳐주는데, 이제 숫제 우리 지혜를 도둑 취급하네? 야! 지혜아빠가 너를 불쌍하게 봐주고, 용하 그 애가 네 공부까지 봐주니 세상 무서운 줄 모르고 까부는 거니? 너 당장 여기서 나가고 싶어?"

영신은 이제 추호도 이 집에 머물고 싶지 않았다. 차라리 나가서 공장에 다니는 것이 낫지 않을까 하는 생각을 했다.

"나갈게요."

그 말을 하면서 영신은 가슴 한편을 송곳이 찌르는 듯한 아픔을 느꼈다. 왜 갑자기 용하 생각이 나는 걸까. 이 집을 나서면 친절하고 상냥한 용하의 웃음도 보지 못하겠지.

나간다는 영신의 말에 일순 뜨끔하면서도 손 여사는 허공에 대고 코웃음을 쳤다.

"네가 이집에서 나가면 갈 데나 있을 줄 알아? 공장? 거기 가서 몇 푼이나 받는데? 당장 네 언니도 공장에서 몇 푼 받는 것이 성에 안 차서 술집으로 갔는데……. 우리가 널 보호해주는 줄도 모르고. 이 창녀 같은 년!"

손 여사는 영신에게 얼마 전과 같은 욕을 또 내뱉고 있었다. 영신도 그 욕의 의미를 안다. 창녀란 여자가 사랑하지도 않는 남자에게 몸을 팔고 돈을 받는 행위가 아닌가? 그런데 왜 자신이 그런 욕을 들어야 하는 걸까.

영신은 볼이 얼얼한 아픔도 잊고 손 여사에게 따져 물었다.

"제가 왜 그런 소리를 들어야 하죠?"

눈물이 그렁그렁한 눈으로 자신을 똑바로 보는 영신의 눈길에 손 여사는 순간 영순을 떠올렸다. 이미 이성을 잃은 그녀는 언젠가 자신을 똑바로 보면서 협박을 하던 영순을 떠올렸다. 그러자 그날 영순의 기세에 눌려서 돌아온 자신의 모습이 떠올라 피가 머리끝으로 솟구쳤다.

손 여사는 다시 영신의 따귀를 때렸다. 그 힘이 너무 세서 영신의 코에서 코피가 흘렀다.

"왜 그러냐고? 네 언니가 그러면 너도 그 피가 있을 거야. 드러운 피. 얌전히 공장에나 다니다가 시집가지 않고 편하게 돈 벌고 그런 피."

손 여사는 너무 흥분해서 강 사장이 비밀을 지키라는 영순에 대한 말을 다 토해내고 말았다. 영신이 코끝에 흐르는 피를 닦지도 않고 자신을 보면서 대꾸하자 그녀는 기가 질려버렸다.

"언니가 어디 있는지 알려주세요."

"뭐라고?"

손 여사는 슬슬 불안해졌다. 정말 영신이 집을 나가고 언니를 찾아 나선다면 일이 커질 것 같은 생각이 들어 얼른 이 사태를 수습하고 싶었다.

그 수습이란 것이 참 어처구니없는 것이라서 그저 영신에게 소리를 지르는 것이었다.

"네 방으로 가! 내일 알려줄 테니."

일단 손 여사는 자신의 사랑스런 딸 지혜를 달래야했다. 그 점에서 손 여사는 자식의 잘못을 보고 타이르기 전에 그저 안쓰럽게만 보는 맹목적인 사랑을 베푸는 엄마였다.

엄마가 자신의 편을 들어주면서 달래자 지혜는 그동안 혼자 끙끙 앓았던 속내를 털어놓았다.

"엄마, 난 용하오빠도 미워, 영신이에게 공부도 더 잘 가르쳐주고 영신이가 나보다 잘 알아듣는다는 소리나 하고."

손 여사는 이 세상 어떤 엄마보다 사랑스럽게 그런 지혜를 달랬다.

"지혜야. 오빠가 그러는 것은 그냥 영신이가 불쌍해서 그런 거야. 그 애가 원래 그렇대드라. 집에서도 아주 골치라고 하는구나. 남자답지 못하게 마음이 여리고 주변에 어려운 사람을 돕는다는 소리나 하고……. 그리고 봐. 네가 얼마나 예쁘니? 미스코리아 뺨치는 몸매에 얼굴에……. 남자는 말이다. 예쁘고 몸매 좋은 여자에게 환장을 하는 거야. 원래 그 나이 땐 정의감이 발동해서 괜히 그러는 거지. 온 세상을 다 바꿀 것처럼. 나중에 나이 들면 그 애도 현실을 파악하겠지. 어차피 영신이는 여기 오래 안 있어. 네가 싫다면 내일 당장이라도 쫓아내버릴게."

부엌 뒷방에 돌아온 영신은 이제 정말 이 집에 머물기 싫어졌다. 손 여사에게 맞은 뺨이 아픈 것이 아니다. 아픔보다 더 한 것은 모욕감이다. 손 여사가 자신에게 거침없이 내뱉던 그 '창녀 같은 년'이란 말. 남의집살이를 한다고, 술집을 다닌다고 모두 그런 말을 들어야 하는 것은 아닐 것이다. 그런데도 왜 자신은 그런 말을 들어야 하는 걸까? 단지 자신의 처지가 그래서? 영신은 처음으로 인간에 대한 증오와 독기가 서리는 것을 느꼈다. 생각 같아서는 손 여사와 지혜에게 어떤 식으로든 자신이 받은 수치심을 증오로 갚아주고 싶었다. 그런데 그 증오와 독기는 아버지나 용하를 생각하면서 희미해졌다. 아버지의 온화한 얼굴, 자신을 부르던 따스한 목소리, 용하가 자신에게 베풀던 그 무한한 친절과 상냥한 미소. 하지만 그런 것들은 모두 상상이었다. 영신은 지금 당장 자신을 안아주고 따스한 말 한마디를 해줄 수 있는 사람이 필요했다. 그녀는 상상과 현실, 그 경계를 분명히 깨달았다. 아무리 자신이 아버지의 손길을 그려도 이미 돌아가셨고 아무리 용하를 그려도 옆에 있지 않음을. 자신의 앞에 보이는 것은 쌀가마와 밀가루 부대가 전부인 것이 슬펐다. 문득 가슴 한편에서 어떤 뜨거운 것이 치밀었다. 그녀는 이를 악물었다.

영신은 자신에게 속삭였다. 그 속삭이는 소리는 영신이 자신에게 한 소리가 아니라 하늘 어느 저편에서 들려오는 소리 같기도 했다.

'이제 울지 않을 거야. 절대로. 그리고 맞지도 않을 거고.'

그날 이후 영신은 울지 않았다. 보따리를 싸지도 않았다. 어찌 보면 손 여사의 말이 맞는 것도 같았다. 지금 당장 이 집을 나서 공장에 간다고 해도 앞날이 달라질 것 같지는 않았다. 무엇보다 영신은 용하를 못 보는 현실이 싫었다. 일주일에 두어 번 그가 와서 공부를 가르쳐주고 웃어줄 때마다 너무 행복해서 그녀는 이 집을 떠나고 싶지 않았다. 감정을 다스리고 자신 앞에 주어진 현실을 직시하려는 영신은 현명한 소녀였다.

(11)

영신을 강 사장의 집에 머물게 한 가장 큰 힘은 용하의 인간적인 애정과 관심이었다. 만일 그가 영신에게 공부를 가르쳐주지 않았다면 그녀는 손 여사에게 따귀를 맞던 날, 더 이상 버티지 못하고 떠났을지 모른다. 영신의 내면에서 끓어오르던 향학열에 용하가 불을 붙여주었다고나 할까. 용하는 용하대로 지혜의 집에 오는 기쁨과 보람을 느꼈다. 그가 늘 이 사회에서 느꼈던 빈부의 격차나 주변의 어려운 사람들을 돕고 싶었던 갈증이 영신을 통해서 그 돌파구를 찾았다.

영신에게도 늘 힘든 날만 있는 것은 아니었다. 영신의 따귀를 때리고 조금은 양심의 가책을 느낀 손 여사가 그날 이후 두 번 다시 혼을 내는 일도 없었고 지혜 또한 영신이 오래 머물지 않을 거라는 확신이 있어 트집을 잡는 일도 없었다. 그래도 한 집에 머무는 사람들이라서 같이 웃고 이야기를 하는 시간을 가졌는데, 그것을 바로 미운 정이 든다고 하는 말일 것이다.

겨울이 끝나고 봄이 올 무렵 용하가 영신을 위해 또 하나의 획기적인 제안을 했다.

"지혜아버님, 아무래도 영신이를 이번 여름에 고입 검정고시를 보게 하면 좋을 거 같아요."

"검정고시?"

"네, 영신이가 내년에 고향에 돌아가 다시 중학교에 입학하면 또래 아이들보다 나이도 있고 또 영신이 재능이 아깝기도 해서요. 제가 가르쳐보니 영신이는 몇 달 공부하면 충분히 합격할 수 있을 거 같아요."

잠시 생각하던 강 사장이 손 여사를 쳐다보며 물었다.

"당신 생각은 어때요?"

'이 양반이 물어보길 뭐 물어보는 걸까, 늘 자기 생각대로 하면서.'

"어떻긴요? 저야 뭐……."

손 여사는 속으로는 구시렁대면서도 얼굴에 웃음을 띠고 대답했다.

어차피 영신이는 시간이 가면 이 집을 떠날 것이다. 검정고시란 것을 보든 고등학교에 들어가든 얼른 자신의 삶에서 영신이 사라져주기만을 바랐다.

옆에서 이런 대화를 듣고 있던 영신은 처음으로 그런 제도가 있다는 것에 감사했고 또 그런 제안을 해준 용하가 누구보다 고마웠다.

이제 영신은 날개를 달고 새장 안에만 있다가 머지않아 푸른 하늘을 날 수 있는 희망을 가진 새가 되었다.

용하의 생각대로 그 해 여름 영신은 아주 우수한 성적으로 검정고시에 합격을 했다.

합격자 발표가 있던 날, 용하는 정기적으로 지혜의 집을 찾는 날도 아니지만 소식을 빨리 알려주기 위해 영신을 찾아왔다.

마침 그날 지혜의 가족은 외식을 가고 없었고 영신은 혼자 책을 보고 있다가 용하의 뜻밖의 방문에 놀랐다.

용하의 손에 대학노트와 케이크가 들려있었다.

"와우, 영신아. 넌 정말 대단하구나. 성적도 아주 좋고……. 넌 말야, 지혜보다 더 빨리 중학교를 졸업한 거나 마찬가지야. 내가 이럴 줄 알았지."

영신은 자신도 예상하지 못했던 결과에 놀랐고 또 이렇게 용하가 기뻐해주니 날아갈듯이 행복했다. 아마 아버지가 돌아가신 후에 처음 맛보는 뿌듯한 행복감일 것이다. 이런 행복한 순간이 가끔 찾아와주지 않으면 인간이 어떻게 힘든 현실을 이겨낼 수 있을까.

작년 어느 날 연탄광 뒤의 창고에서 용하와 둘만의 시간을 가진 후로 다시 단둘이 있는 시간, 그 시간을 의식하고 영신은 몸이 긴장됐다. 좋으면서도 몸이 굳는 이 현상은 무엇인지 영신은 그런 자신이 싫었다. 지혜처럼 스스럼없이 어리광도 부리고 애교를 떨면 좋으련만. 이런 영신의 반응에 용하는 걱정스런 표정을 했다.

"왜 기쁘지 않아? 넌 정말 기적 같은 일을 이루어낸 거야, 영신아……."

"기뻐요…… 오빠, 근데 난 불안하기도 해요. 정말 고등학교 갈 수 있을까? 오빠가 내년에 졸업을 하면 계속 공부 가능 할까요?"

영신은 언뜻 언니를 떠올렸다. 공장에 나가다가 술집을 나간다는 언니. 비록 그 언니가 가족을 돌보지 않고 연락도 되고 있지 않지만 만나보지 않았으니 그 어려움은 알 수 없다. 무슨 사정이 있겠지.

"영신아, 넌 어떤 일이 있어도 공부를 해야 해. 그래서 네가 원하는 꿈을 펼쳐야지."

영신은 아직도 용하가 말하는 그 꿈의 구체적인 정체를 몰랐다.

"꿈이 뭔데요? 오빠?"

"……."

잠시 침묵을 하던 용하가 대답했다.

"그렇게 질문을 하니 내가 무색하구나, 영신아. 나도 늘 혼동하는 문제인데……. 오빠의 꿈은 결론을 내렸어."

'오빠, 전 아직 꿈을 몰라요. 그냥 공부를 계속 하고 싶어요. 공장이나 술집은 싫고…… 돈을 벌어서 지금 힘들게 살고 있는 가족과 살고 싫고. 그리고 더 욕심을 가진다면…… 난 그냥 오빠 옆에 계속 있고 싶어요. 내가 해주는 음식을 맛나게 먹고 제 옆에서 활짝 웃는 오빠의 웃음을 보는 것만으로…….'

영신의 속말을 알 리 없는 용하가 말했다.

"꿈은 개인적인 욕심하고는 다르지. 그런데 사람들은 개인적인 욕심을 꿈으로 생각해. 저 혼자 잘 먹고 잘 사는 꿈도 있으니……. 그런데 오빠의 꿈은 그게 아냐. 난…… 세상을 바꾸고 싶단다. 아주 뿌리째."

용하가 그 선한 눈길로 이를 악물자 영신은 정체를 알 수 없는 불길한 느낌을 가졌다. 아직 잘은 모르지만 용하는 자신보다 더 허무맹랑한 꿈을 가진 것도 같았다.

"그게 뭔데요?"

"모두 다 똑같이 잘 먹고 잘 살고 다 같이 배우고 그 능력을 펼치는 세상!"

영신은 용하가 자신보다 나이는 많고 풍족한 환경에 사는 대학생이지만 참 철이 없다는 생각을 했다. 어떻게 그런 세상이 가능할까. 그래서 말문을 돌려버렸다.

"오빠가 말하는 그 꿈은 아니지만 전 늘 꿈에서 깨어날 때마다 그런 생각을 해요. 전 꿈에서 아버지를 만나거든요, 가끔. 그 꿈이 현실로 되게 해달라고……. 하지만 눈을 뜨면 늘 부엌 뒷방이에요……."

영신의 말에 용하는 가슴에 통증을 느꼈다. 그녀를 볼 때마다 측은하다고 생각할 때가 많은데, 그러면 어김없이 가슴에 통증이 일었다.

"그래, 오빠도 많이 안타깝다. 왜 너같이 어린 애가 이런 현실에 있는지. 난 아직 너를 다 이해 못해. 내가 너처럼 어려움을 겪어보지 못해서……. 그래서 내가 참 비겁한 놈이란 것을 느껴. 그냥 내 울타리 안에서만 행복하고 풍족하고……. 어쨌든 난 너로 인해서 힘을 얻었어."

"무슨 힘요?"

"내가 누군가를 돕고 기쁘게 하고 그 사람에게 희망을 줄 수 있다는 믿음……."

"……."

"영신아, 넌 정말 머리가 좋고 감수성이 아름다워."

"……."

영신은 계속 침묵을 지켰다. 왜 이렇게 용하와 있는 것이 자연스럽지 않은지 알 수 없었다. 그저 옆에 있으면 한없이 좋고 좋을 거 같았는데, 한편으로 불편한 이 몸과 마음의 정체는 또 뭐란 말인가. 이런 영신의 마음도 모르고 용하는 아직도 기쁨에 들떠서 계속 혼자 이야기를 했다. 영신은 자신이 읽은 소설의 한 구절 한 구절을 떠올렸다. 좋은 남자와 같이 있을 때 여자의 반응이나 느낌 등등…… 그런데 그런 구절들은 현재 자신의 몸과 마음과 하나도 맞지 않았다. 짜릿하다거나 황홀하다거나 그런 표현들을 도저히 이해할 수 없는 것이다. 그녀는 오로지 긴장될 뿐이었다. 영신이 말을 않자 그제야 용하는 혼자 떠들었다는 것을 알고 미안한 심정으로 영신을 쳐다보았다. 한순간 용하와 영신의 눈이 허공에서 맴돌다가 서로의 눈에 화살을 쏜 듯, 멈춰버리고 말았다. 용하는 새삼 이렇게 가까이서 영신의 눈빛을 마주한 일이 없어서 당황했다. 그동안 늘 총기가 서린 눈이라고만 생각했는데, 너무 까맣고 맑아서 마치 그 눈에 호수처럼 자신이 비치고 있었다. 그는 순간 작가들의 표현이 잘 절묘하다는 생각을 했다. '눈은 마음의 창'이라느니 그 눈 속에 빠지고 싶다느니 그런 표현들은 지금 용하에게 현실이 되고 말았으니.

시간이 멈춰버린 것처럼 어떤 힘에 의해서 용하는 영신의 눈에서 자신의 눈을 뗄 수가 없었다. 그리고 마치 누가 시킨 것처럼 나직하게 내뱉었다.

"네 눈 속에 내가 비친다……. 영신아. 거기서 나오고 싶지 않아……."

물론 영신도 보고 있었다. 용하의 눈 속에 자신이 비치고 있음을……

'나도 그래요, 오빠……. 오빠 제 꿈은요, 그냥 오빠가 제 옆에만 있어주면 되는 거예요. 아빠처럼 제 곁에서 사라지지 않고…… 오래오래…… 이거 너무 힘든 꿈이죠?'

속으로 대꾸를 하면서 영신은 자신도 모르게 눈물을 흘렸다. 이 따스하고 한없이 친절하기만 한 남자. 아버지가 베풀어준 그 무한한 사랑의 빈자리에 들어선 남자. 언젠가 이 남자도 아버지처럼 자신의 곁을 떠나겠지 하는 생각으로 그녀는 기쁨만큼의 슬픔을 느꼈다. 영신의 눈물에 용하는 당황했다. 대체 이럴 때는 어떻게 해야 하는 걸까. 몸과 마음은 당장 영신을 껴안고 싶었지만 섣불리 그런 행동을 할 수는 없었다. 아무리 영신을 동생같이 생각했다고 해도 분명히 이성이니까. 이성에게는 어떤 뚜렷한 책임감 없이 손을 잡거나 껴안으면 안 된다는 보수적인 생각을 그는 가지고 있었다. 다행히 영신이 얼른 눈물을 훔쳤다.

어색한 분위기를 지우기 위해 용하가 꺼낸 말은 나중에 용하 자신도 알 수가 없었다. 사람은 가끔 자신이 의도하지 않은 말을 무심코 내뱉는다. 물론 의도하지 않았다고 해도 무의식에 그 생각이 깔려있긴 하지만.

"영신이는 책 읽는 것도 좋아하고 쓰는 것도 좋아하지? 나중에 글을 쓰면 참 좋겠다. 그냥 혼자 쓰는 일기 같은 거 말고…… 많은 사람이 읽고 느끼고 감동받을 수 있는……."

영신은 스스로도 갈피를 잡을 수 없던 꿈을 용하가 잡아주자 그 그물에 기꺼이 몸을 던졌다. 감성이 예민한 나이의 영신에게 아버지 이후에 처음으로 기대고 의지하고 싶은 남자가 던지는 말은 평생의 굴레가 되었는데, 용하도 영신도 그것을 알 리 없었다.

한 인간의 삶의 행로는 무엇이 결정하는 걸까. 신의 뜻? 환경? 아니면 개인의 의지? 누군가 영신에게 이렇게 물었다면 그녀는 당연히 개인의 의지라고 답했을 것이다. 그것이 그녀의 뚜렷한 삶의 가치관이고 철학이었으니. 그런데 그런 영신의 의지를 가로막는 사건이 생기고 말았다.

1977년 11월 11일 밤 9시 15분경 영신의 고향 이리에서 대형 폭발사고가 발생했다. 인천에서 광주로 가던 한국 화약의 화물열차가 다이너마이트와 전기 뇌관 등의 폭발물을 싣고 이리역에서 출발 대기 중 폭발사고를 냈다.

당시 이리역에는 지름 30m, 깊이 10m의 거대한 웅덩이가 파였고 이리시청 앞까지 파편이 날아갔다. 이리역 주변 반경 500미터 이내의 건물 9,500여 채에 달하는 건물이 대부분 파괴되어 9,973명의 이재민이 발생했고, 사망자는 59명, 부상자는 1,343명에 달했다. 이 중 철도인은 16명이 순직하였다. 철도에서의 피해도 만만치 않았는데, 기관차 5량, 동차 4량, 화차 74량, 객차 21량, 기중기 1량이 붕괴되었고, 이리역을 통과하는 호남선 130m와 전라선 240m가 붕괴되어 총 23여억 원의 재산 피해를 낳기도 하였다.

(12)

"참, 정말 큰일이군, 큰일이야. 어쩌다 이런 일이……. 그나저나 영신이네 식구들이 걱정이네. 이리역 근처가 쑥대밭이 된 거 같은데. 역 바로 뒤에 사는 식구들이 무사할 리 없을 거 같아……."

신문에서 이리역 폭발참사를 보는 강 사장의 표정은 어둡고 목소리 또한 침울했다. 옆에서 이 모습을 지켜보는 손 여사는 이 일로 인해 또 무슨 짐을 떠맡게 되지 않을까 불안했다.

"여보, 그럼 영신이는 어떻게 되는 거예요?"

"글쎄…… 고향으로 돌아가긴 어려울 것 같고…… 아무래도 우리가 계속 데리고 있어야 할 것 같은데……."

이 말에 손 여사는 앞이 캄캄해졌다. 집안 살림을 도맡아하는 영신이 고맙기는 하고 또 영신이 만한 사람을 구하기 어렵다는 것은 알고 있지만 그래도 뭔가 눈에 가시 같은 영신이 이제 이 집을 떠날 때가 되었는데, 이런 일이 터지다니.

"암튼 영신이에게는 굳이 말하지 말아요, 어차피 알게 되겠지만……."

강 사장은 출근을 하면서 손 여사에게 당부했다. 하지만 요즘 들어

시간 날 때마다 책을 읽고 신문을 열심히 보던 영신이 그 사실을 모를 리 없었다. 설거지를 하고 청소를 한 후, 우연히 신문기사를 본 영신은 안절부절 못하고 손 여사에게 달려갔다.

"언니, 어떡하죠?"

손 여사는 시큰둥하게 대꾸했다.

"그래, 큰일이구나."

"가봐야겠어요. 당장……."

'그래, 제발 가라.'

그렇게 속말을 하면서 손 여사는 화를 냈다.

"이 철없는 것아. 네가 당장 달려가면 어쩔 건데. 신문에서 봤을 거 아냐. 지금 거기 어떤 난리가 벌어졌는지. 네가 가면 지혜아빠한테 내가 무슨 소릴 들으라고. 넌 어쩜 그렇게 앞뒤 생각이 없는 거니?"

하루 종일 일이 손에 잡히지 않아 집안을 왔다 갔다 하던 영신은 저녁에 강 사장이 집에 오자 한시도 미룰 수 없어 부탁을 했다.

"오빠, 집에 가봐야겠어요. 걱정이 돼서……."

강 사장이 한숨을 쉬었다.

"휴…… 왜 안 그렇겠냐, 영신아. 나도 네 마음 안다. 하지만 거긴 지금 가면 안 돼. 너 혼자 가서 뭘 어떻게 한단 말이냐? 거긴 지금 전쟁터나 마찬가지야. 내가 이리저리 알아보고 있으니 좀만 참거라, 영신아……."

이 말에 몸과 마음이 다급한 영신도 잠시 흥분을 가라앉히고 참아야만 했다.

한 사람의 삶은 어떤 사건으로 인해 그 방향을 180도로 트는 수가 있다. 그것을 운명이라고 하는 것일까. 이리역 폭발사건은 많은 사람들의 삶의 행로를 바꾸어놓았다. 영신도 예외는 아니었다. 그 일만 아니라면 용하의 아낌없는 지원과 사랑으로 검정고시에 합격을 한 것에 이어 고등학교에 진학할 수도 있었을 것이다.

잠자리에서 잠을 이루지 못하고 있던 강 사장이 고심을 한 후에 손 여사에게 말했다.

"영신이 언니를 찾아야겠어요. 당신 전에 영순이에게 갔다 왔다고 했지? 거기가 어디지? 아직도 거기 있으려나……."

강 사장이 영순이를 찾는다는 말에 손 여사는 화들짝 놀라 일어나 앉았다.

"아니, 당신은 언제까지 영신이 식구들 일에 참견을 할 거예요? 이제 그만 좀 해요. 다 큰 사람들이니 알아서 살겠죠. 아예 이번 기회에 자선사업가로 나서시던지……. 당장 내년에 고등학교 들어가는 당신 딸한테나 좀 신경 쓰시고!"

"뭐라고?"

강 사장도 일어났다.

"그러는 당신은 지혜한테 얼마나 신경을 쓰고 있는데? 살림은 아예 어린 영신이한테 맡겨놓고 외출이나 잦고……. 그리고 요즘 화장은 왜 그리 진해지는 거요?"

화장이 진하다는 강 사장의 말에 손 여사는 자존심이 상해 견딜 수 없었다. 술집 년들이 화장을 하고 안겨 애교를 떨면 팁이라고 팍팍 뿌릴 남자들이 마누라가 화장을 하면 진하다고 타박이나 하다니.

"영순이를 찾을 게 아니라 영신이한테 맡겨요. 영순이는 내가 봐도 싹수가 노래. 어차피 영신이가 내년에 고향으로 돌아가기로 했잖아요."

"……."

손 여사는 잠을 이룰 수 없었다. 다른 때 같으면 말다툼을 한 후, 먼저 껴안거나 어깨를 토닥여주고 자던 강 사장이 아예 등을 돌리고 잠이 들어버린 것 같았다. 그러고 보니 요즘은 아예 통 관계를 가지지도 못했다. 나가서 친구들이나 모임의 여자들을 만나 더러 남편과의 잠자리 문제를 이야기 하는데, 뭐 같이 오래 살다보면 그렇게 한 침대에서 자도 남남이 되는 일이 있다고 했지만 이건 너무 심하다는 생각이 들었다. 속절없이 남편의 등만 원망스럽게 바라보던 손 여사는 이 모든 일이 다 영신과 그 식구들 때문에 벌어지는 일이라는 데에 생각이 미치자 또다시 영신에게 참을 수 없는 증오심이 일었다.

며칠 후, 강 사장은 영신네 식구의 행방을 알아냈다. 결과는 그가 상상했던 것보다 더 끔찍하고 어이가 없었다. 다행히 사고가 나던 날 영신의 어머니는 시골로 장사를 가서 화를 면했지만 영신의 오빠는 다리 한쪽이 절단 되었고 동생 명식은 행방이 묘연했다.

강 사장은 사실 영신이 이 집을 떠나는 것이 싫었다. 오랜 시간 자신의 입맛을 맞춰준 할머니가 돌아가신 후 영신은 할머니의 손맛을 그대로 이어받아 더러 잃어가는 입맛을 살려주었다. 특히나 술 마신 다음

날, 영신이가 끓여주는 북엇국이나 시래깃국은 얼마나 속을 시원하게 풀어주었던지. 꼭 그래서만도 아니지만 그는 손 여사나 지혜를 설득해 영신을 고향에 보내지 않고 야간 고등학교에라도 입학을 시키고 나중에 결혼까지 시킬 생각을 머릿속으로 해오고 있던 참이다. 하지만 이제는 당장 영신이 고향으로 달려간다고 하고 있으니 아쉽기는 해도 어쩔 도리가 없었다. 이 궁리 저 궁리를 하던 강 사장이 한 가지 묘안을 생각해 냈다.

그가 잠깐 다녀왔지만 이리역 근처는 눈을 뜨고는 볼 수 없는 참상의 현장이었다. 차라리 영신이 그곳을 보기 전에 식구들을 얼른 서울로 데려오는 것이 나을 듯싶었다. 어차피 그곳에서 영신의 어머니가 다리가 절단된 아들을 데리고 살아가기는 힘들 테고 영신이 그런 식구들과 앞날을 헤쳐 간다는 것은 감당하기 어려운 현실일 것이다.

며칠 후 저녁, 강 사장은 영신에게 식구들 일을 어떻게 말해야 하나 차마 입이 떨어지지 않았지만 마음을 단단히 먹고 영신을 불러 타일렀다.

"놀라지 말고 마음 단단히 먹어, 영신아. 지금 너희 식구들만 잘못된 게 아니다. 거기 살아왔던 사람들이 죽거나 다치고 오갈 데 없이 되었어. 날은 벌써 추워졌고……. 네가 거기 간다고 아무 일도 해결되는 일은 없어. 넌 아직 너무 어리고 또 거기 가면 위험해. 네 언니를 찾아서 부탁해야겠어. 어떻게든 조금 나아질 때까지 언니가 돌봐야지 어쩌겠냐? 넌 당분간 아무 생각 말고 여기 있으면 어떻겠냐? 엄마나 오빠가 서울에서 자리 잡으면 자주 다녀가도록 하고…….”

“식구들을 찾았어요? 오빠? 지금 어떻게 되었는데요? 무사해요?”

“얘, 네 오빠는 한쪽 다리가 잘렸고 남동생은 어디 갔는지 찾지를 못한단다. 너희 식구만 그런 게 아냐. 더 기가 막힌 사람들도 많다고 하더라.”

영신이 한 번에 여러 가지 질문을 쏟아내자 강 사장은 더욱 난감했다. 천천히 마음의 준비를 하고 받아들이게 하고 싶어서 거짓말을 할까 생각을 하고 있는데, 옆에서 손 여사가 방정맞게 내뱉었다. 어쩌면 강 사장에게는 잘된 일일지도 몰랐다. 그는 도저히 영신에게 다리가 절단된 오빠나 행방불명된 남동생 이야기를 꺼낼 수 없었으니.

한순간 영신은 머릿속이 하얘졌다. 너무 충격을 받아서 가슴이 뛰지도 눈물도 나오지 않았다. 그녀는 멍한 표정이 되어 아무 대꾸도 없이 자신의 방으로 돌아갔다.

“당신은 그 생각 없이 말하는 버릇 좀 고쳐. 다른 사람 입장은 생각도 않고……. 그걸 지금 꼭 그렇게 다 말해야겠어? 불쌍하지도 않아, 저 어린 것이? 영신이는 지혜랑 동갑이야. 어렵게 살다보니 어른스럽게 보이기도 하지만 아직 어린 애라고.”

“흥!~ 어차피 알게 될 거잖아요. 당신도 마찬가지죠. 나랑 의논도 않고 혼자 다 결정해 버리는 거. 난 영신이 여기 머무는 것 반대예요. 앞으로 내가 살림을 하면 했지.”

손 여사가 팔짱을 끼고 코웃음을 치며 말했다. 이런 아내의 반응에 강 사장은 여자가 결혼해서 같이 오래 살면 성격이 드세진다는 말을 실감했다. 원래 아내는 성질이 좀 있긴 했지만 자신에게 싹싹하고 제법 애교도 부릴 줄 알며 순종하는 맛도 있었던 것이다. 그런데 최근 들어 말투나 표정이 자신을 누르려고만 하는 것이다.

강 사장이 한 가지 간과한 것이 있는데, 아내의 변화는 바로 영신이 이 집에 들어온 바로 그 시점이란 것을 눈치 채지 못하고 있는 것이다. 강 사장과 손 여사는 한 침대에서 더러 살을 섞고 살지만 그 마음속은 죽었다 깨나도 모르는 부부가 되어가고 있었다.

강 사장의 불편한 심기도 모르고 손 여사가 다시 떠들었다.

"그리고 뭐, 영신이가 어린 애라고요? 그 얘가 덩치는 지혜보다 작지만 속엔 백여시가 들어있는 거 모르죠? 일기장에다가 용하에 대해 뭐라고 쓴 줄 알아요? 용하가 잘해주니까 제 분수도 모르고 슬슬 꼬리나 치고. 벌써부터 남자한테 저렇게 관심을 가지니 더 크면 어떨까?"

"그 나이 때 이성한테 관심 갖는 거 당연하지. 당신은 안 그랬나? 이몽룡과 성춘향 이야기도 모르나보군. 우리 어머님 세대는 그 나이에 시집가서 애도 낳고 살았다는데……."

자신도 모르게 영신의 일기 어쩌고 했던 손 여사는 화를 낼 줄 알았던 강 사장이 이몽룡과 성춘향 운운 하자 갑자기 웃음이 터져 나올 것 같았다. 문득 남편이 어린애처럼 느껴져 껴안아주고 싶기까지 했다. 강 사장은 말다툼을 하다가 가끔 이렇게 뜻밖의 대꾸를 해서 그녀를 웃게 만들었다.

부엌 뒷방에서 영신은 별로 망설임도 없이 떠날 결심을 했다. 강 사장 집에 이 년여를 있으면서 떠날 고비를 두 번 겪었다. 그 때마다 영신은 보따리를 쌌다가 풀었는데, 이번 경우는 그런 경우와 달랐다. 다리가 잘린 오빠, 행방불명된 동생을 찾아다니는 어머니의 영상을 떠올리자 그녀는 그제야 가슴이 저려와 울기 시작했다. 그녀의 마음속에는 이제 어떤 열망도 사라졌다. 공부를 계속 하겠다는 염원이나 용하의 곁에 머물고 싶은 갈망은 이제 자신에게 언감생심 꿈도 못 꿀 현실이란 생각을 했다. 그런 현실이 원망스럽고 아파서 다시 눈물이 쏟아졌지만 남동생을 찾아 전쟁터 같은 곳을 헤매는 어머니의 모습을 다시 떠올리고 마음을 독하게 먹었다.

(13)

영신은 어머니, 오빠와 함께 서울 변두리의 한 동네에 새 거처를 마련했다. 강 사장이 영순을 찾아내서 그녀가 사는 가까운 곳에 단칸방을 마련해준 것이다. 영순도 더 이상 식구들을 모른 체할 수 없어서 강 사장의 결정을 받아들여야 했다.

영신은 당장 공장에라도 취직을 하고 집안 살림에 보탬이 되고 싶었는데, 어디서부터 시작해야할지 막막하기만 했다. 의지가 되고 상의를 할 사람은 언니뿐이었지만 영순이 우선 어머니와 오빠를 돌보고 있으라고 하니 하루하루 시간만 축낼 뿐.

그녀는 시간이 날 때마다 동네 구석구석을 헤매고 다녔다. 뭔가 할 일이 있을 거라는 막연한 기대와 서울 거리에 대한 호기심 때문이었다. 그동안 강 사장 집안에만 있느라 대체 서울이란 곳이 어떤 곳인지 제대로 구경도 못한 영신에게 서울의 두 모습을 보는 계기가 되었다.

고향에 있을 때, 그녀는 서울에만 가면 모두 돈을 벌고 성공을 하고 잘 사는 것이란 환상을 가졌다. 하지만 그녀가 머물게 된 이 동네는 고향의 역 뒤 풍경과 별반 다를 게 없었다. 대부분 방 하나에 부엌이 딸린 방에서 어렵게 살고 있었고, 부모가 일터로 나간 텅 빈 방에서 서너 살 먹은 아이들이 집을 지키고 있는 모습이었다. 하지만 골목을 벗어나면 번화가가 나오는데 밤이면 휘황찬란한 조명과 네온사인 아래를 양복을 입은 신사나 화장을 곱게 한 여인네들이 팔짱을 끼고 지나갔고 음식점 안에는 가족 단위나 연인으로 보이는 사람들이 밝게 웃으며 식사를 하거나 술을 마셨다.

영신은 틈만 나면 언니에게 들러야 했다. 영신의 식구가 살아가는 유일한 의지처가 언니이기도 했고 시장을 봐주거나 저녁을 해달라는 부탁이 있었으므로.

대충 살림살이 궤짝만 늘어놓은 영신의 방에 비해서 영순의 방은 마치 신혼방 같았다. 비키니 옷장에 분홍 커튼, 분홍색 이불……. 그 안에서 영순도 새댁처럼 고운 모습으로 몸단장을 하고 있곤 했다.

영순은 저녁에 술집에 나가기 위해 화장을 하고 있다가 영신이 시장을 봐서 들어서자 반갑게 맞았다.

"애, 동태 사왔지? 그걸루 찌개 좀 얼큰하게 끓여라. 어제 술 마셨더니 속이 쓰려…….”

“알았어, 언니. 그보다 나 언제까지 이렇게 놀고 있어야 하지? 언니도 우리 생활비 대주기 힘들 거 아냐. 공장이라도 다녀야할텐데, 내가 서울 물정을 몰라서 어떻게 해야 할지 모르겠어.”

“공장? 너 공장 나가면 낮에 어머니는 어떡하라고?”

그게 가장 큰 문제였다. 어머니는 아직 고향의 참사에 대한 충격에서 벗어나지 못한 채, 서울 생활에 적응을 못하고 계셨다. 가끔 남동생을 찾는다고 집을 나서곤 했는데, 길이라도 잃지 않을까 걱정이었다. 문제는 어머니만이 아니었다. 참사로 다리 하나를 잃은 불운을 당한 오빠가 자신의 처지를 비관하면서 하루하루 술로 보내고 있어서 옆에서 봐줄 사람이 필요했다.

“얘, 공장에 가서 몇 푼이나 받는다고. 너 거기가 어떤 덴 줄 알아? 얼마나 고생이 심한데……. 나도 잠깐 다녀봤지만. 공장도 잘 들어가야지. 월급을 제대로 못 받는 일도 허다하단다. 넌 그동안 강 사장 집에서 호강한 줄 알아라. 너나 나나 앞으로 고생문이 훤하다. 엄마나 경식이 때문에……. 아, 짜증나!”

“힘이 안든 일이 어디 있다고 그래? 언니.”

“어머나?”

얼굴이나 말투가 세련된 도회여자가 다 된 영순이 까르르 웃었다.

“너 애늙은이가 다 됐구나. 그래, 네 말이 맞아. 남들은 내가 다니는 술집이 돈 벌기 쉬운 직업이라고 하지만 그렇지도 않아. 술 마신 남자들이 얼마나 추잡하게 굴어대는 줄 아니? 더러 술잔 많이 받아준 날은 다음 날 속이 쓰려서 다시 나가기도 힘들어. 그래서 쉬다보면 수입도 줄고……. 그냥 우선 엄마랑 경식이 돌보면서 있어봐. 내가 무슨 수를 찾아볼 테니……."

수를 찾아본다고 했지만 영순의 성격은 태평한 축에 속했다. 생활비가 들어봐야 얼마나 들 것인가. 물론 마냥 이대로 생활비만 대주면서 있어서도 안 되고 근본적인 대책을 세워야겠지만 그건 나중 일이고 당장은 그녀도 뾰족한 대책이 없었다. 다만 영신이가 자신에게 떠맡겨진 식구를 봐주고 또 더러 집에 와서 밥이나 빨래를 해주니 우선은 그걸로 만족했다.

"그나저나 경식이는 지금도 그러고 있니?"

"……."

"한심한 놈. 저 혼자만 그렇게 됐나. 이제 정신 차릴 때쯤 되었건만. 다리 하나 없어진 게 대수야? 살려고만 하면 얼마든 사는 거지. 신문에 보니 다리 하나가 아니라 팔 다리가 아예 다 날아가 버린 사람도 있다더라. 영신아, 자꾸 걱정만 한다고 해결되는 일은 없어. 나 골치 아프다. 이렇게 기분이 잡쳐서 나가면 손님들한테도 자꾸 짜증이 나. 얼른 밥이나 해. 참, 쌀 떨어지지 않았니? 가면서 쌀독에 쌀 좀 퍼가. 글고 이따가 밤에 와서 연탄불 좀 갈아주고 가고."

영신이 밥과 찌개를 해놓고 돌아서 나오는 데, 건장한 체격의 한 청년이 들어서다가 힐끗 쳐다보았다. 그는 영순의 집에 수시로 드나드는 형기란 남자였다.

운동으로 다져진 다부진 체격을 가진 남자가 빙긋이 웃으면서 자신의 몸을 훑어내리자 영신은 황급히 그 자리를 떠났다. 사람의 인상을 보고 좋고 나쁨을 판단하는 것은 아니지만 영신은 남자의 인상이 별로 좋게 느껴지지 않았다.

"누구야?"

영순의 방에 들어선 남자가 물었다.

"응, 동생이야. 내가 말했었지. 고향에 살던 식구들이 모두 서울로 올라왔다고……. 어휴, 골치다, 정말. 이제 나 어떡해? 도망갈 수도 없고. 꼼짝없이 집안의 가장이 되어버렸네."

남자가 아랫목에 아무렇게나 드러눕더니 손으로 배를 쓱쓱 어루만지며 말했다.

"밥 있어?"

"응, 찌개도 있고. 동생이 오니 좋은 점도 있네. 가끔 와서 이렇게 밥도 해주고 가고. 금방 차려올게."

영순이 부엌으로 가려하자 형기가 그녀의 치마를 손으로 낚아챘다 그 바람에 영순이 그 위로 엎어졌다. 그는 영순의 치마 속으로 손을 넣어서 팬티를 끌어내렸다.

"이게 며칠만이야, 굶었더니 미칠 거 같아. 자기도 그렇지?"

"아이, 왜 이래. 그러니까 누가 그렇게 오랜만에 오래? 나 화장 다 지워지겠다."

"뭐야? 안 한다고? 설마 그새 딴 놈이랑?"

영순이 킥킥대며 남자의 아랫도리에 손을 가져갔다. 단단하고 뜨거운 것이 손안에 가득 차자 그녀의 아랫도리에서도 슬그머니 반응이 왔다.

"글쎄……. 근데 자기 거가 최고드라고."

형기가 화가 났다는 표시로 거칠게 영순의 윗도리까지 벗겨내자 그녀의 숨이 가빠졌다. 영순이 아무리 빼는 척 해도 젖가슴에 자신의 입술만 갖다 대면 몸을 비틀어대고 흥분하는 걸 아는 형기는 얼른 그녀의 몸 안에 들어가고 싶은 욕구를 자제하고 젖꼭지를 빨아댔다.

"아아……."

기다렸다는 듯이 영순이 형기의 몸에 자신의 몸을 밀착하면서 고통스럽게 신음을 토해냈다.

이런 것도 모르고 연탄 불구멍을 조절하지 않았다는 것을 안 영신이 다시 부엌으로 들어서다가 방에서 들리는 소리에 무심코 열린 문틈에 눈을 갖다 댔다. 발가벗은 남자와 여자가 엉켜있는 처음 보는 그 장면에 영신은 손에 든 쌀 봉지를 떨어뜨릴 뻔 했다. 남자의 몸 밑에 깔려 눈을 감고 입을 반쯤 벌린 채, 신음하는 언니의 표정은 한동안 영신의 뇌리에서 떠나지 않았다.

잠자리에 누운 영신은 답답함을 느꼈다. 오늘도 어김없이 술을 마시고 돌아온 경식이 코를 골고 자고 있고 어머니는 옆에서 잠을 이루지 못하고 뒤척이고 있었다.

생각해보니 강 사장의 집에 있었던 날들은 행복한 날이었다. 비록 바라만 보는 이방인의 존재였지만 강 사장의 집안은 늘 밝고 환하고 웃음이 넘쳤다. 일은 힘들어도 공부를 했고 짜증을 부리는 지혜였지만 가끔 또래친구로 이야기를 하곤 했으니. 무엇보다 용하와 보낸 시간들은 아버지가 돌아가신 후로 가장 행복한 기억이 되었다. 그러고 보니 정말 거짓말처럼 영신은 용하란 존재를 잊고 산 것 같다. 눈앞에 보이지 않으면 아무리 간절하게 그리워도 그렇게 되는 걸까. 용하도 자신을 까맣게 잊고 있을까.

강 사장의 집만 벗어나면 고향 식구들과 다시 편안한 생활을 보낼 줄 믿고만 있던 영신에게 닥친 현실은 용하에 대한 그리움마저도 용납하지 않는 것 같았다.

새벽에 문득 눈을 뜬 영신은 어둠 속에 장승처럼 앉아있는 어머니의 모습에 가슴이 무너졌다.

"엄마, 또 못 잤어?"

어머니는 대꾸도 없이 가슴을 손으로 탁탁 쳤다. 얼마나 세게 치는지 가슴이 부서질 것 같아 영신이 그 손을 움켜잡았다.

"아이고, 폭폭해……. 가슴속에서 불이 확확 치솟는구나. 꿈에 명식이가 나왔어. 우리가 서울로 오는 게 아니었다. 죽으나 사나 고향에 있어야 하는데……. 명식이를 놔두고 오다니. 지금 명식이가 우리를 찾으러 얼마나 헤매고 다니겠냐? 그 어리벙벙한 것이……."

"엄마, 조금만 기다려. 강 사장님이 계속 명식이 행방을 쫓고 있다고 했으니까……."

"찾긴 어떻게 찾냐? 얼굴 아는 우리가 찾아야지. 누가 그 애를 찾아 주겠냐?"

이 소리에 눈을 뜬 경식이 냅다 소리를 질렀다. 술이 깨는 모양이었다.

"아, 시끄러! 야! 영신아, 물 좀 가져와. 아니, 술 좀 가져와라."

영신은 부엌에서 물을 떠다가 경식에게 내밀면서 조용히 말했다.

"오빠, 이제 그만 좀 해. 엄마 안 보여? 명식이 때문에 맨날 잠도 못 자고……."

영신의 이 말이 끝나기도 전에 경식은 물그릇을 내던졌다.

"이 시발, 이 쌍년이. 어디서 훈계야? 야, 이년아. 너도 나처럼 다리 하나가 없어져봐라. 그런 말이 나오는지. 그래, 이참에 네 다리도 작씬 부러뜨려줄까?"

오빠의 말에 영신은 기가 질려버렸다. 입만 열었다 하면 술을 먹고 욕을 해대는 경식은 이미 예전의 그 오빠가 아니었다. 사람이 몸이 불편해지면 정신마저도 그렇게 괴팍하고 황폐해지는 걸까. 아직 영신은 오빠의 입장을 완전히 이해 못한다. 오빠 말처럼 다리가 불편해보지 않았으니.

"아이고, 내가 속 터져. 난 여기서 못살겠다, 영신아. 우리 당장 고향으로 가자. 죽이 되든 밥이 되든 거기서 살면서 명식이를 찾아야지."

영신의 어머니가 다시 가슴을 탁탁 쳤다.

"시끄러워. 이 노인네야! 어디서 명식이 타령이야. 네 눈엔 명식이만 보여? 나는 안 보이냐고! 평생 다리병신으로 살아야 하는 내가!"

경식의 이 말에 영신도 영신의 어머니도 자신의 귀를 의심했다.

어머니를 '노인네'라고 부르는 오빠 앞에 영신의 가슴은 무너졌고, 영신의 어머니도 충격을 받아서 더 이상 아무 말도 하지 않았다.

어느 날, 매일 시장 골목을 배회하던 영신이 찬거리를 하려고 아직 쓸 만한 야채나 배춧잎을 줍고 있는데, 한 할아버지가 다가와서 물었다.

"아가, 그걸 뭐 하러 줍는 거냐?"

영신은 멋쩍게 할아버지를 보면서 배시시 웃었다.

"먹을 만한 것 같아서요. 아깝잖아요."

영신의 몰골을 한참 바라보던 할아버지가 만면에 웃음을 띠고 영신의 손을 잡았다.

"이리 와라, 아가. 배고프지 않냐? 할애비 식당이 바로 여긴데, 와서 국밥이나 먹고 가렴."

영신이 할아버지의 손을 떨칠 틈도 없이 끌려갔는데, 식당 안에 들어가니 할머니 한 분이 주방에 있다가 주름 속에 갇힌 가는 눈을 더욱 가늘게 뜨고 영신을 살폈다.

"누구요?"

"응. 전에 내가 말했었지? 늘 이맘때면 시장 다니면서 배춧잎 같은 거 줍는 애기가 있다고. 얼른 국밥 한 그릇 말아줘요."

할머니가 꾸부정한 모습으로 식당 안에 몇 개 놓인 탁자 위에 국밥을 내놓자 영신은 차마 거절할 수 없었다.

국밥 한 그릇을 다 비운 영신이 눈치 빠르게 그릇을 얼른 주방으로 날랐다. 주방에 아직 씻지 못한 국밥 그릇이 쌓여있는 것을 보고 영신은 남의집살이를 하던 몸에 밴 습성으로 설거지를 하기 위해 주저앉았다.

"할아버지, 이거 제가 해드리고 갈게요."

할아버지나 할머니는 고개를 끄덕이면서 흡족한 표정을 지었다.

영신이 설거지를 다 마치고 식당 바닥까지 물걸레로 닦자 할아버지가 갈고리 같은 손으로 영신의 손을 부여잡았다.

"아가, 내일도 오지 않을래? 지금 우리 할멈이 관절이 좋지 않아 앉아서 설거지를 못해. 네가 와서 도와주면 할애비가 섭섭지 않게 해주마."

이 일로 영신은 엉겁결에 이 국밥집에 취직을 하고 만 셈이 되었다.

(14)

무료한 시간을 보내던 영신에게 국밥집 출퇴근은 새로운 활기를 불어넣었다. 다행히 어머니는 경식이 '노인네' 운운한 뒤로 정말 행방을 모르는 아들보다 다리를 잃고 실의에 빠진 아들이 눈에 들어왔는지 명식이 타령은 하지 않았다. 설사 속은 썩어 문드러질망정.

국밥집에는 주로 근처 공사장에 일을 하는 일용직 노동자들이 들렀는데 새롭게 등장한 영신의 존재에 대해 다들 궁금해 했다.

"할아버지, 이 깜찍한 아가씨는 누구요?"

이렇게 물으면 할아버지는 함박웃음을 지으며 대꾸했다.

"우리 손녀딸이라오."

국밥집 일을 마치고 집으로 들어가는 시간은 영신에게 새로운 기쁨이었다. 서서히 안정을 찾아가는 어머니가 전처럼 가슴을 탁탁 치면서 한숨을 내쉬거나 잠을 못 이루는 일이 없이 저녁을 해놓고 반갑게 맞아주었고, 그동안 어머니가 명식이만 찾아서 내심 서운하기도 했었는데 뒤늦게 어머니의 애정을 듬뿍 받는다는 사실이 행복하기도 했다.

하루는 영신이 집에 돌아오자 어머니가 손바닥만 한 부엌 바닥에 쪼그리고 앉아 수제비를 하려고 밀가루 반죽을 하고 있었다. 어머니는 밥을 드시라고 해도 쌀을 아낀다고 자주 그렇게 수제비를 떴다. 그럴 줄 알고 영신은 그날 시장의 생선가게에서 생선머리나 포를 뜨고 난 뼈 같은 것을 얻어온 참이었다.

"엄마, 이리 나와, 내가 끓일게."

"네가 하긴. 하루 종일 식당에서 힘들었을 텐데……. 금방 한다."

"아이, 얼른 나오라니까. 내가 색다른 수제비 끓여 드릴게요."

영신의 어머니가 마지못해 일어서는데, 벽에 걸어둔 소쿠리가 머리에 부딪혀 떨어졌다. 부엌이 좁다보니 사람이 일어날 때마다 벽에 걸어둔 소쿠리가 떨어지는 일이 한두 번도 아니건만 어머니는 터져 나오는 웃음을 손으로 막았다. 그 모습에 영신도 소리를 내서 웃었다. 참으로 오랜만에 보는 어머니의 웃음은 영신의 가슴속을 환하게 밝혔다.

영신은 생선머리와 뼈로 육수를 내서 수제비를 떠 넣고 야채가게 앞에서 주워온 쓸 만한 야채를 고명으로 얹었다. 그렇게 하면 맹물에 소금만 넣고 간을 맞춘 수제비보다는 훨씬 맛이 나을 것이란 생각이 들었다. 생선찌개를 좋아하지만 자주 드시지 못하는 어머니를 생각하고 꾀를 낸 것이다. 국물에 고춧가루까지 넣은 영신이 멋쩍게 웃으며 말했다.

"엄마, 이건 수제비 매운탕이야."

"수제비 매운탕?"

영신이 익살스럽게 웃자 영신의 어머니도 따라 웃었다.

식당에서 얻어온 국밥을 먹던 경식이 옆에서 이 광경을 보다가 한마디 했다.

"야, 나도 좀 줘라."

맛을 본 경식이 입맛을 쩝쩝 다시더니 영신을 흘깃 보면서 멋쩍은 웃음을 흘렸다.

"흠, 제법이네."

세 식구가 밥상 앞에 머리를 맞대고 웃는 것도 참 오랜만이었다. 경식이 술을 안 마실 때는 이렇게 붙임성 있게도 굴었는데, 그렇다고 당장 술을 끊는 것은 아니었다.

국밥집에 나가면서 영신은 언니에게 자주 들르지 못했다. 시간이 없기도 했지만 영신은 언니 집에 드나드는 남자를 마주치고 싶지 않은 마음이 강해서 일부러 찾아가지 않은 적도 많았다.

어릴 때부터 놀고먹으면 안 된다는 말을 아버지로부터 자주 듣고 자란 영신은 하는 일 없이 빈둥거리면서 언니 집을 드나드는 이 남자가 기생충 같다고 생각했다.

무엇보다 부엌 바닥에 쪼그리고 앉아 빨래를 하다보면 더러 남자의 속옷도 끼어있었는데, 그것을 빠는 것은 정말 고역이었다.

제일 곤욕인 것은 가끔 시장을 봐서 가보면 방안에서 반은 옷을 벗어부친 남자와 언니가 속닥속닥 은밀하게 속삭이는 것을 보는 일이었다. 두 사람은 영신이 그런 광경을 봐도 개의치 않는 것 같았다. 오히려 예전처럼 서로 발가벗고 엉켜있는 장면을 보게 될까봐 조심하는 것은 영신이었다. 물론 영신도 남자와 여자 사이의 그런 행위에 대해 소설에서 봤거나 들은 적도 있지만 막상 앞에서 대하는 것과는 느낌이 천지차이였다.

영신이 또 이해할 수 없는 것은 두 사람이 서로 킥킥대면서 껴안거나 장난을 치다가도 툭하면 큰소리가 나고 말다툼을 하는 것이다. 서로 목소리가 높아지다가 영순이 비명을 지르는 날에는 어김없이 얼굴에 멍이 든 것을 발견하기도 했다. 멍 때문에 며칠씩 술집에 나가지 못하면서 '나쁜 자식'을 연발하던 언니가 남자가 찾아오면 또 언제 그랬냐는 듯이 영신이 차려준 밥상 앞에서 머리를 맞대고 서로 입에 음식을 넣어줘가면서 좋아 죽겠다는 표정을 지었다.

어느 날 영신은 영순에게 벼르고 별렀던 질문을 했다.

"언니, 그 남자가 좋아?"

영순은 동생의 이 당돌한 질문의 뜻을 얼른 눈치 챘다. 좋냐고 묻는 게 아니고 뭐가 좋냐고 따지는 것이라고 그녀는 생각했다.

"그런 거 왜 묻니?"

"언니한테 너무 함부로 하는 거 같잖아. 손찌검도 하고."

"얘, 네가 뭘 안다고 그러니? 다 나를 좋아해서 그런 거야. 내가 다른 남자랑 딴 살림이라도 차릴까봐 샘이 나서 그러는 거란다. 알지도 못하면서……. 쬐끄만 게."

"……."

영신이 대꾸를 않자 영순은 이 기회에 다시는 그런 질문을 못하도록 못을 박아야겠다고 생각했다.

"너, 그 사람 앞에서 못마땅한 눈으로 쳐다보지 말아. 안 그래도 이야기 하드라. 네가 자기를 무시하는 것 같다고."

"언니, 난 그 남자 인상이 별로 좋지 않아."

"인상? 아주 관상쟁이 나셨군. 얘, 너 그 국밥집인지 뭔지 나가면서 국밥이나 얻어다 먹지 말고 이참에 아예 돗자리 깔고 관상이나 봐라. 어디 내 관상도 한 번 봐줄래?"

언니가 비아냥거리자 영신은 무심코 그 얼굴을 바라보았다. 번화가를 지나다가 가끔 언니 또래의 여인들을 보는데, 언니는 그 여인들보다 몇 배는 더 예뻤다.

"예뻐, 언니. 근데 메뚜기도 여름 한철이라고 언니도 마냥 이렇게 지낼 수만은 없잖아."

일단 예쁘다는 말에 활짝 핀 꽃처럼 웃던 영순은 마치 어른처럼 가르치려드는 동생이 싫었다. 충고나 훈계를 하는 것은 딱 질색이었다. 대체 술집에 나가는 것이 무슨 큰 범죄나 되는 것처럼 구는 사람들이 마음에 들지 않았다. 그러려면 아예 술집 자체를 싹 없애버리지 않고.

영순이 나가는 술집에는 사회에서 제법 존경을 받는 교수나 돈 많은 사장들이 오는데, 술에 취하면 그들은 그저 여자의 몸을 탐하는 수컷 그 이상이 아니었다. 그래서 영순은 늘 그들과 평등하다는 생각을 고수하고 있었다.

'술 따르는 나나, 그 술 받아 마시고 어떻게든 한 번 자보려고 하는 놈들이나…….'

그렇게 속말을 하면서 그녀는 영신에게 짜증을 냈다.

"넌 말야. 아직 남녀 간에 대해 잘 모르면서 그렇게 인상이나 보고 함부로 판단하는 거 아니야. 이래봬도 그 사람이 나 힘들 때, 도와준 적도 많고……. 그러는 넌 별 남자 만날 거 같니? 너나 나나 배운 것도 없고 가진 것도 없고 백도 없고……. 팔자가 뻔하지. 이러쿵저러쿵 잔소리하려면 앞으로 오지 말아라. 네가 국밥집 좀 나가면서 생활비가 아쉽지 않으니까 이제 날 가르치려 드는 거니? 너 경식이한테도 그러지? 가만히 보면 너 사람 참 기분 나쁘게 하는 거 있는 거 아니? 너나 잘해!"

언니 집에서 나온 영신은 집으로 바로 돌아가지 않고 밤의 번화가를 걸어 다녔다. 무엇이 그리 좋은지 손을 잡고 연신 미소를 짓는 연인들. 엄마 손을 잡고 천진한 표정으로 걸어가는 어린 소녀. 손에 선물꾸러미를 들고 총총히 걷는 양복을 입은 신사. 그런 사람들 사이로 영신은 참으로 외로운 심정으로 헤맸다.

'넌 별 남자 만날 거 같니?'

조금 전에 언니가 했던 말이 환청처럼 자꾸 귓전을 울렸다. 그 말은 현재 자신의 처지를 일깨워주는 가장 혹독한 말이었다. 생각해보니 언니나 자신이나 별다를 게 없어보였다. 술집에 나간다고 은근히 언니를 경멸했던 자신이 부끄럽기까지 했다.

처음으로 영신은 자신이 만날 남자에 대해 구체적으로 생각해보았다. 언젠가는 남자를 만나 사랑도 하고 결혼도 하겠지. 그 사람은 과연 누구일까. 아버지가 살아계실 때, 가끔 영신에게 했던 말이 떠올랐다. 아버지는 여자가 좋은 남자를 만나 행복한 가정을 꾸리는 것이 당연히 해야 할 최고의 본분이고 행복이라고 했다.

'행복한 가정? 아빠 그러면서 왜 그렇게 일찍 돌아가셔서 그 행복을 깨신 건데요?'

아버지를 원망하는 영신의 가슴속에 불쑥 용하의 싱그럽고 따뜻한 미소가 떠올랐다. 마치 아버지가 돌아가신 겨울의 그 황량한 벌판에 봄이 되어 푸른 싹이 돋는 것처럼. 그녀는 그 싹을 매정하게 뽑아버렸다.

'배운 것도 가진 것도 없는'이란 언니의 말이 새삼 뼈저리게 느껴졌다. 용하의 옆에 서있을 사람은 국밥집 일을 돕는 초라한 자신이 아니라 행복한 부모 밑에서 마음껏 사랑을 받으며 공부를 하고 있는 지혜인 것이다. 그래도 언니에게 드나드는 그런 남자는 죽어도 싫다고 영신은 생각했다. 언니도 지혜처럼 부모 밑에서 공부를 하고 사랑을 받으면서 컸다면 그런 남자는 안 만났을 거라는 데에 생각이 미치자 문득 영신은 언니가 불쌍해졌다.

이런저런 생각에 빠져서 늦게까지 번화가를 거닐던 영신은 문득 한 액자가게 앞에 멈춰 섰다. 벽에 걸린 액자에 적힌 문구가 영신의 머릿속에 각인되었다.

'아는 것이 힘이다.'

'그래, 가진 것도 없고 배운 것도 없다면 가지고 배우면 되는 거야. 공부를 다시 해야겠어. 하지만 어디서부터 어떻게?'

강 사장의 집에 있을 때는 용하가 공부를 가르쳐주고 고등학교에 갈 수 있다는 희망이 있었지만 지금은 길이 보이지 않는다. 문득 영신의 마음 한편에 다리가 불편한 오빠와 엄마가 걸림돌이 된다는 이기적인 생각이 자리했다.

'아, 내가 왜 이런 생각을 하는 거지?'

영신은 이런 생각이 도대체 어떻게 자신에게 찾아드는지 스스로도 의아해서 얼른 머리를 흔들었다.

날이 푹푹 찌는 여름이 왔다. 영신이 오고부터 국밥집에 손님이 넘쳐나자 노부부는 자신들의 처음 예상이 틀리지 않았다고 생각했다. 그렇다고 큰돈을 버는 것도 아니었지만 자신들이 파는 음식을 먹겠다고 손님이 찾아든다는 것만으로 식당주인으로서 그만한 영광은 없는 것이니까. 부지런하고 싹싹한 영신이 행여 국밥집에 나오지 않으면 어쩔까 할아버지는 처음 약속대로 서운하지 않게 돈을 챙겨 주었는데, 어쩐 일인지 영신은 시장골목에서 짠순이로 소문나 있었다. 생선가게에서 생선머리나 뼈를 얻어간다거나 야채가게에서 시든 야채를 싼 값에 얻어가기도 했다. 어느 날은 국밥집 일을 마친 영신이 야채가게 앞에 앉아 야채를 다듬거나 마늘을 까주는 모습이 종종 할아버지 눈에 목격되기도 했다. 시장 사람들 말로는 영신이 그렇게 가게마다 돌아다니면서 일을 도와주고 품삯을 받는다고 했다.

'네가 돈독이 올랐구나…….'

그렇게 속말을 하면서 할아버지는 영신이 기특하면서도 한편 안타깝고 측은한 마음이 들었다. 할아버지의 짐작대로 영신은 돈독이 올랐다. 그녀는 방 한 구석에 놓인 궤짝 안에 아무도 모르게 돈을 모으고 있었다. 돈이 쌓여갈수록 영신의 마음도 흐뭇해졌다. 지금 그녀가 할 수 있는 일은 오로지 돈을 모으는 것이었다. 일단 돈이 모아지면 공부를 하든 무엇을 하든 길이 열릴 것 같다는 희망을 가졌다.

여름이 가고 선선한 바람이 부는 가을의 초입. 가을이라고 하지만 불 앞에서 일하면 여전히 온 몸이 땀으로 차오르는 어느 날 저녁, 영신은 식당 앞에 내놓은 화덕에 커다란 솥을 올려놓고 다음 날 쓸 우거지를 삶고 있었다.

그 모습을 한 청년이 유심히 보고 있다는 것을 알 리 없는 영신은 긴 머리를 질끈 동여매고 이마에 흐르는 땀을 연신 닦으면서 이리저리 분주히 왔다갔다했다. 그러다가 등에 배낭을 메고 모자를 쓴 청년이 얼핏 눈에 들어오자 혹시 식당을 찾는 손님인가 해서 무심코 말했다.

"오늘은 다 끝났……."

말을 채 맺지 못한 영신은 청년이 모자를 벗고 빙긋이 웃자 그제서야 그를 알아보았다. 면도를 하지 않은 턱이 거뭇해서 초췌해보이고 조금 말랐지만 그는 분명 용하였다.

(15)

자신의 눈을 의심한다는 말이 있다. 영신이 그랬다. 그녀는 자신의 눈을 의심했다. 지금 눈앞에 서있는 사람이 정말 용하오빠인 걸까. 바쁘게 일을 하다가 발견을 해서 그렇지 만일 용하를 생각이라도 하고 있다가 눈앞에 나타났다면 기겁을 했을 것이다. 언제부터 자신을 보고 있었던 걸까. 영신은 자신의 후줄근한 모습이 신경이 쓰였다. 왜 늘 자신은 좋은 남자 앞에 이런 모습으로 서있어야 하는 걸까.

그런 영신의 마음도 아랑곳없이 용하는 하얗고 고른 잇속을 드러내며 환하게 웃었다. 처음 지혜의 집에서 본 그 모습 그대로.

용하의 눈에 비친 영신은 처음과 달랐다. 그때는 어린 소녀였지만 지금은 성숙함이 물씬 풍기는 처녀의 모습이다. 변함없는 것은 늘 뭔가 바쁘고 움직이는 모습이었는데, 마치 다람쥐가 도토리를 물어 나르는 모습처럼 귀엽다고 느꼈다. 한편으로 자신도 알 수 없는 욕구가 생겼다. 그런 영신을 껴안고 싶은. 그것은 지극히 자연스런 욕망이었지만 그는 남자가 여자에게 가지는 욕망 자체에 대해 부정적이었다. 몸은 원하고 마음은 밀어내면서 그 사이에서 늘 혼돈했다.

"나, 배고파. 영신아, 국밥 남은 거 없어?"

영신이 당황해서 바라만보고 있자 용하가 말했다. 왜 이 남자는 늘 자신을 보면 밥을 달라는 걸까. 영신은 그런 의문을 가지면서도 기뻤다. 좋은 남자가 자신에게 뭔가 원하는 그 자체만으로. 다행히 오빠에게 갖다 주려고 남은 것이 있었다.

영신이 국밥을 내오자 용하가 허겁지겁 먹기 시작했다. 그 모습에 영신의 가슴이 찌르르 울렸다. 안쓰럽고 측은하고.

"오빠, 강 사장님 댁은 모두 잘 있어요? 지혜는 이제 고등학생이 되었겠네요?"

"응……."

용하가 풋 하고 웃었다. 지혜의 집에 새로 들어온 아주머니는 천방지축이었다. 청소나 요리는 그렇다 치고 얼마 전에는 집에 아무도 없다고 안방 침대에서 늘어지게 자다가 지혜 어머님에게 혼이 난 적도 있었다. 우스운 것은 혼을 내도 너는 혼내라 나는 듣겠다 하는 식으로 도무지 말이 통하지 않는 것이다. 어찌 보면 은근히 지혜 어머님을 놀리고 있는 느낌도 주었다.

영신이 왜요? 하는 눈으로 바라보자 용하가 입술에 묻은 국물을 닦으며 말했다.

"너 있을 때가 좋았지, 다들……. 새로 아주머니 한 분이 오셨는데…… 정말 아무도 감당하지 못한단다. 참 천하태평이신 분이지……."

"……."

"영신아, 술 있어?"

국밥이 거의 다 비어갈 무렵 용하가 물었다. 물론 술은 있었다. 정식으로 술을 파는 것은 아니지만 손님들이 술을 찾으면 내주기도 하니까. 하루 일이 힘든 노동자들은 영신은 맛도 보지 못한 그 술이 무슨 피로회복제나 되는 것처럼 마시곤 했다. 영신은 용하가 술을 마신다는 게 믿기지 않았다. 아니 싫었다. 그만큼 술이란 것은 영신에게 나쁜 것으로 인식되어 있었다.

아버지도 돌아가시기 전에도 술을 자주 드셨고 오빠도 다리가 불편한 후로 하루도 거르지 않고 술을 마시고 욕을 해댔다. 언니 집에 들락거리는 그 남자도 더러 술 냄새를 풍겼는데, 그럴 때는 유난히 영신의 몸을 훑어보는 그 붉고 쭉 째진 눈길이 싫었다.

술잔을 놓으면서 용하는 고개를 숙이고 한참 들지 않았는데, 속눈썹 아래 드리워진 그늘이 영신에게 알 수 없는 슬픔을 자아냈다. 똑같이 술을 마셔도 용하의 모습은 영신에게 혐오스럽게 보이지 않았다. 다만 늘 하얀 잇속을 드러내고 밝고 환하게 웃던 용하의 모습이 어두운 것이 마음에 걸렸다.

"오빠……는 학교 잘 다니고 있지요?"

영신의 질문에 용하는 말없이 또 술잔을 비웠다.

"아니, 휴학했어."

용하의 이 말을 영신은 이해할 수 없었다. 자신은 하고 싶어도 못하는 공부를 어째서? 그 마음을 아는 듯이 용하가 대꾸했다.

"이해가 안 되지? 넌 공부를 하고 싶어도 못하는데, 오빠가 휴학을 했다고 하니……. 하지만 이걸 알아야 해. 돈이 있든 없든, 공부를 하든 못하든…… 사람은 자신이 겪고 이겨내야만 하는 고뇌나 고통이 있어. 풍족한 사람들은 아무 근심 걱정이 없을 거 같지만 그렇지 않거든……."

"난 이해 못하겠어요. 아무리 오빠가 그런 말을 해도……."

"…… 그래, 절대 사람은 상대를 이해 못하지. 그게 참 큰 불행이야."

영신은 용하의 이 말이 서운했다. 자신은 그를 이해하고 싶은데. 하지만 구체적인 이유를 말해주지 않으니…….

그러고 보니 용하는 턱에 수염을 깍지 않아서 나이가 더 들어 보이고 초라해 보이기도 했다. 그런데 그 까칠해 보이는 남자의 턱은 참 묘한 느낌을 준다. 만져보고 싶고, 부벼보고 싶은. 어릴 때, 아버지는 술을 한 잔 하고 들어온 날에는 늘 영신의 뺨에 턱을 부비곤 했다. 까칠해서 밀어내곤 했지만 결코 싫지만은 않았던 그 느낌.

영신이 자신의 턱을 유심히 보는 것을 눈치 챘는지 용하가 손으로 부비면서 말했다.

"오빠 꼴이 좀 그렇지? 면도를 안 해서……."

"……."

"영신이가 해줄래?"

영신은 화들짝 놀랐다.

큰 솥에 우거지를 삶고 하루 종일 설거지를 하고 손님들 시중을 드는 것보다 힘이 드는 일을 해달라고 하는 것이다.

"오빠, 저 못해요. 한 번도 해본 적 없어요. 그리고 할아버지 할머니도 돌아오실 텐데……."

식당의 노부부는 금슬이 얼마나 좋은지 영업이 끝날 시간쯤이면 늘 손을 잡고 밤마실을 갔다. 말은 그렇게 하면서도 영신은 노부부가 늦게 들어와서 용하와 단둘이 있는 시간을 방해하지 않기를 바랐다.

"그러니까 해달라는 거지……. 비누 있어? 비누거품 내서 하면 돼."

하는 수 없이 아니 묘한 설렘을 느끼면서 영신이 비누거품을 내서 용하의 턱에 발랐다. 영신은 빤히 자신을 바라보는 용하의 눈길이 거북했다. 문득 언니와 그 남자가 밥상 앞에서 서로 먹여주면서 킥킥대던 모습이 떠올랐다. 그런 모습이 보기 싫으면서도 한편 부럽기도 했다. 얼마나 서로 사랑하고 편하면 그렇게 자연스런 행동을 할 수 있는 것인지. 그와 반대로 자신은 온 몸이 떨리고 용하의 눈길조차 마주할 수 없는데…….

"다치면 어떡해? …… 오빠……."

용하가 영신의 손을 잡아 이끌었다. 영신은 그저 용하가 이끄는 대로 손길을 맡겼지만 손만이 아니라 온 몸이 굳는 것 같았다. 확실히 예전에 강 사장 집에 있으면서 그를 대하던 때와 다른 느낌이었다. 그때는 그저 반갑고 고맙기만 했는데, 지금 이 느낌의 정체는 무엇일까. 불경스럽게도 영신의 머릿속에는 언니와 남자가 서로 뒤엉키던 광경이 떠올랐다. 특별히 누가 성교육을 해준 것도 아니지만 자연스럽게 알아지는 남녀 간의 그 은밀한 몸짓들.

"앗!"

용하가 짧은 비명을 질렀는데, 비누거품 사이로 선홍빛 피가 비쳤다.

"아, 미안, 오빠."

"괜찮아."

턱을 치켜들고 손으로 부벼보는 용하의 표정은 귀여운 아기 같았다. 어느 때는 아버지같이 친절하고 어느 때는 아기같이 귀여운 남자라고 영신은 생각했다.

"영신아, 공부는 안하고 있어?"

"네, 요즘은 통 시간이 안나요."

"일기도 안 쓰고?"

일기라니……. 눈만 뜨면 술주정을 하는 오빠에 한숨만 짓는 어머니를 보면서 뭔가 써야 한다는 희망마저 포기해버렸는데…….

게다가 요즘은 국밥집 일이 바쁜데다 돈독이 올라서 시장골목 안에 있는 가게에서 일을 돕다보면 집에 가서 쓰러져 자기 바빴다.

용하가 배낭에서 뭔가를 꺼내놓았는데, 그것은 언젠가 지혜가 가져간 일기장이었다.

"늘 영신이 너한테 오고 싶은 마음이 있었는데, 네가 힘들게 사는 것을 보고 싶지 않았어. 오늘은 이걸 전해주러 왔단다."

용하는 거짓말을 하고 있었다. 일기장보다는 오직 영신이를 한 번 보고 싶어서 강 사장에게 부탁해 그녀의 거처를 알아낸 것이다.

얼마 전 그는 지혜가 백일장에서 장원을 한 것에 대해 자랑하는 것을 보고 의아했다. 그가 지혜에게 공부를 가르치면서 알고 있는 바로는 장원을 할 만큼 글 솜씨가 없었다. 내용은 집안에서 일을 하는 할머니의 죽음에 대한 느낌과 슬픔이었다. 할머니의 죽음을 보면서 느낀 한 어린 소녀의 감수성 어쩌고 하는 심사평은 그를 더 화나게 했다.

그대로 덮어두면 되는 일을 용하는 크게 벌리고 말았다. 일단 지혜를 추궁해서 그것이 영신의 일기장에서 본 글을 적당히 고쳐서 당선된 것을 알고 솔직하게 그 사실을 선생님에게 말하라고 했다. 그러나 비교적 객관적인 입장에서 일을 처리하는 강 사장도 용하의 처신에 대해 못마땅해 했다. 가장 나쁜 반응은 아버지에게서 왔다.

'감상적인 자식! 그게 뭐 대단한 일이라고. 어린 애가 그럴 수도 있지. 무슨 큰 범죄라도 저지른 것 마냥 흥분을 해서 강 사장 집을 발칵 뒤집어 놓냐? 얼른 사과하지 못해?!'

사과는 커녕 용하는 다시 강 사장 집에 드나들지 않았다. 물론 마음이 아팠고 뒤늦게 자신의 잘못을 깨닫기도 했다.

'오빤 왜 늘 영신이 편이지? 늘 그 애만 칭찬하고. 오빠가 하도 그러니까 나도 오빠 칭찬 좀 받으려고 그런 거야. 왜 내 마음은 조금도 헤아리질 않는 건데? 오빤 영신이가 볼 때나 착하고 좋은 남자지 나한테는 정말 형편없이 나쁜 남자야.'

지혜는 자신에 대한 마음을 그런 식으로 표현했다. 틀린 말은 아니었다. 그는 처음으로 지혜에게도 죄책감을 느꼈다. 감수성이 풍부한 두 아이를 앞에 두고 늘 영신만 칭찬하던 자신의 모습이 한없이 못나게 느껴졌다.

"영신아, 지금 많이 힘들지? 하지만 공부를 할 기회는 반드시 올 거야. 아니 네가 만들어야지. 그래도 일기는 꼭 써야 해? 알았지? 이제 오빠 갈게……."

식당 앞에서 용하는 하얀 잇속을 드러내며 환하게 웃었다. 키가 작은 영신은 그 모습을 올려다보면서 마치 나무 같다고 생각했다. 너무 커서 올라갈 수 없는 나무.

"…… 또 올 거지? 오빠?"

"그럼! 별로 멀지도 않은데. 멀어도 와야지. 아니 네가 일기장에서 나를 불러주면 언제라도 올 거야."

"!……"

"들어가, 나 보지 말고……. 난 누가 내 뒷모습 보면 걸어가질 못하겠어."

영신은 용하의 그 말에 너무나 착하게 순종했다. 뒷모습이라도 오래

보고 싶은 마음을 누른 채.

돌아서는 용하가 속말을 했다.

'영신아, 아니? 세상은 늘 남자에게 강함을 요구하지. 눈물을 보이지 말라고. 하지만 어쩌면 남자는 약한 존재란다. 남자는 어머니 뱃속에 있을 때 그리고 태어나서 그 품에서 젖을 빨면서……. 커서는 자신의 여자에게서 자궁속의 편안함과 젖을 빠는 그 안락함을 바란다는 것…….'

용하는 얼마 전에 돌아가신 어머니의 모습을 떠올렸다. 염을 할 때, 그는 참지 못하고 끝없이 눈물을 흘렸다. 한 번도 볼 수 없었던 어머니의 발가벗은 몸. 자신이 나온 그 곳. 그리고 젖을 빨던 가슴은 돌멩이처럼 딱딱한 광물성으로 느껴졌다. 아무리 그리워하고 생각을 해도 만지고 볼 수 없는 어머니의 모습을 통해 그는 삶과 죽음의 뚜렷한 경계를 느꼈다. 영신은 일기장에서 아버지와 뒷방 할머니를 통해 자신보다 먼저 그 경계를 깨달은 조숙한 아이였던 것이다. 얼굴을 마주하며 표정을 보고 말을 해도 알 수 없는 깊은 마음을 영신은 어떻게 그렇게 글을 통해 표현할 수 있는 것일까. 영신이 쓴 글은 마치 인간과 인간 사이를 이어주는 다리 같다고 용하는 생각했다.

용하가 한동안 국밥집 근처를 떠나지 못하고 웅크리고 앉아 영신을 지켜보는 것을 그녀는 알지 못했다.

집에 온 영신은 오빠와 어머니가 잠든 방에서 불을 못 켜니 부엌에 쪼그리고 앉아 촛불을 켜고 자신이 오래 전에 쓴 일기장을 들여다보았다. 부엌 뒷방에서 자신이 쓴 글인데도 어쩐지 낯이 설었다. 정말 그 글이 자신의 마음인가 의심스럽기도 했는데 용하에 대한 쓴 구절이 나오자 더욱 생소하게 느껴졌다. 흐르는 시간이 인간의 외면도 변하게 하지만 그 마음도 변하게 하는 것 같았다.

'지금 같으면 오빠에 대한 내 마음 쑥스러워서 표현도 못했을 거야. 지금은…… 그냥 오빠가 막연히 좋은 게 아니고 손도 만지고 안겨보고 싶은 걸…….'

문득 영신은 자신이 쓴 글 밑에 볼펜으로 쓰인 필체를 보았다.

…… 오빠는 나처럼 부엌일이나 하고 조그만 한 애는 좋아하지 않겠지? 애교 많고 어리광 부리고 몸도 성숙한 지혜가 더 좋을 거야…….

아니, 오빠는 부지런하고 음식 맛있게 잘하고…… 그리고…… 오빠는 껴안으면 품에 쏙 들어올 거 같은 영신이가 더 좋아.

그 구절을 수없이 되뇌면서 영신은 마냥 촛불을 바라보았다. 용하가 자신이 쓴 글 밑에 덧붙인 글이 자신의 몸과 마음을 태우는 것 같았다.

'오빠 내 마음이 마치 촛불 같네……. 뜨겁고…… 뭐라 말할 수 없어. 대체 뭘까? 이런 느낌. 좋으면서도 가슴 한편을 송곳으로 찌르는 것처럼 아파…….'

자신도 모르게 가슴을 부여잡던 영신은 이제 봉긋하다 못해 터질 것 같은 젖가슴에 손이 가자 놀라서 얼른 손을 뗐다. 뿌리치려야 뿌리칠 수 없이 머릿속에 각인된 광경. 언니와 남자가 서로 뒤엉켜 있는 모습. 젖가슴을 빨면 고통스럽게 이를 악물면서도 남자의 머리를 두 손으로 부여잡고 신음하던 영순의 모습이었다.

(16)

하늘에서 하나 둘 눈발이 흩날리고 있었다. 저녁 일을 마친 노동자들이 하얀 김이 오르는 국밥을 먹고 영신은 그 사이를 분주하게 돌아다니고 있었다. 아까부터 멀찌감치 서있는 검은 승용차 안에서 40대 초반의 검은 양복을 입은 신사가 물끄러미 그 광경을 바라보고 있었다. 그의 이름은 장기훈. 식당에 식재료를 납품하는 회사의 사장이었는데, 신축하는 공장 부지를 알아보기 위해 며칠 전 이 동네에 들렀다가 우연히 국밥집 앞을 지나게 되었다. 다시 찾은 것은 순전히 국밥집에 들르려는 생각에서였다.

"규식아, 잠깐 저기 들러서 국밥 먹고 갈까?"

장 사장이 운전석에 앉아있는 남자에게 물었다.

"사장님이 저런 데서 저녁을 드신다고요?"

"야, 나와서는 사장이라고 하지 말아라. 듣기 거북하다, 임마."

운전석에 앉아있던 남자가 뒤를 돌아보면서 쿡쿡 웃었다.

"어떡하냐, 아무리 고치려고 해도 버릇이 안 되는 것을. 안 그래도 회사 안에서 불쑥 네 이름 나올까봐 겁난다."

"저 아가씨 말야. 꼭 순정이 닮지 않았냐?"

규식은 속으로 그럴 줄 알았다고 생각했다. 며칠 전 우연히 국밥집 앞을 지날 때만 해도 아무 말이 없었는데, 다시 찾아보자고 했을 때, 이미 눈치챘다.

장 사장은 여전히 국밥집 안을 바라보면서 어쩔 수 없이 또 이제는 세상에 없는 어린 여동생의 환영을 떠올려야 했다. 눈이 오면 더 여동생 생각이 났다. 사고가 나던 날도 눈이 오던 날이라서 그런지 모른다.

어릴 때, 부모를 잃고 여동생과 그는 모진 삶의 풍파를 겪어온 동료와도 같은 존재였다. 아니 여동생은 그에게 어머니고 누나이기도 했다. 그가 대학에 들어갈 수 있었던 것도 순전히 여동생의 뒷바라지 덕분이었다. 그런 희생과 사랑을 그는 아내에게서도 받아보지 못했다.

신문에까지 성공한 사업가로 소개된 그는 인터뷰에서 성공의 원동력으로 늘 여동생을 거론했다. 물론 그는 천성적으로 강인한 성격에 꿋꿋한 의지력과 추진력, 명석함까지 갖춘 인재였다. 사람을 제대로 볼 줄 아는 사람은 반드시 탐을 내는 그러한 인간형으로 그 능력이 인정받아 지금의 식품회사 사장의 자리에까지 오를 수 있었던 것이다. 공장이나 식당을 전전하면서 그의 뒷바라지를 하던 여동생은 그가 청년 시절 아르바이트로 하는 연탄배달을 돕는다고 시간이 날 때마다 뒤에서 리어카를 밀었다. 사고가 나던 날은 눈이 와서 길이 미끄러워 리어카가 뒤로 밀리는 바람에 전신주에 머리를 부딪치고 병원에 옮겨볼 틈도 없이 숨을 거뒀다.

고생 끝에 낙이 온다는 말은 거짓이었다. 이제 곧 졸업을 하고 취직을 해서 여동생에게 공부도 시켜주고 맛있는 음식도 원 없이 먹여주고 싶었는데 속절없이 죽고만 것이다. 지난 날 겪었던 지독한 가난이 싫어서 그는 미친 듯이 일에만 매달렸다. 하지만 성공을 해서 수중에 돈이 원 없이 들어올수록 여동생에 대한 그의 그리움과 회한은 깊어갔다.

차 시동을 끄면서 규식은 기훈이 또 여동생 생각을 했구나 하고 속으로 혀를 찼다. 아무리 세월이 흘러도 여동생을 잊지 못하는 친구. 하긴 자신도 잊지 못하지만…….

검은 양복을 입은 장 사장과 김 기사가 국밥집 안으로 들어서자 안에 있던 허름한 차림의 노동자들은 가진 사람에 대한 본능적인 위축감에 몸을 움츠리며 쭈뼛거렸다.

이미 자리가 다 차서 앉을 자리가 없어 영신도 어찌할 바를 모르고 허둥대고 있는데, 한 사람이 얼른 남은 국밥을 들이키면서 자리를 내주었다.

"여기 앉으슈. 난 다 먹었으니."

영신이 물과 깍두기를 탁자 위에 올려놓자 장 사장은 그 얼굴을 유심히 살피면서 사람 좋은 웃음을 흘렸다. 여동생과 딱히 닮았다고는 할 수 없지만 또랑또랑한 눈망울에 작은 체격은 비슷했다.

"국밥 두 그릇 말아줘요, 아가씨."

장 사장 일행이 국밥을 먹는 동안 노동자들은 대체 이 신사들이 허름한 국밥집에 어찌 나타났나 궁금한 눈길로 흘끔거렸다. 영신도 늘 단골로 드나드는 아저씨들만 대하다가 양복을 빼입은 신사가 오자 먹을 것 없는 집에 온 부자 손님을 대하듯 거북하고 부담스러운 느낌이 들었다.

"소주 딱 한 잔만 먹을까, 김 기사?"

국밥을 반쯤 먹은 장 사장이 말했다. 김 기사는 속으로 이 녀석이 보통 기분이 좋은 게 아니구나 하는 생각을 했다. 평소에 술을 즐기지 않는 장 사장은 정말 기분이 좋을 때만 한두 잔 마시곤 했다.

장 사장 일행이 국밥집을 나가자 기다렸다는 듯이 자리에 앉았던 사람들이 한마디씩 했다.

"영신이 음식 솜씨가 소문이 단단히 났나 보구만. 저런 신사 양반이 다 찾아오고……."

"아무리 그래도 그렇지. 저런 신사양반이 우리가 먹는 국밥이 입에 맞을까?"

"아, 신사양반 입만 입이고 우리는 주둥이인가? 사람 먹는 게 다 그렇지."

할아버지는 벌죽벌죽 웃으면서 조용히 하라는 듯이 손짓을 했다.

"아, 내가 처음부터 알아봤다니께. 우리 영신이가 이런 복덩이일 줄. 사람이 아무리 힘들다고 해도 그저 부지런하면 다 성공하는 법인데, 우리 영신이는 부지런하다 뿐인가. 손끝이 매워서 일도 잘하고 요리도 잘하고……. 자, 오늘은 눈도 오고 내가 소주 한 잔씩 돌릴 테니 하루 힘들었던 것은 확 풀어버리시라고……."

신사 양반이 찾아왔다고 기분이 좋아진 할아버지는 손님들이 돌아가자 여느 때처럼 할머니 손을 잡고 밤마실을 나가며 말했다.

"영신아, 할애비가 오늘 기분이 좋아서 저기 정육점에 가서 한 잔 할 테니 너는 마무리 하고 들어가거라, 알았지?"

영신에게도 참 기분 좋고 행복한 눈 오는 밤이었다. 그녀는 탁자 위에 일기장을 펼쳐놓았다. 집에 가기 전에 잠시라도 앉아 일기를 적어야만 하루가 마무리 되는 느낌이었다. 주로 용하에 대한 그리움을 담았지만 하루 중에 식당에서 벌어진 일도 적었다.

'네가 일기장에서 불러주면 올 거야.'

그녀는 용하를 생각했다. 그도 어디선가 이 눈을 보고 있을까. 휴학을 했다고 했는데, 어디서 무엇을 하고 있을까.

영신은 이 쓴다는 일이 참 신비하고도 행복한 일이라고 생각했다. 정말 이렇게 용하에 대해 쓰고 있으면 그가 눈앞에 나타날 것만 같았다. 하지만 오늘은 용하에 대한 생각보다는 식당에 나타난 양복 입은 신사에 대해 더 많이 썼다. 왜 이런 누추한 동네에 그런 신사가 나타났으며 싸구려 국밥을 맛있게 먹고 돌아갔는지. 언뜻 그 신사는 아버지 같은 느낌이기도 했다. 아버지의 애정이 늘 그리운 영신에게 그것이 전혀 이상한 현상은 아니었다.

영신이 일기를 쓰느라고 몰두해있는데, 느닷없이 식당 문이 요란스럽게 열렸다. 술에 취한 형기가 붉어진 눈빛으로 식당 안을 훑어보았다. 최근에는 언니 집에 잘 가지 않아 이 싫은 남자를 보지 않아 좋았는데, 갑자기 식당에 나타나자 영신은 가슴이 두근거렸다. 다른 때보다 더 술 냄새도 지독한 것 같았다. 식당에 오는 노동자들은 술을 많이 마시지 않는데, 아주 가끔 술을 많이 마신 사람끼리 시비가 붙는 것을 보는지라 영신은 술에 대한 느낌이 좋지 않고 공포심마저 느꼈다.

"야! 네 언니 어디 갔는지 알아?"

"어디 가다뇨? 일주일 전쯤 가서 보고 그 이후로……."

"에이 시발! 모른다는 게 말이 돼? 들락거리는 사람은 너 하난데."

“암튼 전 몰라요, 그리고 문 닫아야 해요.”

“뭐라고? 나한테는 국밥 안 판다 이거야? 이게 사람 무시하네?”

“그게 아니고…….”

영신의 말이 끝나기도 전에 형기가 탁자 위에 놓인 숟가락 통을 벽에 집어던졌다. 영신은 식당 밖으로 나가고 싶었지만 문 쪽에 버티고 앉아 있는 형기가 무서워서 그저 주방 쪽에서 몸을 사리고 있었다. 가끔 어머니가 영신을 데리러 오는데, 제발 나타나주기만을 바랄 뿐.

“야, 국밥 없으면 뭐라도 하나 끓여봐.”

하는 수없이 영신은 주방에 남은 재료로 찌개를 끓여냈다.

제멋대로 소주병을 가져다가 병나발을 불던 형기가 중얼거렸다.

“이 씨발년. 어디 잡히기만 해봐라. 이번에 잡히면 꼼짝도 못하게 다리 몽댕이를 분질러 버려야지. 제까짓 게 튀어봐야 벼룩인 것도 모르고.”

영신이 틈을 봐서 식당 밖으로 빠져나가려고 눈치를 보고 있는데, 형기와 눈이 마주치고 말았다.

“뭘 쳐다봐! 쬐끄만 게.”

그렇게 말을 하다가 형기는 앞치마를 두른 영신의 몸에 새삼 눈길이 갔다. 쬐끄만 게 아니었다. 헐렁하고 허름하게 옷을 입어서 그렇지 영신은 가슴과 엉덩이에 살이 토실하게 오른 성숙한 처녀였다.

그는 여자를 같은 인간으로 생각하는 게 아니고 욕정을 풀어내는 암컷으로만 대하기 때문에 애초에 존중심 같은 것은 가지고 있지 않았다. 천성도 그런데다가 제대로 교육도 받지 못해 인간으로서 어떻게 살아야 바르고 행복한지조차도 몰랐다. 오로지 머릿속에 떠오르고 몸이 원하는 대로만 행동하는 그에게 자신을 성찰하거나 타인에 대한 애정과 배려는 눈곱만치도 없었다.

그는 주방 한쪽에 앉아 야채를 다듬는 영신의 엉덩이를 번들거리는 눈길로 바라보며 침을 꿀꺽 삼켰다.

'그 년 참, 엉덩이 좀 봐. 꼴리게 만드네.'

날은 추운 데다 눈도 오고 술에 취해 알딸딸한 기분에 뜨끈한 아랫목에서 여자랑 한바탕 뒹굴고 싶었던 그는 영신이를 보면서 음흉한 웃음을 흘렸다.

'그래, 꿩 대신 닭이지.'

흘깃 식당 밖을 내다보니 눈은 펑펑 내리고 지나가는 행인도 뜸했다. 뭔가 자신을 보는 시선을 느낀 영신이 형기 쪽을 봤을 때는 이미 그가 성큼성큼 자신을 향해 걸어왔을 때였다.

(17)

영신은 형기가 자신의 앞으로 성큼성큼 다가올 때, 그 번들거리는 눈빛과 이죽거리는 입술을 보면서 머지않아 벌어질 사태를 예감했으나 꼼짝을 할 수 없었다. 덩치가 큰 그가 자신의 몸을 순식간에 껴안고 주방 바닥에 눕힌 채 치마를 걷어 올리자 비명을 지르고 싶었는데, 온 몸이 떨리기만 했다.

소리를 지르고 욕을 하고 싶은 마음과 달리 그녀는 가련하게도 애원을 하고 있었다.

"제발……. 살려주세요……. 다신 안 그럴게요."

"뭘 안 그래? 누가 너 죽인대? 좋게 해준 대잖아."

여자의 애원하는 표정은 형기를 더 자극했다.

그가 허리띠를 끄르면서 바지를 내렸다. 한동안 영순을 통해서만 자신의 욕정을 풀던 그는 새로운 상대가 처녀라는 것에 흥분을 해서 당장 쌀 것만 같았다. 영신의 그곳으로 들어가려고 하자 그녀는 있는 힘을 다해 반항했지만 형기에게 그 힘은 병아리처럼 미약하게 느껴졌다.

영순의 그곳이 물이 흥건하고 들어가기만 하면 요동을 치는 것에 반해 자신을 밀어내려고만 하는 영신의 그곳은 좀 빽빽하긴 하지만 꽉꽉 쪼여주는 느낌이 미칠 것만 같았다. 이건 좋은 느낌이 아니라 거의 아프기까지 했다. 그는 이를 악물고 사정을 늦췄다. 조금만 조절하고 늦추면 더 큰 쾌감을 얻는다는 것을 알고 그는 영신의 몸 안에 든 성기를 뺐다. 그리고 영신의 귓가에 속삭였다.

'아파? 조금만 참아. 좋게 해줄게……."

형기는 영신의 윗도리를 벗겼다. 탐스러운 젖가슴이 드러나자 그는 젖꼭지를 탐욕스럽게 빨며 중얼거렸다.

"아으…… 미치겠군……."

형기의 신음에 영신은 온 몸에 소름이 돋았다.

영신은 눈을 질끈 감았다. 수없이 아버지를 부르고 어머니를 부르고 할아버지 할머니 그리고 식당을 찾는 손님들을 불렀다. 하지만 용하의 얼굴이 떠오르자 그녀는 감은 눈을 더 질끈 감았다. 용하가 보고 있다면 구원을 청하는 것이 아니라 어디로 숨어야 할 것 같았다. 영원히 그가 보이지 않는 곳으로…….

"자 이제 정말 네 안에 들어갈 거야. 아아, 으으……"

또다시 송곳처럼 아랫도리를 찌르는 느낌에 영신은 이를 악물었다.

"아, 으…… 정말…… 이래서 아다라시가 좋다는 거야."

형기는 폭발할 거 같은 배출감에 더 이상 참지 못하고 엉덩이를 강하게 수축하면서 사정을 했다.

"…… 휴……"

만족한 한숨을 몰아쉬며 형기는 옷을 추스렸다. 바닥에 널브러져 있는 영신이 불쌍하다는 생각 따위는 애초에 존재하지도 않았다. 오히려 자랑스런 일을 했다는 뿌듯함이 들었으니.

"얌전히 기다리고 있어. 또 와서 예뻐해 줄게."

그 말을 남기고 형기는 휭 하니 식당을 나갔다.

영신은 꼼짝을 하지 못하고 주방 바닥에 누워있었다. 누가 보면 죽었다고 했을지 모른다. 어쩌면 죽은 것이 맞을 것이다. 여자가 사랑하지 않는 남자에게 강제로 순결을 잃었다는 것은 일종의 죽음일지도.

자신에게 무슨 일이 벌어졌는지 영신은 잠시 이 현실을 받아들일 수 없었다. 진즉에 식당 밖으로 뛰쳐나가지 못한 자신이 한심했고 형기가 위에서 내리누를 때, 힘을 다해서 빠져나오지 못한 것이 후회스러웠다.

영신은 소설책 속에서 봤던 순결을 잃은 여자들의 행동과 마음을 담은 구절을 떠올렸다. 그런 구절이 이해가 되면서도 낯설었는데, 자신이 주인공이 되어버리다니…….

그녀는 자신의 몸도 마음도 어떻게 할 수 없어 당황했다. 내 몸과 마음이 아닌 나는 누구란 말일까. 몸과 마음이 분리가 되어 그녀의 자아는 존재하지 않았다. 마음이 몸을 이끌지 못하고 몸도 마음을 이끌지 못했다.

간신히 몸을 일으키고 옷을 추스리는 영신의 허벅지로 한줄기 피가 흘러내렸는데, 그녀는 그것조차 보지 못하고 있었다.

며칠 후, 식당 문을 닫을 시간에 장 사장과 김 기사가 다시 찾아왔다. 그날은 국밥을 먹으면서 좀 오래오래 영신과 이야기를 하고 싶었던 장 사장이 실망스런 목소리로 물었다.

"여기 아가씨 어디 갔습니까?"

"휴, 몸이 아픈지…… 한 번도 이런 일 없었는데…… 원래 건강해서 그런지 아프지도 않지만 저번에 감기 걸렸을 때도 늦게라도 나왔는데, 벌써 일주일 째……."

할아버지는 이 신사양반이 뭔가 도움을 주지 않을까 하는 노골적인 눈길로 흘끔거렸다.

옆에서 할머니가 거들었다.

"아, 글쎄, 그 영신이 언니한테 들락거리는 놈이 얼마 전에 여기 와서 행패를 부리고 갔지 뭐유. 영신이가 어디 갔냐고. 노인네들만 있다고 국밥을 먹고 돈도 안 내고 가고……."

재수 없게도 마침 형기가 술 냄새를 풍기며 식당 안으로 들어섰다.

노부부는 기다렸다는 듯이 식당을 빠져나갔다.

"어라? 이런 누추한 곳에 하이칼라로 쫙 빼입은 신사분들이 어쩐 일이슈?"

형기가 장사장과 규식을 번갈아 쏘아보면서 빈정댔다. 그는 턱을 치켜들면서 눈을 부릅뜨고 장 사장을 노려보면서 이죽거렸다.

"뭘 봐? 꼽냐?"

장 사장이 여전히 자신의 눈길을 피하지 않자 형기는 다부진 웃통을 자랑하듯이 윗도리를 벗어던지면 덧붙였다.

"혹시 우리 영순이 술집에서 따라다니는 놈 아냐? 너 잘 만났다. 우리 영순이 어디로 빼돌렸냐? 안 그래도 몸이 근질거리던 참에 오늘 힘 좀 써야겠네."

그런 생각은 하지 않았지만 형기는 괜히 시비를 붙이고 싶었던 참에 지껄이고 말았다.

기훈은 그 모습이 가소로우면서도 화가 머리끝까지 치밀었다. 이에는 이. 이런 놈은 점잖게 타이르면 안 된다는 것을 알고 있었다. 아니 당장 이 놈의 사지를 찢어버리고 싶었지만 나직하게 내뱉었다.

"무릎 꿇어!"

"뭐야? 이 히여멀건 한 놈이……."

장기훈이 양복 윗도리를 벗자 규식이 옆에서 그것을 받았다. 기훈은 와이셔츠 단추를 하나둘 풀면서 형기의 얼굴에서 눈을 떼지 않았다. 사무실에서 펜대나 굴리는 유약한 놈으로 알고 대들던 형기는 기훈의 몸이 돌고래처럼 미끈하고 탄탄한 것을 보자 순간 움찔했다. 그래 봤자지. 그래도 어쩐지 힘을 좀 쓸 것 같다는 생각이 들어서 비굴하게 소주병을 깨서 달려들었다.

그걸 내리치려는 순간 기훈이 그 손을 잡아 뒤로 꺾으면서 정강이를 쳐 바닥에 꿇린 자세가 되게 만들었다.

"이거 안 놔? "

기훈이 형기의 머리칼을 잡아 고개를 뒤로 꺾고 물었다.

"너 영신이란 아가씨한테 무슨 짓을 한 거야?"

"좀 귀여워해줬지!"

이 소리를 듣는 순간 기훈의 머리에 피가 솟구쳤다. 기훈은 살면서 더러 이런 놈을 만난 적이 있었다. 여자의 주변에 맴돌면서 몸과 돈을 뜯어내는 파렴치한 놈들.

"규식아, 칼 가져와!"

옆에서 말없이 지켜보던 규식이 주방에서 칼을 가져오자 기훈이 형기의 목에 칼을 갖다 댔다.

그제야 사색이 된 형기가 죽는 소리를 했다.

"아이고……."

"살고 싶냐?"

"그럼요. 사장님, 아니 선생님!"

"죽으면 안 되지. 벗어!"

"네?"

"벗으라고 이 새꺄!"

겁에 질린 형기가 바지를 끌어내렸다. 그 성기가 참으로 가련하게 쪼그라들어 있었다.

"이러면 짜르기가 힘든데."

기훈이 칼을 갖다 대자 옆에서 규식이 제지를 했다.

"그만 해, 기훈아."

"치워!"

규식의 손길을 뿌리치면서 기훈이 나지막하게 형기의 귀에 소곤댔다

"두 번 다시 이 근처에 얼씬거리지 마. 그때는 두 번 다시 이 물건을 쓰지 못하게 해줄 테니. 너 까짓 거 하나 죽여 없애는 거 나한테는 일도 아니다. 잘 알지?"

"네네, 선생님, 아니 사장님."

그렇게 머리를 조아리면서 형기는 대충 옷을 추스르고 식당 밖으로 내뺐다.

그 광경을 바라보는 규식은 마음이 착잡했다. 웬만해서 감정을 드러내지 않고 이성적인 기훈이 절제되지 않은 행동을 보이는 것이 안타까웠지만 한편 이해도 갔다. 기훈의 동생 순정은 공장에 다닐 때, 작업반장에게 겁탈을 당했던 것이다. 시간이 오래 지났지만 그 놈을 찾아서 가만두지 않겠다고 벼르는 기훈이 그는 늘 불안했다. 세월이 흐르면 여동생에 대한 회한이 스러지고 증오가 지워지길 바랐던 규식은 그런 기훈을 잠시 원망했다.

'너만 괴롭고 못 잊는 거 아냐. 넌 여동생이지만 나한테는 사랑하는 여자였어.'

형기가 나가고 분을 삭이지 못한 기훈이 빈속에 소주를 털어 넣었다. 술을 절제하고 늘 운동으로 몸을 다지는 기훈은 좋은 일이 있을 때나

가볍게 한두 잔 했는데, 아주 가끔 기분이 나쁠 땐 폭음을 하는 버릇이 있었다.

고개를 숙이고 머리칼 속에 손을 쑤셔 넣고 있는 기훈 앞에 규식이 앉아 조용히 말했다.

"기훈아, 영신이란 아가씨…… 순정이가 아님을 명심해. 넌 지금 자꾸만 과거 속으로 돌아가려고 하고 있어."

기훈이 여동생을 지켜내지 못한 회한이 고스란히 영신에게 옮겨가서 고통스런 과거를 재현하려고 하는 것만 같아 규식은 못내 불안했다. 어떤 과거든 지나간 일은 청산해야만 인간은 행복해질 수 있다고 그는 생각했다.

(18)

형기에게 능욕을 당하던 날 영신은 태어나서 처음으로 술이란 것을 마셨다. 그렇게라도 하지 않으면 자신의 몸과 마음을 어찌할 수 없었다. 아무리 잊어보려고 해도 형기의 신음이 귓전을 울렸고 자신의 몸에 닿던 그 살의 감촉이 징그럽게 되살아났다. 사람들이 괴로우면 술을 마신다는 것을 알고 그녀는 오빠가 마시다 던져놓은 소주를 마셨다. 속이 불에 덴 듯 화끈거리고 몸이 공중에 붕 뜨는 것 같았다. 헛구역질이 났지만 그런데도 불구하고 그녀는 뱃속에 술을 부어넣었다. 몽롱함이 전신을 덮치자 그녀는 맥없이 쓰러졌다.

영신의 어머니는 처음 보는 딸의 그런 모습에 충격을 받았다. 어린 딸에게 의지하고 사는 자신이 늘 염치없고 죄스러웠지만 그래도 영신은 기댈 수 있는 유일한 언덕이었다. 늘 자신을 위로하고 웃는 모습을 보이던 영신이 한 마디 말도 하지 않은 채, 누워만 있자 어머니는 애간장이 끓었다.

영신은 아무리 기운을 차리려고 해도 몸이 뜻대로 되지 않았다. 강 사장 집에 있을 때는 새벽에 몸은 천근만근이었지만 일어나겠다는 마음을 먹으면 몸도 거기 따라주었는데 이제 자신의 몸이 마음대로 되지 않았다. 살아갈 의욕을 잃은 영신은 오빠도 어머니도 눈에 들어오지 않고 원망스런 마음조차 들었다. 어머니가 술병을 숨겼지만 그녀는 자신도 모르게 술을 마시고 있었다. 그녀의 유일한 도피처는 술에 취해 잠드는 것뿐이었다.

며칠이 지났을까. 문득 눈을 뜬 영신은 어둠 속에 장승처럼 앉아있는 어머니의 모습을 보았다.

손수건만한 창문에서 흘러드는 달빛 아래 어머니의 주름진 얼굴이 나타났다. 그 얼굴이 온통 눈물로 뒤범벅되어 있었다. 그 순간 뭔가 영신의 머리를 치는 것 같았다. 어디선가 정신 차리라는 말이 환청처럼 들려왔다.

영신은 어머니의 기구한 삶을 생각했다. 남편을 잃고 청상과부가 된 어머니. 아들 하나는 행방불명에 또 다른 아들은 다리를 잃고 술주정꾼이 된데다 딸 하나는 소식도 없고 이제 자신마저 이런 모습이니 그 속은 얼마나 탈까. 아마 볼 수 있다면 까만 숯검정일 것이다. 언제까지 형기에게 당한 일로 슬퍼하고 누워있으면 안되겠다는 생각이 들었다.

"엄마……."

처음에 어머니는 영신의 이 말을 못 들은 거 같았다. 그 소리가 너무 작고 기운이 없어서였을 것이다. 그러다 영신이 손을 잡자 그제야 놀라서 딸의 모습을 쳐다보았다.

"엄마, 나 밥 먹을래……."

영신이가 희미하게 웃고 있었다. 얼마 만에 보는 딸의 웃음일까. 하지만 어머니는 딸이 웃지 않는다는 것을 알고 있었다. 그건 자신의 아픔을 잊기 위해 얼굴의 근육을 일그러뜨리는 표정일 뿐이란 것을.

"그래, 영신아, 죽 끓여줄게. 조금만…… 조금만 기다려."

안 그래도 영신이가 기운을 차리면 끓여줄려고 평소에 사다먹지 않는 계란을 준비해두고 있었다. 마음 같아서는 소고기라도 사다가 원기를 회복시켜 주고 싶었지만 그럴 수 없는 현실을 한탄하면서.

연탄불 앞에 쪼그리고 앉아 죽을 끓이는 어머니를 영신은 엎드려서 바라보고 있었다.

"나, 이거 먹고 힘내서 다시 국밥집에 나갈게."

"아서라. 네가 거기 나가기가 아무래도 힘든 것 같은데……. 이제 굶어 죽더라도 거긴 가지 말아라. 내가 어떻게든 살 방도를 찾을 테니까……."

계란죽을 한 술 입에 뜨던 영신이 아무 맛도 느낄 수 없어서 숟가락을 놓자 어머니가 돌아앉아 끝내 소리를 내서 울고 말았다. 그 소리에 영신은 목이 메어왔다.

"너무 오래 속을 비워서 그런 거다, 영신아……. 조금씩만 삼켜봐. 곡기를 끊으면 당연히 기운이 없지. 무슨 일이 있어도 먹고 기운을 차려야 한다, 영신아……."

영신도 기운을 차리고 싶었다. 그래서 억지로 죽을 조금씩 떠 넣었다.

문득 강 사장 집의 부엌 뒷방 할머니가 생각났다. 계란죽을 끓여주었다고 대대로 물려오던 엽전이 든 복주머니를 주신 할머니. 정말 그 복주머니는 돈을 많이 벌게 해줄까. 궤짝 속에 돈을 조금씩 모으고 있지만 그녀가 목표한 것에는 턱도 안 찬다. 돈을 벌어서 다리를 잃은 오빠에게 가게라도 하나 내주고 어머니와 함께 고향으로 돌아가서 남동생을 찾는 것이 영신의 현재 목표였다.

"영신아, 저거 봐라, 눈이 온다."

영신이 죽을 먹으면서 기운을 차리는 모습에 들뜬 어머니가 소녀처럼 탄성을 질렀다. 정말 하늘에서 눈이 펄펄 내리고 있었다. 영신은 그 눈이 달갑지 않았다. 형기에게 당하고 눈길을 덜덜 떨면서 집까지 걸어오던 그 날이 다시 생각났다.

"엄마, 명식이 보고 싶지?"

어머니가 대꾸를 하지 않고 가슴을 부여잡았다.

"나, 안아줘, 엄마."

영신을 안은 어머니는 며칠 새 삐쩍 마른 딸의 몸이 안타까워 가슴속에서 다시 불이 확확 치솟는 것 같았다.

"엄마, 내가 돈 많이 벌어서…… 호강시켜 드릴게요. 돈 벌면 고향으로 가자. 가서 명식이도 찾고 아버지하고 같이 살던 그 집도 다시 사고……."

그 말을 마치기도 전에 영신은 오열을 했다. 말은 그렇게 했지만 그녀는 자신이 없었다. 그것은 너무나 요원한 꿈이었다. 하지만 그렇게라도 말하지 않으면 자신은 영영 못 일어날 것 같았다. 그건 일종의 자신을 향한 주문 같은 것이었다. 아까부터 이 광경을 지켜보던 경식이 끼어들었다.

“하이고, 눈이 정말 엄청 내리네. 난 목발 짚고 나가지도 못하겠구만.”

하지만 그건 원망이나 타박이 아니라 영신을 위로하고 싶은 말이었다. 천성이 악하지 않은 경식은 영신이 실의에 빠져 누워있는 모습을 보고 슬그머니 미안해졌던 것이다.

영신이 다시 국밥집에 나가자 노부부는 반갑게 맞이하면서도 뭔가 할 말이 있는데, 꺼리는 눈치를 보였다. 눈치 빠른 영신이 혹시 자기가 오래 나오지 않아 새 사람이라도 구했나 이유를 물었다.

“할아버지 제가 말도 않고 나오지 않아서 그러신 거예요? 이제 안 그럴게요.”

“…… 그게 아니고…… 우린 아무래도 이 식당을 내놔야겠다. 집사람 몸이 갈수록 시원찮아서 시골 아들집에 가서 지내야겠어. 안 그래도 벌써부터 내려오라고 성화였는데, 네가 도와주는 바람에 여태 버티고 있던 참이란다.”

옆에서 국밥을 먹고 있던 늙수그레한 노동자 하나가 말참견을 했다.

“아이고, 식당을 다른 사람에게 넘긴다고요? 식당에 주방장 바뀌면 그날로 거긴 끝입니다. 식당은 그저 음식을 좌지우지 하는 주방장이 최고지. 주인 바뀌면 우린 다 어데로 가라고?"

영신은 또다시 눈앞이 캄캄했다. 간신히 몸과 마음을 추스르고 나왔는데, 식당을 다른 데로 넘긴다니. 당장 이곳에 나오지 않으면 갈 데도 없을 뿐 아니라 그 짐승 같은 형기가 나타나면 이번에는 당하지 않고 보복을 하리라고 벼르고 있던 참이다.

영신이 말없이 서있자 할머니가 할아버지의 옆구리를 툭툭 쳤다.

"…… 이건 차마 염치없는 말이지만, 영신아. 사실 전부터 이 식당 내놓았지만 하겠다는 사람이 없었단다. 마침 그때 네가 나타나주었던 거지. 어떻게 우리 시골에 내려가 있는 동안 네가 한 번 해볼래?"

영신이 눈을 동그랗게 뜨고 할아버지를 쳐다보았다. 그녀의 마음 한편에서 꿈틀하고 어떤 욕구가 생겼다.

"너 혼자 하기엔 아무래도 벅차겠지? 뭐 여태까지도 거의 네가 다 한 거나 같지만. 어머니 모셔 와서 도와달라고 하면 어떨까? 가끔 보면 시장에서 품삯 받고 일하시는 거 같던데…… 추운데 돌아다니시는 것보다 그게 낫지 않을까?"

엉겁결에 영신은 식당의 주인이 되었다. 식당엔 늘 근처 공사판 같은 곳에서 일하는 일용직 노동자들이 단골이었는데, 그 단골 중에 장 사장과 김 기사도 있었다. 허름한 국밥집에 양복을 입은 신사와 허름한 노동자들이 국밥을 먹는 광경은 참으로 이색적이라서 시장 골목에 소문이 났다. 신사양반을 구경한다고 일부러 찾아오는 상인들도 있었다. 상인들은 알고 있었다. 가끔 시장 골목에 찾아와 행패를 부리는 놈팽이

들이 어느 날부터 사라진 이유를.

장기훈 사장은 형기를 쫓아낸 그날 이후부터 골목마다 사람을 배치해놓고 있었다. 돈도 없고 백도 없는 어려운 시장 상인들을 상대로 돈을 갈취하는 깡패들을 전멸하는 것이 그의 사명이고 목표였다.

영신은 가끔 식당 문을 열고 들어오는 사람이 형기 같은 체격을 가지고 있으면 화들짝 놀랐는데, 이상하게도 형기는 다시 나타나지 않았다. 기훈이 그를 쫓아버렸다는 것을 모르는 영신의 당연한 의문이었다.

자주 보면 정이 든다고 영신은 장기훈 사장과 규식에게 서서히 마음이 열렸다. 어느 때는 기다리기까지 했다.

시간은 정말 약이 되는 걸까. 영신의 몸과 마음의 상처도 조금은 아무는 듯 했다.

겨울이 가고 봄이 올 무렵, 용하가 영신을 찾았다. 멀리서 국밥집을 바라보던 그는 영신이 여전히 다람쥐처럼 움직이는 모습을 보고 흐뭇한 미소를 지었다. 자신이 몸과 마음의 방황을 한 것에 비해 영신은 얼마나 꿋꿋하게 살고 있는가. 이제 배낭을 메고 이곳저곳을 떠돌던 방황에 종지부를 찍어야겠다고 생각했다. 그는 늘 혼동했다. 영신을 향한 자신의 마음이 주변 사람들 말처럼 감상적인 동정심인지. 하지만 이제 확신을 가지고 찾았다. 사랑한다는 그 말 함부로 하면 안 되지만 영신이에게 해주고 싶었다. 다시 면도를 해달래야지 하면서 그는 흐뭇하게 턱을 어루만졌다.

용하는 일부러 식당 안의 손님들이 다 사라질 때까지 기다리다가 문을 열고 들어섰다. 그런데 탁자 앞에 양복을 입은 신사 두 명이 이야기를 하고 있다가 그를 바라보았다. 본능적으로 용하는 그 신사들의 눈길이 싫었다. 더 놀라운 것은 영신의 눈빛이었다. 그녀는 자신을 하나도 반가워하지 않는 것 같았다. 무엇보다 기분 나쁜 것은 쌀쌀한 말투였다

"어서 오세요, 국밥 드릴까요?"

내가 단지 국밥을 먹으러 온 손님인가 하는 의문에 용하는 어쩐지 불청객이 된듯한 느낌을 받았다. 그런 용하의 마음도 모르고 영신은 자신에게 눈길도 주지 않은 채, 두 신사를 배웅했다. 더욱 기분 나쁜 것은 목발을 짚고 서서 자신을 노려보는 청년이었다. 청년은 잠시 용하를 쳐다보더니 식당 밖으로 나가버렸다.

식당 안에는 영신과 용하만 남았다. 단둘이 있는 시간을 그리고 왔지만 용하는 할 말을 잃어버렸다. 영신은 용하에게 계속 눈길을 주지 않았다.

"영신아……."

용하가 그렇게도 그립고 간절했던 이름을 불렀지만 영신은 대답을 하지 않았다. 영신이 탁자에 국밥을 올려놓자 용하는 영신의 손을 잡았다.

"…… 무슨 일 있어? 왜 그래? 나한테…… 왜 그렇게 쌀쌀 맞아?"

고개를 숙이고 있던 영신이 용하를 올려다보았다. 그 눈에 눈물이 고였다. 까만 눈에 고인 눈물을 보자 용하는 참지 못하고 영신을 껴안았다. 이것으로 됐다고 용하는 생각했다. 이제 두 번 다시 동정심과 사랑 사이에서 혼동하지 않겠다고. 지금 가슴에 벅차오르는 이 싸한 느낌이

바로 사랑한다는 징표가 아닐까.

"영신아, 울지 마, 힘들어도 조금만 참아. 내가 너 지켜줄게."

"오빠, 안 돼. 이제 나한테 오지 마."

영신은 그립고 기다렸던 용하에게 왜 이런 말을 내뱉는지 몰랐다. 아니다, 너무나 잘 알고 있다. 그녀는 이제 용하를 받아들일 수 없다. 자신이 형기에게 능욕을 당해서? 어쩌면 그 말이 정답인지 몰랐다. 정말 이제 자신은 몸도 마음도 용하를 사랑할 수 없다고 생각했다.

"오빠도 나도 어린아이 아니잖아. 현실을 똑바로 봐야지. 오빠랑 나랑 어디 가당키나 해?"

"그래, 나도 정말 너를 사랑해도 되나 많이 생각하고 방황했어. 근데 이제 아냐. 결론을 내렸어. 주변 사람들 말 다 필요 없어. 내 가슴이 말하는 것이 진실이니까……."

"왜 그래, 오빠. 난 오빠에게 말할 가슴이 없어."

영신의 매몰찬 반응이 야속해서 용하는 침을 꿀꺽 삼켰다.

"…… 내가 더 기다릴게. 공부는 하고 있어?"

"못해, 아니 안 해. 난 돈을 벌 거야."

돈을 번다는 말에 용하는 언뜻 좀 전에 본 두 신사가 생각났다. 돈과 신사를 연결하자 용하는 기분이 불쾌해졌다.

"그래, 영신아. 돈도 벌고 싶겠지. 또 벌어야 하고. 하지만 식구들을 네가 다 떠맡으려고 하지 마. 너도 네 삶을 살아야지."

용하는 진정 영신의 재능이 아까웠다. 그녀가 가진 재능을 알 수 있도록 지혜가 영신의 글로 백일장에 장원을 한 사실을 알려줄까 생각도 들었다.

"영신이 넌…… 글을 아주 잘 쓰잖아. 계속 공부해서 나중에 글 쓰면 참 좋겠다……. 난 영신이가 쓴 일기 보면서 참 행복했어."

"오빠 왜 자꾸 나한테 부담을 주는 거야? 난 공부고 뭐고 돈이 더 필요해!"

영신이 탁자 위에 놓인 소주병을 들더니 잔에 따라 마시면서 소리를 질렀다.

"……!"

그녀가 다시 소주를 따르자 용하는 잔을 빼앗았다.

"술도 마셔? 영신아?"

"그래, 마시니까 기분 좋드라. 사람들이 왜 술을 마시는지 알 것 같아."

용하는 영신의 이런 모습이 안쓰러우면서도 이해가 가지 않았다.

"이제 그만 가봐. 피곤해……. 가게 문도 닫아야 하고……."

영신이 탁자 위에 놓인 그릇들을 정리하자 용하는 한참을 서 있다가 힘겹게 입을 열었다.

"…… 또 올게……."

용하는 영신이 대답을 않자 까칠한 턱을 어루만지면서 식당을 나섰다. 그제야 고개를 들고 용하의 뒷모습을 보는 영신은 가슴에 둔탁한 통증을 느꼈다. 당장 따라가고 싶었지만 그녀는 이를 악물고 마음속으로 수없이 용하를 향해 미안하다는 말을 했다.

식당을 나서던 용하는 승용차 안에서 자신을 바라보는 두 신사의 눈길에 울컥 화가 치밀었다. 영신이 있는 곳에서 멀어지기 싫어 천천히 걷던 용하는 성큼성큼 걸어 그곳을 떠났다.

(19)

멀어지는 용하의 뒷모습을 차 안에서 바라보던 장기훈 사장이 규식에게 말했다.

"저 청년 영신이를 왜 찾아온 거지?"

기훈은 언젠가 언뜻 영신이 친척오빠 집에 있을 때, 드나들던 청년이 있었다는 이야기를 들은 것을 상기했다.

"남자가 여자 찾아오면 뻔한 거지. 뭘 물어."

"표정이 좋지 않은 거 같던데……."

"어휴, 약방에 감초 나셨군. 아, 좋은 여자 만나러 왔다가 가려니 서운해서 그렇겠지."

"영신이를 저렇게 두면 안 되겠어. 저 나이에 돈을 벌겠다고 매달리면 쉽게 빠져나오지 못해. 식구들도 다 영신이한테만 의지하고 있는 거 같던데."

"그래서 어떻게 하려고?"

기훈이 잠시 생각에 빠졌다. 두말 할 필요가 뭐가 있을까. 저 나이 땐 공부를 하는 것인데.

"글쎄……."

"너 영신이를 순정이처럼 생각하고 도와주는 것은 좋은데, 너무 정도

가 심해. 순정이가 못된 일을 겪었을 때, 너 반 미친놈처럼 굴던 거 생각나? 그때 정신 안 차렸으면 지금쯤 밤거리에서 주먹질이나 하고 있었을 거다. 그럼 순정이가 저 세상에서도 얼마나 슬퍼했겠냐. 늘 네가 성공하기만을 바랐잖아."

기훈의 눈은 여전히 국밥집을 관찰하고 있었다.

"야, 기훈아. 언제까지 영신이 삶을 지켜보고 있을 건데? 그러다가 영신이가 잘못될 때마다 네 마음이 상처 받는 거 나 보기 안 좋다. 글고 미경 씨한테나 좀 신경 써라. 아이도 없이 허전할 텐데 그럴수록 네가 더 잘해야지."

기훈은 규식의 말이 귀에 들어오지 않았다. 식당 안에 아무 기척이 없는 것이 자꾸 신경이 쓰였다.

"아무래도 들어가 봐야겠어. 무슨 일 없는지……."

"아서라."

규식이 차에 시동을 걸었다.

"오늘은 빨리 들어가 봐. 뭐라도 사들고……. 저번에 미경 씨가 물어보더라. 요즘 저녁마다 어디 들렀다오는 거냐고."

규식은 더 이상 지체할 것도 없이 차를 몰았다.

영신의 식구들이 사라져버린 영순을 잊을 때쯤, 그녀가 찾아왔다. 이 갑작스런 등장에 영신의 어머니는 달갑잖은 표정을 했다. 식구들은 나 몰라라 하고 혼자서만 살겠다고 사라진 딸이 반가울 리 만무했다.

"엄만 표정이 왜 그래? 오랜만에 보는 딸을 보고 반가워하지도 않고…….”

영신의 어머니가 혀를 찼다.

“너 동생 보기 부끄럽지도 않냐?”

“아휴, 참. 또 시작이다. 사람은 자기 싫은 일은 죽어도 못하는 거야. 영신이도 지가 좋아서 이러는 거 아냐.”

영신은 영순이 나타나자 또다시 그 끔찍한 기억이 떠올라서 온몸에 벌레가 스멀스멀 기어가는 듯 소름이 돋았다. 눈치도 없는 영순은 다리를 꼬고 의자에 앉아 중얼거렸다.

“얘, 혹시 그 사람 여기 안 왔었니?”

기어이 영신이 형기의 이야기를 꺼내고 말았다.

“이상하네? 아무리 꼭꼭 숨어도 반드시 찾아냈었는데……. 나쁜 자식, 맨날 나보고 토끼면 가만 안 둔다더니 지 놈이 튄 거 아냐.”

남아있던 손님 하나가 소주를 따르려하자 영순이 활짝 웃으며 달려갔다.

“제가 한 잔 따라드릴게요.”

어여쁜 아가씨가 술을 따라준다는 것을 싫어할 남자는 없는지라 그는 허허 웃으며 술잔을 받았다.

손님이 나가고 식당이 텅 비자 영신이 가시 돋친 소리를 했다. 사실 형기에게 그런 일만 당하지 않았어도 이렇게까지 언니를 박대하고 싶은 생각은 없었다.

“언니, 여기가 술집인 줄 알아?”

“무슨 소리니?”

"왜 술을 따라주고 그래?"

"어머머? 어차피 파는 술 좀 따라준 게 그리 잘못된 거니? 그 사람 좋아하는 거 못 봤어? 보니까 돈 없어서 어디 여자 있는 술집에도 못 가는 거 같아서 내가 서비스 좀 해준 거야. 넌 어찌 그렇게 세상을 빡빡하게 사니? 다 좋은 게 좋은 거야."

"그래도 난 싫어. 한 번 그러면 다음부터는 당연할 걸로 여길 거 아냐."

"웃기고 있어. 너 정말 엄청 유세한다. 시장 사람들 이야기 들으니 여기 부자신사들이 드나든다면서? 어떻게 한 번 잘해봐. 그저 돈 많은 사람 무는 게 최고지. 하, 나도 그런 기회가 있었는데, 그 자식 때문에 놓쳐버렸지 뭐야."

영신이 참지 못하고 국밥 그릇을 내던졌다.

"제발 그만 해!"

영신의 어머니는 자매 사이에서 눈치를 보며 어쩔 줄 몰랐다. 밉긴 하지만 영순도 엄연히 딸인지라 한쪽만 뭐라고 할 수도 없는 일이었다. 게다가 국밥 그릇을 던진 영신의 행동은 어머니도 받아들일 수 없었다. 아마 늘 가족을 위해 희생하는 영신이는 그런 행동을 하면 안 된다는 생각이 은연중에 박혀있는지도 몰랐다.

영신이 바닥에 주저앉아 울기 시작했다. 일순 측은함을 느낀 영순이 그 옆에 다가가 위로한다고 손을 올렸는데, 영신이 그것을 매정하게 뿌리쳤다.

"영신아, 그래, 미안하다. 내가 너 도와주지 못해서……. 근데 나도 형편이 좀 그래. 돈 좀 모아놓은 거 친구가 빌려달라고 해서 꿔주고 지금 방 하나 구할 돈이 없어. 당분간 여기 좀 있을게."

"너도 참. 손바닥만 한 방에서 어디 끼어서 잔다는 말이냐?"

옆에서 어머니가 기겁을 했다.

"뭐 그냥 식당 바닥에서 자도 되고. 며칠만 있을 거야."

그때 누군가 식당 문을 두들겼다. 그냥 들어와도 될 텐데, 웬 노크인가 해서 영신이 문을 열자 한 아가씨가 서있었다. 하늘색 원피스에 모자를 쓴 아가씨는 오래 못 보긴 했지만 분명 지혜였다. 원래 늘씬하고 예뻤던 지혜는 안보는 사이에 더 예뻐졌고 기품이 있어보였다.

"지혜?"

같이 있을 때 사이는 좋지 않았지만 그래도 한솥밥을 먹으며 든 정이 있던지라 영신이 반갑게 맞이했다.

"들어와, 들어와서 이야기 해."

지혜는 께름칙한 표정으로 밖에 서있었다. 들어오기 꺼려한다는 것을 알고 영신이 나갔다. 저만치 승용차 한 대가 서있는 것이 보였다.

지혜가 시큰둥하게 말했다.

"여전하네."

"응, 집에는 별고 없고?"

"그래. 전해줄 게 있어."

지혜는 차에 가서 기사에게 박스 하나를 내려달라고 부탁했다.

"이건 뭐야?"

"알아? 용하오빠 군대 간 거."

"!……."

영신은 머릿속이 멍해지며 몸이 공중에 붕 뜨는듯한 충격을 받았다.

"너한테는 말 안했나보구나."

지혜가 회심을 미소를 지으며 말했다. 용하가 영신이 있는 곳에 다녀왔다고 했을 때, 불안한 마음이 들었는데 자신에게만 군대 간다는 것을 알린 것이 마음에 들었다. 하지만 용하는 다녀가지 않은 것이 아니다. 군대 가기 며칠 전 영신을 보러 들렀다가 국밥집에 기훈이 일행이 와있는 것을 멀찌감치 지켜보다가 주소만 알아내고 돌아간 것이다.

"우리 아파트로 이사하거든. 그 연탄광 뒤에 창고에 있는 책 오빠가 너한테 갖다 주라고 부탁을 해서……. 어차피 우리가 가지고 가려던 게 아니었으니까."

지혜는 얼른 이 자리를 떠나고 싶었다. 용하가 부탁을 해서 하는 수없이 오긴 왔지만 영신을 마주 대하는 것이 본능적으로 싫었다. 영신이란 존재가 있는 한 자신은 뭔가 늘 불안하게 지낼 것 같았다. 게다가 오랜만에 본 영신은 비록 국밥집에서 일을 하며 앞치마를 두른 초라한 모습이긴 하지만 같은 여자가 봐도 정말 예뻐졌다고 생각했다. 특히나 기분 나쁜 것은 영신이 사람을 바라볼 때, 그 눈에서 뿜어 나오는 묘한 빛이었다. 그건 살아가는 일이 하루하루 힘든 사람의 어두운 눈빛이 아니라 눈을 뜰 때마다 세상이 신기해 못견뎌하는 어린아이의 초롱초롱한 눈빛과도 같았다.

"고마워, 지혜야. 들어와서 뭐 좀 먹고 갈래?"

지혜가 미간을 찌푸렸다.

"내가 저런데 어떻게 들어가니? 여기 오기 싫은데 오빠가 부탁해서 하는 수없이 온 건데. 갈게."

발길을 돌리던 지혜가 다시 영신에게 돌아와 조용히 말했다.

"얘, 너 태평양 물을 아무리 떠내도 끝내 다 퍼낼 수 없다는 거 알아?"

"……."

"둔하긴. 네가 아무리 용하오빠를 좋아해도 안 된다는 거야. 안 되는 일을 가지고 헛노력 하지 말란 거지. 참나, 네까짓 게 어울리기나 하니?"

"왜 안 어울린다는 거야?"

"넌 왜 그리 현실을 모르니? 얘, 용하오빠는 대학생이고 집안도 좋아. 골빈 애들이 뭐 좀 있는 남자 만나서 신세 고친다는 이야기가 있다더니 네가 그 짝이네? 아니면 신데렐라 같은 동화책 읽고 꿈속에 빠져 사는 건가?"

"뭐라고?"

"너한테 좀 친절하게 해줬다고 해서 착각 마. 그 오빠 마음이 여리고 동정심이 많아서 어릴 때부터 길거리에 고양이나 개가 떠돌고 다니면 데려오곤 했단다. 이제 군대 갔다 와서 다시 복학하고 착실히 산다고 했어."

군대 가면서 자신을 찾아오지도 않고 지혜에게 그런 말을 했다는 것에 영신은 충격을 받았다. 냉정하게 용하를 보내긴 했어도 끝끝내 그가 자신을 지켜주기를 바랐던 것이다. 찾아오지 말란다고 해서 정말 발길을 끊어버린 용하에 대한 원망에 그녀는 가슴이 터질 것 같았다. 그러자 영신의 마음에 오기가 생겼다.

"아냐. 너는 되고 나는 안 된다는 법 없어."

"얘가 왜 이리 말귀를 못 알아들어? 그래 너 혼자 많이 꿈 꿔라 난 갈 테니. 넌 딱 저 국밥집이 어울린다. 아까 언뜻 보인 사람이 언니인가 본데 언니처럼 술집으로 가든가."

영신이 지혜의 뺨을 때렸다. 더 이상 사람들에게 업신여김을 당하고 멸시를 당할 수는 없다고 생각했다.

지혜가 잠시 비틀거리자 차 안에서 이 광경을 보던 기사가 황급히 뛰쳐나왔다.

"아니, 이 년이 돌았나? 어디서 이 지랄이야!"

기사는 다짜고짜 구둣발로 영신의 배를 걷어찼다. 영신은 헉 소리를 내면서 그 자리에 고꾸라졌다. 영순과 어머니가 뛰쳐나와 소리를 질렀다.

"아이고, 이게 무슨 일이야. 사람 살려요!"

기사가 다시 구둣발로 영신의 얼굴을 찍으려는 순간 누군가 그에게 발길질을 했다. 다행스럽게도 시간을 딱 맞추어서 기훈이 나타난 것이다. 그 힘이 얼마나 센지 기사는 저만치 나가떨어졌다. 일어난 그가 기훈을 향해 달려오자 기훈이 다시 턱에 주먹을 날렸다.

입에서 줄줄 피를 흘리는 기사의 멱살을 잡고 기훈이 이를 갈며 내뱉었다.

"너 이 자식. 어린 여자애를 때릴 데가 어디 있다고……."

어느 새 길 가던 사람들이 하나둘 모여 이 광경을 보고 수군댔다.

기훈은 이성을 잃고 주먹질을 해댔다. 아마 규식이 옆에서 말리지 않았다면 살인이 났을지도 모르겠다. 규식이 기사를 일으켜 세워 차 있는 쪽으로 데리고 가며 물었다.

"차 운전할 수 있겠어요?"

기사가 고개를 끄덕였다.

규식은 옆에서 떨고 있는 지혜에게 정중하게 말하며 차문을 열어주었다.

"미안해요, 아가씨. 조심해서 돌아가요."

땅바닥에 쓰러진 영신을 식당 안으로 데려가려던 영순이 소리를 질렀다.

"어머, 얘 좀 봐……. 눈을 떠봐. 영신아……."

영순이 영신의 빰을 두들겼지만 깨어나지 않자 규식이 황급히 그녀를 차에 태웠다.

(20)

"지금 어디로 가는 거예요?"

병원에서 퇴원을 하고 기훈의 차에 오른 영신은 그가 국밥집으로 가지 않고 다른 곳으로 향하자 눈을 동그랗게 뜨고 물었다. 오늘따라 규식이 운전을 하지 않고 기훈이 직접 운전을 하는 것도 이상했다. 침묵을 지키고 있는 기훈의 옆모습은 비장했다.

기훈은 병원에서 의사가 하던 말을 떠올렸다.

'장 파열을 의심했는데, 사진을 찍어본 바로 다행히 이상은 없었습니다. 몸이 너무 쇠약해서 기운을 잃고 쓰러진 것 같아요. 당분간 충분히 쉬고 영양을 충분히 취해야 할 것 같습니다.'

의사의 말에 그는 더 이상 영신을 지켜보고 있을 수만은 없다고 생각했다. 다시 국밥집으로 돌아간다면 쉬기는 고사하고 몸을 혹사해서 건강을 망치게 될 테니.

그동안 영신을 돕고 싶은 마음이 굴뚝같았지만 규식의 만류도 있었고, 또 영신이 스스로 어려움을 헤쳐가도록 바라보고 있는 것도 영신을 위하는 길이라고 생각도 했다. 하지만 이제 아니었다. 그 또한 주변 사람들의 칭송대로 혼자만의 힘으로 현재의 위치에 이른 것은 아니다. 여동생 순정의 아낌없는 뒷바라지가 있었고 자신이 흔들릴 때, 친구 규식의 도움도 받았다. 또 가정에서 묵묵히 자신을 내조했던 아내 미경의 힘도 컸다.

겉으로 보기에 그는 강직하고 의지가 강해 보였지만 그의 내면은 때로 한없이 약하고 외롭기도 했다. 겉으로 강해보이는 사람일수록 내면은 더 약한 거 아닐까.

지금 영신이에게는 절실하게 누군가의 도움이 필요했고 자신이 바로 그 사람이 되고 싶었다.

"영신아, 이제 내가 하자는 대로 해. 아무 생각도 하지 말고. 어머니도 오빠도 돈도 다른 아무 것도 생각하지 말고."

"싫어요. 전 집에 갈래요."

"고집 부리지 마!"

기훈의 단호한 어조에 영신은 입을 다물었다. 병원에 있을 때, 영순이 하던 말이 떠올랐다.

'얘, 영신아, 넌 참 좋겠다. 너 못 봤지? 하, 그 장 사장이란 사람 정말 멋지드라. 마치 성난 이리처럼 그 기사 놈에게 달려들어서 때려눕히는데 어쩜 그렇게 멋진지. 어떻게 그렇게 시간 맞추어서 나타났는지……. 그 사람 안 나타났으면 넌 정말 어떻게 됐을지 몰라. 나 그런 놈들 잘 안다. 우리처럼 가진 것 없는 사람 무시하고 벌레 취급하는 놈들. 넌 그나저나 봉 잡은 거야. 호호~ 이게 웬 횡재니? 우리한테 그런 사람이 다 나타나고.'

"그럼 엄마랑 국밥집은 어떡하고요?"

"당분간 어머니랑 언니가 꾸려갈 거야. 넌 아무 걱정 마."

"……."

기훈의 차는 한 시간 가량 달려서 경기도 어느 외진 곳에 있는 별장에 도착했다. 그곳은 기훈과 규식이 가끔 휴식을 취하는 비밀스런 장소로 기훈의 아내도 모르는 곳이었다.

미리 전화를 해두었는지 중년의 아줌마 한 분이 차 소리를 듣고 달려 나와 인사를 했다.

"사장님, 어서 오세요."

"네, 그동안 잘 계셨지요? 이층에 방 치워 두셨나요?"

"네, 그럼요."

아주머니는 영신을 힐긋 보더니 환하게 웃었다.

기훈이 뒷자리에 실린 박스 하나를 이층 방에 날랐다.

"이거 그 지혜란 아가씨가 가져온 박스란다. 책인 거 같은데……. 영신이 책 읽는 것 좋아하지? 당분간 책이나 읽으면서 쉬고 있어. 시중은 여기 아주머님이 들 테니까……."

영신은 현실감이 들지 않았다. 시간을 건너뛰어 아버지가 살아계실 때의 그 공간으로 온 것 같았다. 강 사장 집의 부엌 뒷방이나 국밥집에 딸린 좁은 방과는 비교가 되지 않을 정도로 아늑하고 편안해 보이는 방.

영신이 눈물을 흘렸다. 기뻐서도 슬퍼서도 아니었다. 왜 가슴이 복받쳐 오는지 그녀 자신도 몰랐다. 기훈은 그런 영신을 자신도 모르게 안으려다가 얼른 손을 내렸다.

규식이 늘 염려하는 대로 기훈은 영신을 순정이로 생각하고 있다고 해도 좋았다. 아니 차라리 그랬으면 좋겠다고 생각했다. 영신이를 통해서 여동생에게 못다 한 사랑을 베풀 수만 있다면. 사실 그렇게라도 하지 않으면 기훈은 고생만 하다가 저 세상으로 간 순정이에 대한 회한에서 벗어날 수 있을 것 같지 않았다.

"저녁은 아주머님이 준비해 두었을 거야. 그거 먹고…… 오늘은 푹 쉬어. 알았지? 영신아."

고맙다는 말조차 못하고 영신은 방문을 닫고 조용히 사라지는 기훈의 뒷모습만 바라보았다. 한동안 방 한 가운데 멍하니 서있는데, 기훈이 차에 시동을 거는 소리가 들렸다. 영신은 얼른 창문을 열고 아래를 내려다보았다. 기훈의 차가 저만치로 멀어지고 있었다.

"엄마, 정말 영신이는 복도 많아."

영신을 퇴원 시킨다고 병원에 갔던 영순은 혼자 국밥집으로 돌아오더니 호들갑을 떨었다. 얼마나 신이 나는지 어머니가 알아들을 수 없는 무슨 노래를 흥얼거리기까지 했다.

"복이 많긴 뭐가 많냐. 걔가 얼마나 고생을 하면서 살았는데……. 그 어린 나이에 남의집살이를 하면서 얼마나 힘이 들었겠냐. 넌 국밥집에서 영신이가 고생을 하는 것 보고도 그런 소리가 나오냐? 게다가 그 봉변을 당한 것도 보고도. 근데 영신이는 어쩌고 너 혼자 와?"

"참, 엄마도, 고생 끝에 낙이란 말 몰라요? 늘 엄마가 그랬으면서……. 이제 우리는 고생 끝이야, 엄마."

영순이 어머니의 손을 잡고 춤을 추려고 했다. 어머니가 그 손을 뿌리쳤다. 똑같은 자식이지만 영신이와 영순이는 생김새나 하는 행동이 어쩌면 그렇게 다를까 생각했다. 한 나무에 열린 열매도 자세히 보면 그 모양새가 다 다르다더니 그 말이 딱 맞는 것 같았다.

"영신이는 대체 어디로 간 거냐고?"

"몰라! 장 사장이 알아서 하겠지. 엄만 아무 말도 말고 그저 가만히 있어요. 이제 곧 호강할 날이 멀지 않았으니……. 그리고 경식이 걱정하지 마. 장 사장이 회사에 일자리 하나 알아본댔어."

"식당은 어쩌고?"

"아이 참, 엄마. 이깟 식당이 문제야? 콧구멍만 한 데다가 탁자 몇 개 놓고 국밥이나 팔면서 돈 번다는 영신이가 세상 물정을 모르는 거지. 그저 기회가 있으면 콱! 잡는 거야. 당분간 엄마랑 나랑 하면 되지."

"네가 참 잘하겠다. 맨날 얼굴 치장이나 하고, 나돌아 다니는 거나 좋아하면서."

"나도 하려면 잘해, 엄마."

영순은 흥얼흥얼 콧노래를 부르며 장 사장이 부탁한 말을 떠올렸다.

'영순 씨가 당분간 식당을 좀 봐줘요. 영신이 몸 회복할 때까지…….'

초라한 국밥집에서 꼬질꼬질한 늙은 노동자들을 상대로 장사를 하는 것은 끔찍했지만 마침 병원에서 술을 그만 마셔야 한다는 말도 했고 쉬려던 참에 잘된 일이라고 생각했다. 게다가 어디로 갔는지 종적을 감춘 형기가 자신을 다시 찾아올 곳은 여기밖에 없을 테니…….

사실 이제 형기 따위는 안중에도 없었다. 영신이와 가족을 도와주는 이 돈 많고 멋진 장 사장이 그녀는 탐이 났다.

영순이 가게 한쪽에 놓인 라디오를 틀었다. 이리저리 주파수를 맞추던 그녀는 신나는 음악이 나오자 거기 맞추어 몸을 흔들었다. 그리고 자신이 즉흥적으로 작사 작곡한 노래를 불렀다.

"그대~ 날 사랑하세요? 오늘 밤은 그냥 춤을 춰요~ 이대로 오늘 우리의 밤을 불태워요~~~"

영순의 어머니는 딸의 그런 모습에 어이가 없어서 바라보기만 했다.

마침 목발을 짚고 식당에 들어서던 경식이 그 모습을 보고 빈정거렸다.

"지금 뭐하는 거야? 춤을 추고 싶어? 영신이가 그렇게 됐는데!"

"아쭈! 남 말 하네. 그런 너는 다리 좀 그렇게 됐다고 영신이한테 여태 빌붙어 먹었니?"

영순의 그 말에 경식은 화가 치밀었다. 자신이라고 왜 동생에게 의지하고 싶었겠는가. 그저 다리 한쪽이 없어진 것이 서럽고 억울해서 술이나 마시고 더러 행패를 부렸지만 마음속은 늘 영신에 대한 미안한 마음과 자신을 향한 자괴감에 괴로웠던 경식은 눈에 보이는 소주병을 내던졌다.

"에이! 씨팔! 당장 안 꺼져?"

마침 영신이를 별장에 데려다주고 잠시 들러 영순이에게 국밥집을 다시 부탁하러 들른 기훈이 밖에서 그 광경을 보고 혀를 찼다. 그리고 다시 생각해도 영신을 별장에 머물게 한 것은 잘한 일이라고 생각했다. 이런 환경에서 영신이 무얼 할 수 있을 것인가. 기훈은 어디 가서 실컷 술을 마시고 싶었다. 그는 오로지 자신의 속내를 드러낼 수 있는 유일한 친구 규식을 찾았다. 기훈은 근처 포장마차에서 규식을 불렀다. 하지만 규식도 그를 위로해주지는 못했다.

규식은 기훈을 만나자마자 그가 영신을 별장에 몰래 데려다둔 것을 탓을 했다.

"정신 차려, 기훈아. 네가 아무리 영신이를 여동생처럼 생각하고 도와준다고 해도 사람들은 너를 순수하게 보지 않는다. 아까 시장 골목을 잠시 돌아봤는데, 상인들이 수군대더라."

"뭐라고 하는데?"

"알면서 뭘 묻냐, 임마. 너 그 기사 패던 날, 거의 제 정신이 아니었지? 사람들이 얼마나 몰려와서 구경했는지 알아? 그래, 앞으로 어떻게 할래?"

"몰라, 임마. 술이나 마셔라."

기훈은 규식의 이런 반응이 못마땅했다. 친구라면 그냥 자신의 모든 행동을 받아주면 안 되는 것일까. 기분 나쁠 때 술을 마시면 독약이 된다고 했던가. 몸에 들어간 술이 독이 되는 것 같았다. 하긴 언제 기분 좋게 술을 마셔본 적이 있을까. 회사에 거래처가 늘어나고 수중에 돈이 들어오고 사는 집의 평수를 늘리고 경치 좋은 곳에 별장을 마련하고 공장을 새로 지어도 왜 완전한 기쁨을 느낄 수 없는 것인지…….

"규식아……."

"왜, 임마."

충고를 하던 규식이 술이 한 잔 들어가자 웃는 얼굴을 했다.

"너 혼자 사는 거 외롭지 않냐? 그리고 언제까지 내 기사 할래? 자리 하나 마련해준다는데 왜 자꾸 거절 하냐?"

"미친 놈!"

술잔을 비운 기훈이 혼잣말처럼 중얼거렸다.

"하긴 같이 살아도 외롭다……."

그 말을 들은 규식이 누가 들을세라 나직하게 기훈의 귓가에 속삭였다.

"너 행여나 그런 말 입 밖에도 내지 말아라. 그런 말 여자에게 얼마나 비참한 것인 줄 알아?"

"그래, 나도 미경이가 나한테 얼마나 잘하는 줄 알아. 하지만 그럴수록 괴롭다. 행복하게 해주지 못해서……."

기훈의 자조적인 말에 규식이 말했다.

“기훈아, 너 행복이 뭔 줄 아냐?”

“뭔데?”

“저 푸른 초원 위에 그림 같은 집을 짓고……. 사랑하는 우리 님과 한 백년 살고 싶어……”

규식이 나직하게 노래를 부르자 기훈이 다시 술잔을 비웠다.

“죽이는 노래구만. 날 비웃는 노래인 것도 같고…….”

그러자 규식이 술잔을 비우며 말했다.

“넌 그런 말할 자격이 없어. 미경 씨를 불행하게 하지 마.”

(21)

한적한 별장에서 쉬는 동안 영신은 별장지기 부부의 보살핌을 받으면서 아버지가 돌아가신 후 처음으로 몸도 마음도 편안한 휴식을 취하고 있었다. 한동안 국밥집을 언니가 잘 꾸려가나 걱정을 했지만 막상 눈앞에 보이지 않자 그런 걱정도 서서히 사라졌다. 그동안 너무 바빠서 생각에 잠길 시간이 없었던 참이라 눈앞에 펼쳐진 무궁무진한 시간이 실감이 나지 않았다. 아무도 방해하지 않는 자신만의 방에는 침대와 책상이 있고 창문을 열면 저만치 숲이 보인다. 그녀는 때때로 이것이 현실일까 의아해하기도 했다.

조용한 밤에 창문을 열고 어둠에 잠긴 숲을 바라보면 자신이 마치 세상과는 동떨어진 낯선 세상으로 와있는 듯한 착각이 들었다. 어머니의 시름에 잠긴 얼굴. 목발을 짚고 술에 취해 더러 욕을 하던 오빠. 진한 화장을 하고 뭐가 그리 즐거운지 늘 깔깔대던 언니. 그들은 지금 같은 세상에 존재하고 있는 사람들일까.

생각할 시간이 많아지니 그녀가 서울에 와서 보내며 겪었던 많은 일들이 떠올랐다. 중학교도 제대로 못 마치고 강 사장 집에 입성하던 순간부터 부엌 뒷방의 할머니와 지내던 일, 그리고 어느 날 나타난 용하오빠, 고향 역에 폭발사고가 나고 언니가 사는 집 근처로 이사 가서 국밥집에 취직한 일. 그리고 형기……. 기억은 늘 거기서 멈췄다.

기억을 할 수 있다는 것은 기쁜 일인 동시에 괴로운 일이기도 했다. 즐거웠던 기억만 떠오르면 얼마나 좋을까. 형기에게 당하던 기억은 지워져 버렸으면 좋겠다고 생각했다.

'찢어죽일 놈'

가끔 영신은 속으로 그렇게 이를 갈며 내뱉었다. 잊고 싶은 기억임에도 불구하고 그녀는 일기장에 가끔 그 일을 적으며 괴로워했다. 그런 날 밤이면 어김없이 그 보고 싶지도 않은 형기가 나타나 자신에게로 이죽거리며 다가왔다. 뭔가 자신을 억누르는 느낌에 몸부림치다가 깨어나면 가위에 눌린 것인데 그것이 꿈이란 사실이 다행스러웠다. 왜 두 번 다시 겪고 싶지 않은 일이 꿈에 나타나는 것일까.

그래도 용하가 보내준 책을 읽는 동안은 그녀는 자신을 괴롭히는 온갖 기억에서 벗어날 수 있었다. 하지만 그 책속에도 늘 불행은 도사리고 있었다. 왜 글을 쓰는 사람들은 모두 그렇게 불행한 일만을 다루는 것일까. 사랑을 하는 연인들에게는 무수한 방해자가 등장하고 그들의 사랑은 축복받지 못하며 결국 헤어지기도 한다. 등장인물들의 삶과 심리에 푹 빠져 책을 읽다가 덮으면 마음이 답답했다.

'소설은 이렇지만 현실은 자기 힘으로 이겨내고 다르게 전개시킬 수 있겠지?'

스스로에게 그렇게 질문하던 영신은 다시 자신에게 대답했다.

'아냐…… 현실도 마찬가지야. 아무리 노력해도 달라지지 않는 삶일지도 모르지…….'

어쨌든 책속의 세상은 그녀에게 신비하고 궁금증을 불렀다. 가장 궁금한 것은 책의 내용보다 그 책을 쓴 작가의 삶이었다. 책 뒷면에 간단하게 소개된 작가의 삶은 대체적으로 불행한 삶이었다. 그런 불행한 삶을 현실에서도 소설에서도 영신은 용납하고 싶지 않았다. 영신은 자신 앞에 펼쳐질 삶이 궁금했다. 만일 자신의 삶이 소설이라면 수많은 소설의 끝이 그렇듯 불행하게 끝을 맺을까? 그녀는 만일 자신이 소설을 쓴다면 정말 행복하게 그 결말을 맺고 싶었다. 용하가 그녀를 늘 칭찬하고 일깨워주었던 재능. 정말 자신에게 글을 잘 쓰는 능력이 있는 것일까.

혼자 있는 시간이 많아지자 용하를 생각하는 시간도 더불어 많아져서 영신은 새삼 그를 향한 그리움에 사무쳤다. 용하가 생각날 때면 그녀는 숲길을 걸었다. 그 길의 끝에 용하가 서있기를 바라는 환상에 젖어서. 그가 나타나주기만 한다면 언제까지고 숲길을 걸을 수 있을 것 같았다.

'네가 일기장에서 나를 부르면 내가 달려갈 거야.'

문득 용하의 말이 떠올랐다. 이제야 영신은 그 말을 이해했다. 사람들이 글을 쓰는 이유, 그것은 누군가에게 자신의 영혼을 보이고 싶은 것이다. 글은 영혼과 영혼이 통하는 길. 영신은 기꺼이 그 길을 걷기로 했다. 그렇게 생각하자 영신은 가슴이 벅차오르면서 눈물이 흘렀다.

어디선가 바람이 불어와 그녀의 볼을 스치고 팔을 스치고 머릿결을 스치자 가슴 한복판이 뻥 뚫린 듯 허전했고 그 사이로 바람이 지나갔다. 견딜 수 없이 적막한 그 느낌이 싫어서 영신은 두 팔로 가슴을 감싸 쥐었다.

'용하오빠…….'

하얀 잇속을 드러내고 환하게 웃던 얼굴, 어색하면 손가락으로 코를 쓱쓱 문지르는 버릇을 가진 그 남자가 영신은 너무나 보고 싶었다. 정말 기적처럼 그가 나타나준다면 얼마나 좋을까. 국밥집에서 일을 하다가 문득 고개를 들었을 때, 나타나주었던 것처럼.

지금이라면 어색하지 않게 면도를 해줄 수 있을 거 같았다. 말끔하게 깎인 턱을 손으로 어루만지는 상상까지 했다.

숲에 조용히 보슬비가 내렸다. 영신은 고개를 들고 눈을 감았다.

영신이 숲에서 산책을 하는 사이 기훈이 찾아왔다. 그는 영신의 방에 들어갔다가 그녀가 책상에 펼쳐놓은 공책을 보았다. 한 사람의 내면을 적은 글은 누구에게나 궁금증을 준다. 허락도 없이 남의 글을 읽는 것은 잘못된 일이지만 기훈은 망설임 없이 영신이 써놓은 글을 읽었다. 평소 별로 말이 없는 영신이 글로는 이렇게 많은 말을 하는구나 하는 생각을 하면서.

거기에서 기훈은 용하에 대한 영신의 그리움을 읽었다. 그리고 그 그리움만큼의 절망과 괴로움도 읽었다. 당연히 형기에게 능욕을 당한 일 때문인 것을 알고 그는 분노했다. 여동생 순정이도 공장에서 작업반장에게 당한 일로 한동안 삶의 의욕을 잃고 실의에 빠졌었다.

'그런 일을 당했다고 네 삶을 자포자기 하고 행복해야 할 모든 권리를 포기하려고 하지 마!'하고 호통을 친 자신이 원망스러웠다. 여자가 되어보지 않고 어떻게 그 좌절과 상실감을 다 이해할 수 있을 것인가. 그렇기에 기훈은 여자들에게 그런 식으로 욕정을 푸는 놈들에게 더 화가 났고 같은 남자로서 부끄러움을 느꼈다.

산책을 마친 영신이 들어오다가 기훈을 보더니 반색을 했다. 그 모습에 기훈은 잠시 눈이 부시다는 느낌을 받았다. 머리가 촉촉이 젖은 영신은 이슬을 머금은 한 송이 꽃과 같았다. 확실히 여자는 보살핌을 받으면 그 본연의 아름다움을 발하는 존재라고 생각했다. 그는 여자에게 험한 일이나 고생은 천성적으로 맞지 않는다고 생각했다. 그저 여자는 남자의 사랑을 받으며 고운 모습을 간직하고 살면 되는 것이다.

"차 보고 얼른 들어왔어요. 언제 오셨어요? 아저……"

아직도 영신은 기훈에 대해서 호칭이 낯설었다. 처음 국밥집에 왔을 때는 사장님이라고 부르다가 기훈이 그렇게 부르지 말고 오빠라고 부르라고 했지만 자연스럽게 불러지지 않았다. 그래서 어느 때는 자신도 모르게 아저씨라고 부르기도 했다. 오빠라고 부르기엔 너무 나이가 많아서일까. 물론 강 사장 집에서 강 사장을 오빠라고 부르긴 했지만 그건 친척오빠이기에 가능했던 것이다.

"아저씨라고 부르려고 했지? 나 그렇게 아저씨 아닌데…… 섭섭하네. 언제쯤이면 영신이에게 오빠라는 소리를 들을까?"

영신이 쑥스럽게 웃으며 수건으로 머리의 물기를 닦았다. 여자의 냄새를 물씬 풍기는 그 모습에 기훈은 자신도 모르게 심장이 뛰는 것 같았다. 규식의 말대로 역시 아무리 여동생이라고 생각하려 해도 여자인 걸까. 그런 생각을 품는다는 자체가 싫어서 그는 자신이 미웠다.

"국밥집은 언니가 잘하고 있어요?"

영신은 기훈이 이미 자신의 공책을 본 줄도 모르고 살짝 그것을 한쪽에 치워놓았다. 영신의 질문에 기훈은 속으로 헛웃음을 지었다. 국밥집 꼴을 보면 영신은 어떤 반응을 보일까. 영순이가 국밥집을 잘할 리가 없다. 처음부터 그런 기대를 가지고 있지도 않았지만 그 예상은 꼭 들어맞았다. 이제 그곳은 국밥집이 아니라 거의 술집 수준이었으니.

"그래, 거긴 걱정 말랬잖아, 몸 좋아질 때까지……."

"저 몸 좋아졌어요. 아픈 데도 없고…… 너무 호강을 해서 이제 부담스럽기도 해요. 오빠…… 다시 가면……"

"가면?"

"공부를 계속 해야겠어요. 학교를 들어가겠다는 것이 아니고 혼자서 하고 싶어요. 그래서……."

다음 말을 영신은 잇지 못하고 속으로 했다.

'지혜에게 뒤지고 싶지 않아요. 지혜 말대로 내가 용하오빠를 사랑할 자격이 없다면 그 자격을 만들고 싶어요.'

"말이 그렇지, 너 혼자 무슨 공부를 하겠니? 안 돼. 거기 돌아가면 넌 국밥집에서 벗어날 수 없어. 끝내 그러고 살 거야? 식구들 뒤치다꺼리나 하면서?"

"그럼 어떡해요?"

"고집 부리지 말고 여기 있어라. 사람이 꺾일 때도 있어야지. 도움도 받게 되면 받는 거고. 네가 원하는 공부 마칠 때까지 내가 도와줄 테니까……."

"……."

솔직히 영신은 기훈의 이런 과도한 친절이 그다지 달갑지만은 않았다. 다른 사람의 지나친 친절을 경계하란 말을 늘 들어오기도 했고 자신의 힘으로 살아가고 싶은 순수한 마음도 있었다.

어색한 침묵이 흐르는 사이 문을 노크하는 소리가 났다.

기훈이 문을 열자 아주머니가 공손하게 말했다.

"사장님, 저녁 준비 할게요."

"아, 아닙니다. 전 지금 가봐야 해요."

아주머니가 근심스런 표정을 했다.

"사장님, 지금 비가 엄청나게 퍼붓고 있어요. 저녁 드시고 비 그치면 가시는 것이 좋을 거 같은데요……."

그러고 보니 좀 전까지 내리던 보슬비가 세찬 장대비로 변해있었다. 기훈이 난감한 표정을 지었다.

"와, 비 엄청 퍼붓네. 아우, 추워. 시월인데 겨울 날씨 같아."

영순이 식당 밖을 내다보다가 팔을 감싸고 종종걸음을 쳤다.

“이 동네 아저씨들은 비 오는데, 날궂이도 안하시나? 어째 벌이가 시원찮은가? 하는 수 없지. 혼자라도 마셔야지.”

영순이 탁자 위에 소주 한 병을 내려놓고 라면 하나를 끓여냈다.

“엄마도 한 잔 드실래요?”

방에서 이 광경을 내다보는 영순 어머니가 쯧쯧 혀를 찼다.

“참 잘하는 짓이다. 영신이가 오면 뭐라고 하겠냐? 멀쩡한 국밥집에서 술이나 팔고…….”

“아, 그럼 어떡해? 엄마. 난 원래 술파는 곳이 더 적성에 맞는데……. 내가 봐주는 것 다행으로 생각하라고요. 장 사장이 특별히 부탁해서 여기 붙어있는 것이지. 정말 답답해 죽겠어. 고린내 나는 늙은이들 상대하고 있으려니. 그리고 영신이가 여기 왜 와요. 걘 장 사장이 꼭꼭 숨겨두고 잘 먹이고 잘 입히고 있을 텐데……. 지금쯤 우리 생각은 까맣게 잊고 호강에 겨워 있을걸.”

술이 한 잔 들어간 영순은 제 흥에 겨워서 노래를 불렀다.

“비가 오오면 생가악 나는 그으 싸람~ 언제나 말이 어없던 그으 사람~”

“아, 난 어디서 장 사장 같은 사람 안 나타나나.”

“그런 소리 작작 좀 해라. 안 그래도 시장 사람들 말이 많은데……. 내가 다음에 장 사장 오면 말해야겠다. 영신이 얼른 데려오라고.”

영순이 신경질적으로 술잔을 내려놓았다.

“참, 엄마도 산통 깨지 말아요. 장 사장이 경식이도 취직시켜줬고 곧 우리한테도 한몫 떼어줄 건데. 엄만 고생이 지긋지긋하지도 않아? 쪽방에서 수제비나 끓여먹고 살고 싶어요?"

"차라리 그게 낫겠다. 너 그러는 꼴을 보느니……."

영순 어머니는 방문을 닫아버렸다.

"아, 라면이나 끓여먹는 내 신세. 근데 맛은 있단 말야. 안주로도 괜찮고. 이거 누가 발명했지?"

영순은 주머니에서 꼬깃꼬깃한 편지를 꺼내 읽었다. 낮에 집배원이 전해주고 간 편지였는데, 용하가 군대에서 영신이에게 보낸 것이었다.

"쳇, 난 이런 연애편지 받아본 적도 없는데……. 아, 있구나. 초등학교 때 국군장병 위문편지 쓰고 답장 받은 거."

대충 읽어보던 영순은 편지를 찢어버리며 중얼거렸다.

"언제 제대해서 언제 영신이 호강시켜 줄래. 영신이는 이제 물 건너갔으니 냉수 마시고 속 차려라."

(22)

펑펑 내리는 눈을 바라보는 영순은 온몸에 스멀스멀 쾌락에 대한 욕구가 솟아오름을 느꼈다. 남자가 주는 육체의 쾌감을 아는 그녀는 형기를 만나서 회포를 풀 수도 없는데다가 국밥집에만 머무는 생활에 이제 더 이상 참을 수 없는 염증을 느꼈다.

'대체 장 사장이란 놈은 언제쯤 한몫 떼어주려고 뜸을 들이고 있는 거야.'

영순은 팔짱을 끼고 식당 밖을 살피면서 속으로 투덜댔다. 오늘 같은 날은 그저 한 잔 하고 알딸딸하게 취해서 남자랑 한 몸이 되어 나른하도록 뒹굴고 싶었다. 그녀가 혼자라도 한 잔 할 생각으로 몸을 돌리는 찰라 때마침 식당 문이 열리더니 장기훈 사장과 규식이 들어섰다. 코트에 목도리를 두른 건장한 남자 둘이 들어서자 좁은 식당이 꽉 차는 느낌이었다. 이 갑작스런 사나이들의 등장에 영순은 날아갈듯 기뻤다.

"어머나, 이게 누구세요? 장 사장님!~ 어서 오세요."

"우리 따뜻한 국밥 좀 줘요. 술도 한 잔 주고……."

"그럼요, 그럼요. 조금만 기다리세요. 얼른 대령할게요~."

영순이 주방으로 들어가자 기훈이 규식에게 말했다.

"오늘 한 잔 마시자구. 차도 놓고 왔으니……."

규식은 웃으면서 고개를 끄덕였다.

한참 후, 영순이 탁자에 국밥과 소주를 올려놓고 말했다.

"삼겹살 좀 구울까요? 특별히……."

"좋죠, 그리고 영순 씨도 여기 좀 앉아요. 할 말도 있고 하니……."

안 그래도 한 자리 끼고 수다를 떨고 싶었던 영순은 기훈의 말에 이게 웬 떡이냐고 생각했다. 그동안 늘 그들 옆에 앉고 싶었지만 혹시 너무 자신을 가볍게 볼까봐 참고 있던 참이었다.

"저도 한 잔 마셔도 되지요? 장 사장님~."

영순이 코맹맹이 소리를 내면서 기훈의 옆에 앉자 그가 오랜만에 농담을 했다.

"뭘 새삼 물어요? 혼자서도 가끔 마시는 거 잘 압니다. 우리도 오늘은 좀 취하고 싶으니까."

"어머나~ 장 사장님두 참, 절 몰래 살펴보시는가 봐요. 우리 영신이한테만 관심 가지는 줄 알았더니."

영순은 앞에 앉은 규식을 향해서도 눈웃음을 살살 쳤다.

그녀는 선천적으로 이렇게 남자들 옆에 앉아 술을 따르고 아양을 떠는 것이 체질에 맞았다. 공부를 하고 돈을 번다면서 늘 긴장을 하고 사는 동생 영신이 도대체가 그녀는 이해가 되지 않았다.

고개를 살짝 돌리고 상추에 싼 삼겹살을 한 입 가득 문 영순은 술 한 잔이 들어가자 가슴이 찌르르 해지면서 형기의 품속에 푸욱 안기고 싶은 생각에 미칠 거 같았다. 하지만 소식도 없으니 당장 눈앞에 있는 이 두 남자 중에서 하나만이라도 어떻게든 유혹을 하고 싶었다.

술집에 나갈 때, 많은 남자들이 자신에게 관심을 보이고 선심을 쓰던 것에 비하면 기훈과 규식은 한없이 점잖은 것이 못마땅했다. 그래도 남자는 남자니 한 잔 들어가고 앞에서 여자가 유혹을 하면 넘어가지 않겠는가 하는 생각에 영순은 오늘 아주 날을 잡아야겠다고 작정했다.

영순은 기훈의 잔이 빌 때마다 잽싸게 채워주다가 무심한 척 기훈의 몸에 자신의 몸을 기댔다. 일부러 그래놓고는 몸이 닿으면 놀라는 시늉도 하면서 아양을 떨어댔다. 이런 영순이 기훈은 싫지 않고 오히려 귀엽게 생각됐다. 그렇다고 무슨 여자로 생각한 것은 아니다. 다만 어려운 환경 속에 사는 어린 여자들에게 인간적으로 연민을 느끼는 것이다. 자매라지만 영신과 영순은 참 달랐다. 영신이 나이답지 않게 어른스럽고 말이 없는 것에 비해 영순은 철부지 소녀 같으면서도 더러 요염하게 남자를 유혹하는 몸짓을 했다.

기훈은 영신과 영순을 누가 더 낫고 착하다는 기준으로 비교하고 싶지 않았다. 스스로 선택해 걷는 삶의 길일 테니까. 영신에게 공부가 최선이라면 영순에게는 또 남자와 어울리는 밤의 생활이 최선일 수도 있을 것이다. 영순이 술을 따르는 여자라고 해서 흉을 보거나 욕을 할 수는 없다. 마시는 남자가 있으니 시중을 드는 여자도 있을 것이고 몸을 사는 남자가 있으니 파는 여자도 있는 것, 그저 그 이면에는 수요와 공급의 법칙만이 존재하는 것이다.

이런 기훈의 마음과 달리 영순은 계속 두 남자를 비교하기 시작했다. 기훈이 정감이 넘치고 푸근한 인상이라면 규식은 말이 없고 좀 차갑게 보이기까지 했다. 하지만 그 차가운 인상이 더 가슴을 서늘하게 할 때도 있었다. 말없이 술잔을 기울이다가 한마디씩 내뱉는 그 목소리가 얼마나 매력적인지 가슴이 저릿할 때도 있었다. 솔직히 운전기사라는 허접한 직업만 아니라면 유부남인 장 사장보다는 혼자 사는 규식이 더 탐이 났다.

영순은 이 나이까지 혼자 사는 규식이 여자 생각이 나고 외로울 때는 어떻게 그 회포를 푸는지도 궁금했다. 보아하니 술집에 드나드는 것 같지도 않은데 말이다. 규식이 어떻게 좀 틈만 보인다면 유혹을 하고 싶은데, 도대체가 눈길 한 번을 제대로 주지 않으니 참 답답할 노릇이었다.

'흥, 그래 봤자지. 저는 뭐 남자 아닌가. 대체로 여자한테 눈 한 번 제대로 못 맞추는 놈들이 한 번 꼬셔서 맛을 보이면 더 환장하고 달려들

더라고.'

영순은 속으로 중얼거리면서 규식의 잔에 술을 따랐다.

밖에 눈은 펑펑 내리고 듬직한 두 남자 틈에서 한 잔 술에 취하는 영순에게는 더없이 행복한 밤이 흐르고 있었다.

소주병이 몇 개 비워지고 장사장과 규식, 영순이 어느 정도 취할 때쯤 시장을 둘러보러 나갔던 영순의 어머니가 들어섰다. 늘 술판을 벌이던 영순이 못마땅했던 어머니는 딸이 어김없이 또 술판을 벌이는데다가 동석자가 장 사장 일행이란 것을 알자 노골적으로 못마땅한 표정을 했다.

장 사장과 규식이 일어나서 공손하게 인사를 하자 고개를 외면하던 영순의 어머니가 갑자기 애원조로 장 사장의 손을 잡고 말했다.

"장 사장. 우리 영신이는 왜 안 보내는 건가? 도와주는 것은 좋은데, 어느 정도여야지. 나도 정말 고맙긴 하지만……. 시장 사람들 말이 많은 거는 싫네."

"네, 압니다. 저 믿으시고 걱정 마세요. 그리고 이거 받으세요."

기훈이 규식에게 눈짓을 했다.

규식이 옆에 놓인 쇼핑백을 영순의 어머니에게 건넸다. 아까부터 쇼핑백에 관심이 있던 영순이 얼른 그것을 받았다.

"이게 뭐에요? 어머나? 목도리네. 엄마, 이거 너무 비싸고 좋은 거 같아. 얼른 목에 둘러봐요."

신이 난 영순이 어머니 목에 목도리를 둘렀다.

"얘가 왜 이렇게 철이 없대냐. 저리 치워라."

어머니가 그러거나 말거나 영순이 기훈에게 볼멘소리를 했다.

"저는 없어요?"

"글쎄, 영순 씨에게는 뭘 해야 할지를 몰라서……."

규식이 영순에게 봉투를 내밀자 그녀는 낚아채듯이 그걸 받으면서 기훈의 볼에 쪽 하고 입을 맞췄다. 술손님을 상대하는 그녀의 습성이 나온 것이기도 했지만 본심이기도 했다. 이 모습을 보고 혀를 쯧쯧 차던 영순의 어머니는 탁자 위에 놓인 술병들을 치우기 시작했다.

"그만들 가보게. 여긴 술집이 아니잖나."

영순 어머니의 이런 행동이 민망할 법도 하건만 기훈은 사람 좋은 웃음을 흘리면서 말했다.

"영신어머님, 저 믿으세요. 시장 사람들 의식하지 않으셔도 됩니다. 안 그래도 오늘 드리려던 말씀이……. 여긴 이제 재개발이 될 겁니다."

그 말에 술병을 치우던 영순어머니의 손길이 멈칫 했다. 재개발이라니……. 그럼 당장 어디로 간단 말인가.

기훈의 말에 영순도 화들짝 놀랐다.

"어머나? 그럼 우린 어디로 가라고요?"

기훈이 목소리를 낮추며 영순에게 말했다.

"영신이 공부 마칠 때까지 어머니 걱정 않도록 지금처럼 신경 좀 써줘요. 가게 하나 내줄테니 알아볼래요? 무슨 가게 하고 싶어요?"

드디어 기다리던 말이 나오자 영순은 뛸 듯이 기쁘면서도 그것을 참고 나직하게 대답했다.

"저야 뭐…… 가진 재주가 이거밖에 더 있나요? 늘 술집 하나 하는 게 소원이었어요."

기훈의 마음 같아선 다른 가게를 내주고 싶었지만 영순이 원하니 하는 수 없다고 생각했다.

"그럼 내일부터 적당한 곳을 알아봐요. 김 기사 차를 내줄 테니까."

가게를 내준다는 것도 좋아 죽겠는데, 규식이하고 같이 다니라고 하니 영순은 영락없는 물 만난 고기였다.

"숨기지 말고 말해줘요, 김 기사님. 절대 그이에게 말하지 않을 테니……."

어느 날, 기훈의 아내 미경이 규식을 불러 채근을 했다.

"……."

규식은 이런 날이 올 거라고 예상하고 있었다. 자신이 생각해도 그동안 기훈이 집안에 소홀하고 너무 영신이 가족만 신경 쓰면서 다녔던 것이다. 아무리 남자가 속이려고 해도 여자들의 육감이나 눈치는 그 이상이란 것을 들은 풍월로 알고 있었다.

규식이 침묵을 지키자 미경이 서운한 눈빛을 했다. 그 눈에서 금방이라도 눈물이 흐를 것 같았다.

"규식 씨, 정말 이럴 거예요? 그래도 한때 우리 세 사람 참 다정한 친구 사이였잖아요."

"직접 물어봐요. 기훈이한테……."

규식의 말에 미경이 기어이 눈물을 쏟고 말았다.

"안돼요, 난 못해요. 무슨 말이 나올지 무섭다고요. 왜? 어디다가 몰래 씨받이라도 해서 아이라도 낳아 키우고 있나요?"

규식은 차라리 그게 낫지 않을까 생각도 들었다. 아이를 갖지 못하는 미경이 더러 입양이라도 할까 하는 생각을 기훈에게 비치고 있다는 소리를 들었으니까. 사람은 확인하고 싶지 않은 사실은 입에 차마 올리지 못한다. 그런데 씨받이 소리 운운하는 것을 보니 이미 미경은 각오를 하고 있는 것도 같았다. 그런데 현실은 그게 아니다. 과연 어린 영신이를 별장에 머물게 하고 뒷바라지를 하는 기훈을 미경이 이해하고 받아들일 수 있을까.

어쨌든 규식은 이 자리를 모면하고 싶었다. 거짓말을 해서라도. 거짓말? 그렇게 생각하자 규식의 머릿속에 한 가지 꾀가 생각났다. 그도 어떻게든 영신은 보호하고 싶었다.

"…… 실은 설명이 좀 힘들지만 어떤 여자 하나를 돌봐주었어요. 알죠? 기훈이 가끔 어려운 사람 보면 돕는 거. 물론 이 경우는 미경 씨가 이해하기 좀 힘들겠지만."

"구체적으로 말해요. 규식 씨. 어떻게 했다는 거죠?"

"여자한테 술집을 내주었어요. 물론 그 일에 나도 가담을 했고……."

미경은 은근히 한숨 덜었다는 생각을 했다. 술집을 내주었다면 상대는 화류계 여자일 테니……. 자신이 이미 각오했던 씨받이 여자는 아니니까. 하지만 선뜻 이해가 가지 않았다. 술을 좀처럼 즐기지도 않는 기훈이 그런 여자와 교류하고 술집까지 내주었다는 것이. 물론 남자란 돈과 명성이 쌓이면 늘 딴 짓을 하는 존재라는 것도 받아들여야 했다. 어쨌든 실망이었다. 남편 기훈에게는 사랑이나 정이라는 감정보다 존경이라는 마음으로 대하고 있었으니까. 세상 모든 남편이 다 가정을 벗어나면 다른 여자를 취한다 해도 내 남편은 아닐 거라는 믿음을 그녀도 가지고 있었다.

"나 죽여줘요, 미경 씨."

미경이 눈물을 거두고 한시름 거둔 표정을 하자 규식은 얼른 이 사태를 모면하고 미경의 관심을 다른 데로 돌리기 위해 과장된 연기를 했다.

"알았어요. 그럼 그 술집이 어딘지 알려줘요."

(23)

기훈의 아내 미경은 규식에게 그냥 영순이를 보고만 오겠다는 약속을 하고 기어이 영순이 하는 술집을 찾아갔다. '다희'라고 쓰인 간판을 보고 미경은 그것이 영순의 가명일 거라 추측하고 피식 웃었다.

과연 어떤 여자일지 궁금한 그녀는 가슴이 뛰기까지 했다. 살면서 단 한 번도 여자 문제라고는 일으키지 않은 기훈이지만 술집까지 차려줄 정도의 여자라니 마냥 모른 척 하고 있을 수만은 없었다. 물론 영순을 찾아가서 폭언을 하거나 이성을 잃은 행동을 할 생각은 추호도 없다. 그냥 한 번은 봐야 직성이 풀릴 것 같은 오기 뿐. 그 정도의 오기도 없다면 거짓일 것이다.

목조 계단을 따라 지하로 내려가 문을 열자 카운터에 서있던 여자가 반색을 하다가 혼자 들어서는 미경을 보고 의아한 표정을 했다. 미경은 일부러 그 시선을 피하며 가게 안을 둘러보았다. 주방 쪽에서 아가씨 하나가 나오더니 미경을 자리로 안내하고 메뉴판을 내밀었다. 술을 마시러 온 것은 아니지만 손님으로 온 예의상 메뉴판을 보고 맥주 두 병과 마른안주를 시켰다. 군데군데 남자 손님들이 앉아있고 카운터에 서있던 여자가 그 사이를 걸어 다니면서 웃고 이야기하는 것을 보고 미경은 그녀가 영순이라고 짐작했다.

몸매가 그대로 드러나는 분홍색 니트 원피스를 입은 그녀는 예상대로 젊고 예뻐서 뭇 남자들을 현혹시킬 만도 했지만 결코 기훈이 좋아할 만한 타입은 아니었다. 뭐라 설명할 수는 없지만 같이 한 공간에 살면서 자연히 알게 되는 상대방의 취향이라고나 할까. 미경은 한숨을 휴 쉬었다. 안심이 되었다고 해야 하나. 자신에게조차 들키고 싶지 않았던 자존심. 그 자존심이 상처를 받지 않아도 된다는 생각 때문일 것이다.

규식의 말대로 기훈이 단골로 찾던 국밥집 자리가 철거가 되어 그 딱한 사정을 보고 순수하게 도와준다는 말을 믿어도 될 것 같아 미경은 안도감에 젖어 처음 생각과 달리 맥주를 한 잔 따라 마셨다. 차가운 맥주가 목젖을 타고 흐르자 긴장이 풀리고 마음은 더 편해졌다.

맥주를 시켜놓고 혼자 앉아있는 미경의 모습을 관찰하고 있던 영순은 같은 여자로서의 호기심과 술집 주인으로서의 어떤 의무감에 미경의 자리로 다가갔다.

가끔 혼자서 이렇게 맥주를 마시는 여자들이 있었는데, 아는 척 하고 말동무라도 해주면 매상도 올리고 단골이 되기도 했으니 일거양득이었다.

"혼자 오셨나 봐요?"

경계를 푼 미경이 영순에게 미소를 지었다. 그것은 가진 자가 베풀 수 있는 너그러운 여유였다. 그런데 영순은 술집에 있어본 경험 때문인지 미경을 보자 어떤 용건이 있어서 온 것 같은 느낌을 받았다. 예전에 지혜엄마가 찾아왔을 때도 그랬고 가끔 남편 뒷조사를 하고 찾아오는 여인들이 있었는데, 묘하게도 영순은 그녀들의 표정만 봐도 눈치를 채는 습성이 생기고 말았다. 하지만 아직 단정하긴 일렀다. 무엇보다 미경의 표정에는 어떤 악의도 없어보였다.

"네, 바쁘지 않으면 좀 앉아요. 심심하기도 한데……."

미경도 영순이를 좀 더 떠보기 위해 말을 붙였다.

"힘들지 않아요?"

"뭐 그럭저럭요. 이 바닥이 그렇죠, 뭐. 많이 버는 것 같지만 외상 손님도 있고 또 뜯어가려고 기웃대는 놈들도 있고요."

영순의 말투나 표정은 그저 흔하디흔한 술집 여자일 뿐 어떤 독특한 매력은 찾아볼 수 없었다. 미경은 이제 완전히 긴장을 풀고 말았다. 그런데도 그녀는 능력 있는 남자를 남편으로 둔 여자의 우월감에 젖어 순간적으로 하지 말아야할 질문을 하고 말았다.

"혹 영순 씨인가요?"

영순은 누군데 자기 본명을 아는지 경계의 눈빛을 보였다.

"장기훈 사장 알지요?"

"!"

순간 영순의 얼굴에서 웃음기가 사라졌다.

'역시나……'

영순이 속말을 했다. 순간적으로 수많은 생각이 그녀의 머릿속에 교차했다. 술집에 나갈 때, 남편의 뒷조사를 하고 찾아온 여자들은 행여나 영순에게 남편을 뺏길까 소심한 행동을 했다가 면박을 주면 상처를 받고 돌아갔다. 세상에 남편이 술집에 드나든다는 이유만으로 찾아가서 여자에게 따진다는 자체가 스스로의 자존심에 먹칠을 하는 일이었으니. 그러나 이번 경우는 달랐다.

영순은 어릴 때, 동네 여인들이 모여서 쑥덕대는 것을 옆에서 들은 일이 생각났다. 남편이 딴 여자와 바람이 나서 살림을 차렸는데, 그 여자가 더 잘해놓고 살아서 다 때려 부쉈다느니 실컷 때려주었다느니 하는 내용들이었다. 남편이 다른 여자에게 잘하는 꼴을 보고 아무렇지 않을 아내들은 없다. 아마 온 몸의 피가 역류할 것이다.

영순은 미경에게 절대 호락호락 하지 않은 여자란 것을 알리고 기선제압을 하기 위해 생각 없이 마구 말을 쏟아냈다.

"왜요? 댁의 남편이 이런 술집 하나 차려줬다고 설마 다 토해 놓으라고 온 거는 아니죠? 어림없어요. 술집에 잘 나가는 나를 국밥집에 들어앉힌 게 누군데……."

미경은 영순을 자극하지 않도록 조심스럽고 나직한 목소리로 대꾸했다.

"걱정 말아요. 그럴 생각은 없어요. 그 이가 어려운 사람 한두 번 도와준 것도 아니고 나도 그런 점 때문에 더 존경하고 사는 거예요."

이 말은 미경의 본심이고 진심이었다. 그녀는 재물에 큰 집착을 보이지 않았다. 오히려 아홉을 가진 사람이 없는 사람의 하나를 뺏어서 열을 채운다는 탐욕을 가지게 될까봐 늘 조심스런 마음이었다.

"그럼요. 그리고 뭐 장 사장님이 저보고 가게를 내준 건가요, 뭐. 순전히 우리 동생 생각해서 해준 것이지."

미경은 이건 또 무슨 소리인가 했다.

"동생이라뇨?"

"아, 별장에 머물고 있는 우리 영신이 말예요. 그건 모르고 오셨나 봐?"

미경은 가슴속에 커다란 돌 하나가 쿵 소리를 내며 떨어지는 것 같은 충격을 받았다.

영순은 결코 이 말을 실수로 내뱉은 것이 아니었다. 미경의 관심을 영신에게 돌리고도 싶었고 행여나 미경이 마음이 변해서 술집을 뺏기라도 할까봐 연막작전을 펴둔 것이다. 영신에게 미안하기는 했지만 그녀의 오랜 꿈이던 술집 마담의 꿈을 여기서 포기할 수는 없었다.

미경은 어디서부터 다시 생각해야 할지 막막해졌고 갑자기 술이 오르는지 머리가 핑 돌았다. 문득 언젠가 비가 많이 오던 날 기훈이 외박을 했던 일도 떠올랐다. 그날 기훈은 규식과 같이 있다고 했지만 결국 규식도 영신이란 여자의 이야기는 쏙 빼고 영순의 술집 이야기만 한 것을 보면 믿음이 가지 않았다.

'설마? 아닐 거야.'

남자는 사랑보다 우정을 중요시한다고 했던가. 처녀 시절 셋이 어울릴 때도 가끔 기훈과 규식은 자신을 따돌리고 둘이만 어울리는 느낌을 주곤 했다. 미경은 영순 앞에서 자존심이 상해 견딜 수가 없었다. 부부는 일심동체이며 믿음이 우선이 되어야 한다는데, 남편에게 속고 사는 여자로 보였다니. 미경은 애써 아무렇지 않은 표정을 보이며 자리에서 일어났다. 영순의 말만 듣고는 속단하기 이르고 기훈에게 직접 물어봐야겠다고 생각했다.

그런데 운명의 신이 심술을 부렸는지 하필이면 그날 장기훈 사장은 영신이에게 오랜만에 식구들을 보여주려고 가게 안으로 들어서던 참이었다. 장 사장도 미경도 뜻밖의 자리에서 마주친 현실이 이해가 되지 않아 잠시 멍하니 서로를 바라보았다. 남편 옆에 서있는 영신을 보자 미경은 이제 더 생각할 필요도 없었다. 당해보지 않은 사람은 그런 광경을 보고 어떤 심경인지 이해를 못하리라.

아무리 자존심이 강하다고 해도 그 자리에서 기훈의 얼굴을 후려치지 않는다는 것은 엄청난 자제력이 필요한 일이었다. 미경은 무표정하게 기훈을 스쳐 밖으로 나가버렸다. 그 뒤를 곧바로 기훈이 따라갔다. 아무도 예상하지 못한 묘한 상황에 영순이 잠시 기가 질린 표정으로 서 있다가 영신이를 타박했다.

"에이, 재수 없어. 오늘 장사 옴 붙었네. 넌 하필 이럴 때 나타나는 거니?"

영문을 모르는 영신은 어찌할 바를 몰랐다.

"참나, 이게 무슨 일이람. 뭐가 이렇게 꼬이는 거야. 그나저나 넌 신수가 아주 훤하구나. 잘 먹고 잘 쉬어서. 난 네가 하던 국밥집 하다가 골

병드는 줄 알았다. 겨우 코딱지만 한 가게 하나 얻어서 이제 좀 살만하다 싶었더니 이게 웬 날벼락이야? 아무래도 장 사장 부부 오늘 무슨 사단이 날 거 같은데."

"좀 전에 나간 여자 분이 오빠 부인이야?"

영신이 눈을 동그랗게 뜨고 묻자 영순은 한심하다는 듯이 혀를 찼다.

"오빠? 오빠 좋아하네. 넌 도대체가 순진한 거니, 멍청한 거니? 만날 처박혀 공부하면 뭐해. 세상 물정은 하나도 모르는 것이. 암튼 항상 네가 문제야."

영신은 더 이상 언니와 말을 섞고 싶지 않아 외면해버렸다.

"엄만, 어디 계셔?"

"주방에……."

"주방에 계신다고?"

"그래, 주방 뒤쪽에 널찍한 방도 있고……. 쉬시라고 해도 답답하다고 말을 안 들으신다. 근데 기척이 없네? 주무시나?"

영신이 주방 쪽으로 가려하자 영순이 손을 잡아 자리에 주저앉혔다.

"얘, 아무래도 장 사장 부인이 가만있을 것 같지 않아. 어떤 여자가 남편이 별장에 여자를 모셔두고 돌봐주는데 가만있겠니? 나라도 피가 거꾸로 돌겠다. 네가 별장에서 나오는 것이 좋을 것 같아. 지금 말하는 건데, 공부는 무슨 공부니? 그러지 말고 여기서 내 일이나 좀 도와라. 장사가 제법 잘돼서 일손이 딸려. 아가씨 둬도 농땡이나 까고……. 네가 나오면 남자 손님들이 더 많아질 것 같은데……."

영신이 화들짝 놀랐다. 그녀는 술을 마시는 남자들이 싫었다. 술 냄새를 맡으면 영락없이 형기의 그 징그러운 몸짓이 떠올랐다. 그런데 술집에서 일을 하라니.

"나보고 여기서 일하라고?"

"그래, 뭘 그렇게 질겁을 하니? 여기 그렇게 나쁜 데 아냐. 그냥 술만 날라주면 돼. 넌 이제 갈 데도 없잖아. 별장으로 돌아갈 생각은 애시당초 꿈도 꾸지 마. 장 사장 입장도 좀 생각해줘야지."

영신도 언니의 말이 틀리다고 생각은 하지 않았다. 아니 이런 일이 없었다고 하더라도 진즉에 별장을 나오고 싶었다. 국밥집이 철거된다고 영순에게 술집까지 차려주었다는 기훈의 말을 듣고 너무 폐를 끼친다고 생각하던 참이었으니까.

"별장으로 돌아가진 않을 거야, 언니. 하지만 여기서 일하는 것도 싫어."

"참, 넌 이기적이구나. 그래, 고상하게 공부를 하시겠다? 난 술집이나 하고?"

"언니가 원한 길이었잖아. 언니도 이 장사가 싫으면 다른 가게를 해."

"웃기지 마. 내가 서울 와서 얼마나 힘이 들었는지 알아? 난 정말 가난이 지긋지긋해. 그리고 집안의 가장이 되어 동생들 뒷바라지 한다는 그 허울 좋은 명목도 싫고. 내가 왜? 그럼 내 인생은 뭔데? 평생 공장이나 다니다가 공돌이나 만나서 결혼하는 거? 난 그렇게 남에게 잘 보이고 착하다는 소리나 듣는 위선적인 삶 싫었어."

언니의 울분에 찬 소리를 듣자 영신은 가슴이 아파왔다. 그래, 모두 다 그 가난 때문이지. 영신은 혼잣말처럼 중얼거렸다.

"이제 돌봐야할 동생들도 없잖아……."

"그래, 모두 다 팔자소관이야. 경식이가 그렇게 된 것도, 명식이가 어디로 갔는지 찾을 수 없는 것도……."

영순이 미경이 마시다만 맥주를 따라 마시면서 푸념처럼 말했다.

"난 사실 네가 계속 장 사장 도움 받으면서 살기를 바랬는데……."

"자꾸 그렇게 이야기 하지 마, 언니. 난 추호도 그럴 생각 없으니까. 그리고 기훈오빠는 엄연히 가정을 가진 남자잖아."

"얘 좀 봐? 누가 그걸 몰라? 성인군자 나셨구나. 세상은 그렇게 꼭 도덕교과서처럼 사는 게 아니다, 얘. 너 돈 좀 있는 남자들이 다 뒤에 여자들 한두 명은 숨겨놓고 사는 거 모르지? 너 글 쓰려면 세상 공부 한참 해야겠다."

"……?"

"네가 아무래도 그 군바리 새끼 믿고 그러는 모양인데, 꿈 깨라. 그런 애송이 녀석이 감상에 젖어서 떠드는 소리에 혹하지 말고. 그 나이엔 다 그래, 세상에 불쌍한 여자들 지가 다 구원할 것처럼. 대학생들이 왜 하라는 공부는 않고 데모질인 줄 알아? 그냥 젊은 피가 끓어서 지랄하는 거란다. 짜식들, 공장에서 잠도 못자고 미싱을 돌리고 실밥을 따봐야 정신들을 차리지. 넌 그 놈이 글에 재능이 있다 어쩐다 하면서 공부하라고 추켜 세워주니 기고만장하는 것 같은데, 그래, 소설 써서 뭘 어쩌려고? 소설은 무슨 개뿔, 다 사기꾼들 하는 수작이지. 가만히 앉아서 어쩌고저쩌고 주절주절 주접떠는 것들. 괜히 겉멋 들어가지고서는. 소설은 무슨 개나발이야. 그냥 코피 터지게 힘들게 사는 그 자체가 소설이다.

쓰긴 뭘 써."

"언니가 용하오빠를 어떻게 알아?"

"주절주절 뭐라고 써서 보냈드라. 애시당초 글러먹은 것 같아서 내가 찢어버렸어."

"대체 왜 그런 짓을……. 그러는 언닌 전에 집에 드나들던 그 남자가 어떤 놈인지 알기나 해?"

영신은 또다시 형기에게 당한 일이 떠오르면서 몸이 부들부들 떨렸다.

"참견 마. 네가 그 남자를 어떻게 알아? 아, 골치 아파. 그래, 넌 네 갈 길을 가고 나는 내 갈 길을 가야지. 넌 공부해서 고상하게 살고 난 술집에서 남자들한테 술이나 따르면서 살면 되는 거야. 너 여기 있으라는 말은 괜히 한 거야. 네가 여기 있는 한 장 사장 부인이 또 언제 와서 그 불똥이 나에게 튈지 모르니까 어디든 가서 공장에 다니든 식당에 취직을 하든 마음대로 해. 엄만 내가 모실 테니까, 걱정 말고."

영신은 눈물을 흘리면서 속말을 했다.

'언니라고 생각하고 싶지도 않아……. 원수 같아…….'

영신이 주방 뒤쪽의 방으로 가자 잠에서 금방 깬 듯 어머니가 넋을 놓고 앉아 있었다. 영신이가 나타나도 금방 아는 척을 하지 않고 멍하게 바라보기만 했다.

"엄마, 왜 그래?"

정신을 차린 어머니가 그제야 한숨을 몰아쉬었다.

"휴, 꿈에 명식이가 나왔구나. 금방 여기 서있는 것 같았는데……. 아이고, 그나저나 우리 영신이 오랜만이네. 우리 딸 정말 예뻐졌구나."

어머니가 영신을 덥석 안았다. 반갑게 맞이하는 어머니를 보자 영신은 좀 전에 속상했던 감정이 사그라졌다.

"엄마, 답답하지 않아? 여기 있는 거?"

"답답하긴. TV 보면서 그냥 이렇게 편히 있는 거지. 네 언니가 주방 쪽에는 얼씬도 못하게 한다."

왜 답답하지 않을까. 말동무도 없이 지낼 어머니가 딱해서 영신은 그냥 이곳에 머물까 생각도 했다. 하지만 이미 그녀는 결심을 굳혔다.

"엄마, 이사 오면서 국밥집에 있던 궤짝 가져왔지?"

"그럼, 네 언니가 그까짓 거 버리라고 성화였는데…… 영신이 네 물건들이 거기 들어있는 것 같아서. 왜 거기 무슨 중요한 것 있냐?"

영신이 고개를 저었다.

어머니 옆에서 밤새 잠을 못 이루던 영신은 새벽에 일어나 궤짝을 열고 오래 전에 용하가 준 대학노트와 국밥집을 하면서 모아둔 돈, 그리고 할머니가 주신 엽전주머니를 챙겼다.

'미안해, 엄마. 같이 가고 싶지만…… 그럼 엄마가 더 고생할 거 같으니까…… 금방 올게.'

잠든 어머니를 보니 왜 지혜네 집 부엌 뒷방에 있던 할머니가 생각나는 걸까.

'그렇게 혼자 외롭게 돌아가시게는 절대 하지 않을게, 엄마…….'

서서히 날이 밝아오는 거리에 한 발을 내딛은 영신은 뒤를 돌아보았다. '다희'라는 술집 간판이 눈에 들어왔다.

이름을 바꾸면 삶도 바뀌는 걸까. 언니가 꿈꾸는 다희의 삶은 무엇일까. 영신은 자신 앞에 펼쳐질 막연한 삶에 두려움을 느꼈지만 더 이상 망설이지 않고 버스 정류장을 향해 발길을 옮겼다.

(24)

영신이 가족을 떠나온 지 3년이 흘렀다. 그동안 그녀는 주로 식당에서 일을 했다. 가진 재주가 그것뿐이랄까. 하지만 식당 일은 너무 고되고 혼자만의 시간을 낼 수 없었다. 공부를 하고 책을 읽고 일기를 쓰는 그런 삶에서 벗어난 생활은 영신에게 종종 좌절을 안겨주었다. 그러다가 일 년 전쯤에 지금 근무하는 영동의 한 호텔로 오게 되었다.

호텔이라고 하지만 5층 정도 건물의 아주 소규모의 숙박업소였다. 식당에서 같이 일하던 주방아주머니 한 분이 이곳으로 옮겨오면서 같이 오게 된 것이다. 다행히 이곳에서 영신은 객실 청소를 하기만 하면 제법 자유스럽게 시간을 가질 수 있었다. 식당에 근무할 때는 하루 일이 끝나도 일하는 사람들이 한 방에서 자는 바람에 따로 불을 켜고 공부를 하거나 책을 볼 수 없었지만 이곳은 오히려 밤이면 더 불을 환히 밝히는 공간이라 잠을 자는 시간만 줄인다면 책을 보거나 뭔가 쓰는 일에 몰두하는 것이 가능했다. 같이 근무를 하는 사람들도 영신이 읽고 쓰는 것을 좋아하는 것을 알고 그녀가 혼자 있는 시간을 방해하지 않는 것은 참 복 받은 일이었다.

이 호텔에는 나이가 제법 지긋한 매니저 한 사람과 교환실에 교대로 근무를 하는 아가씨 두 명, 룸서비스를 담당하는 청년이 두 명, 프론트를 보는 아가씨가 한 명, 주방에 아주머니가 두 분 그리고 영신이와 같이 객실을 치우는 아주머니 한 분이 있었다. 모두 지방에서 올라온 사람들이라 호텔에서 숙식을 같이 하기 때문인지 가족적인 분위기였고 영신은 낯선 사람들과 별 마찰 없이 일 년을 보냈다.

그녀는 가끔 호텔의 옥상에 혼자 앉아 생각에 잠기는 일이 많았다. 바쁠 때는 아무 생각도 할 수 없었지만 혼자 있을 때, 가족들과 떠나온 사람들에 대한 그리움에 외로운 생각이 들어 견딜 수가 없었다. 늘 웃음이 많고 낙천적인 성격의 언니, 밤마다 명식이가 나타나는 꿈에 시달리는 어머니, 목발을 짚고 살아야 하는 불쌍한 오빠, 아버지 같은 기훈오빠, 그리고 보고 싶지만 이제 일기장에 활자로만 존재하는 용하오빠. 그들은 지금 모두 어떻게 살고 있을까. 당장이라도 달려가고 싶지만 지금은 때가 아니라는 생각이 들었다.

마음이 외롭고 힘들 때마다 영신이 읊는 시는 푸시킨의 '삶'이란 시였다. '생활이 그대를 속일지라도 슬퍼하거나 노여워 말라……' 그렇게 시작되는 시. 그 시처럼 미래에 반드시 기쁘고 행복한 날이 온다는 믿음과 희망이 없다면 힘든 현실을 어떻게 이겨낼 수 있을 것인가. 마음이 약해질 때면 영신은 이 시를 생각하면서 자신을 부축했다.

힘든 시간은 잠깐이다. 기차가 경적을 울리고 지나가는 짧은 순간. 기차는 황량한 들판을 지나고 벌판을 지나 목적지에 반드시 도착한다.

가끔은 어둠에 잠긴 터널도 지난다. 그래도 터널은 반드시 끝난다. 모든 고통의 뒤에는 반드시 행복한 결말이 찾아와야 한다. 그렇지 않으면 삶은 아무 의미가 없는 것이다.

비번인 날, 영신은 늘 옥상을 찾았다. 화분에는 그녀가 씨를 뿌린 분꽃이 여름 내내 하나둘 피어나곤 했다. 밤이면 싱싱하게 피어나는 분꽃들을 보며 영신은 마치 그 모습이 자신 같다고 생각했다. 그녀도 밤이 되면 싱싱해지고 힘이 났다. 몸은 힘들지만 모두 잠든 밤에 공책을 펼쳐 놓고 뭔가 쓰고 있다 보면 미래에 어떤 행복한 일이 기다리고 있는 것처럼 가슴이 설레고 벅찼으니까. 게다가 요즘은 공책이 아닌 원고지에 글을 쓰고 있지 않은가.

가을이 시작될 무렵 화분 어느 뒤편에선가 귀뚜라미 소리가 들렸다. 여름날 울어대는 매미소리가 처절하다면 귀뚜라미 소리는 어딘가 애잔하고 처량했다. 지혜의 집에 있을 때, 연탄광에서 연탄을 꺼내면 튀어 오르던 귀뚜라미들. 연탄광만 생각하면 영신의 기억은 어김없이 연탄광 뒤의 창고에 머물렀다. 손수건만 한 창에서 흘러들어오는 빛 아래에서 책을 읽던 시간. 그리고 거기에서 잠시 시간을 같이 했던 용하오빠. 왜 그를 생각하면 가슴이 저려오며 기쁨보다는 슬픔에 빠지게 되는 것일까. 가슴이 욱신거리면 영신은 손으로 가만히 그곳을 누르며 의문에 잠겼다. 생각하는 것, 마음은 그 형체가 없는 것인데, 이렇게 구체적으로 통증이 일어난다는 것이 신비했다.

"누구게?"

누군가 영신의 눈을 가렸다. 교환실의 미스 황은 비번인 날, 문득 이렇게 나타나서 장난을 쳤다. 영신이 두 손을 어루만지면서 능청스럽게 대꾸했다.

"왜 이제 오셨어요? 얼마나 기다렸는데……."

용하를 생각하고 있어서 그런지 몰라도 정말 그가 이렇게 갑자기 나타나주었으면 좋겠다는 상상도 했다.

"쳇! 미스 윤이 기다리던 그리운 님이 아니라서 실망했지? 다 알아, 여기서 무슨 생각에 빠져있는지."

미스 황이 객실에 나가는 오징어 한 마리를 가져와서 질겅질겅 씹으며 영신에게 다리 한쪽을 내밀었다.

"방은 다 팔렸어?"

"그럼…… 언제 방 빈 적 있어?"

갑자기 미스 황이 온 몸을 흔들면서 웃었다.

"좀 전에 일부러 귀를 기울이면서 객실을 지나왔는데, 정말 난리도 아냐……. 여자가 아주 죽는 소리를 하는데……."

남자를 사귀면서 이미 경험이 있는 미스 황이 남녀관계 대해 노골적인 이야기를 펼쳐놓으면 영신은 사랑하는 남자를 그리워하는 마음과 구체적으로 몸과 몸을 나누는 행위에 대해 일치가 되지 않는 느낌을 가졌다. 용하를 사랑하고 그리워하는 마음이 추상적이고 모호하다면 언니와 형기라는 남자가 껴안고 뒹굴던 그 장면은 사실적이면서도 거부감을 주었다. 게다가 영신에게 첫 경험은 폭력 이상의 아무 의미가 없었으므로.

"……."

영신이 아무 대꾸를 않자 미스 황은 화제를 다른 데로 돌렸다. 영신이 이런 이야기를 하면 어두운 표정을 하는 것을 보고 아직 경험이 없는 처녀의 부끄러움쯤으로 해석을 해버렸다.

"아, 나 기분 안 좋아……. 생리 하려나봐. 미래의 소설가, 윤영신 씨, 이야기 하나 해줘요!~"

미스 황이 곯리는 말투로 영신의 한쪽 팔에 자신의 팔을 두르면서 아양을 떨었다.

"무슨 이야기? 인어공주? 신데렐라? 백설공주? 아니면 견우와 직녀?"

"참내, 내가 무슨 애들인 줄 알아? 너 순간순간 잘 꾸며내서 하는 이야기 있잖아. 왜 저번에 일주일 동안 혼자 묵던 여자 있잖아. 그 여자에게 무슨 사연이 있나 모두 궁금해 할 때, 네가 상상으로 꾸며서 이야기 한 것 듣고 모두 재밌어했잖아."

한참 생각하던 영신이 입을 열었다.

"옛날에…… 옛날에…… 아니 아주 오래 전에 한 음악가가 있었어. 그에게는 사랑하는 여인이 있었는데, 그녀를 위해서 연주를 할 때, 그는 너무나 행복했어. 그는 오로지 그녀를 위해서만 연주했어. 그런데 어느 날 사랑하는 여인이 떠나갔어."

"왜?"

"글쎄, 왜일까?"

"별루 사랑하지 않았구나. 그 음악가가 돈을 못 벌었던가……."

"에구, 미스 황은 눈치도 빨라. 맞아, 음악가는 여인이 원하는 만큼 돈을 벌지 못했어."

"후후, 뻔한 거 아냐. 남자가 돈 없으면 여자가 떠나가는 거."

"암튼 그는 삶에 대한 모든 욕구가 사라졌어. 자신의 존재의미를 느끼지 못하게 된 거지. 음악가는 좌절에 빠져 매일 숲을 찾았어. 숲에는 수많은 나무가 있었는데, 그는 유독 한 나무에 마음이 끌려서 그 나무에 등을 기대고 쉬다오곤 했어."

"왜 하필 그 나무일까?"

"글쎄…… 사람도 그렇지 않아? 수많은 사람 중에 유독 한 사람에게 끌리는 그런 일……."

"그래, 듣고 보니 네 말이 맞다, 다음은?"

"나무도 음악가를 기다리게 됐어. 그러나 그가 오면 행복하기도 했지만 한편으로 고통스러웠어. 음악가가 너무 슬퍼해서……. 음악가는 자신의 바이올린 연주를 많은 사람이 좋아하고 돈도 벌면 떠나간 여인이 돌아올 거라고 믿었어. 하지만 자신이 바이올린 연주를 하면 사람들이 얼굴을 찌푸리는 거야. 커다란 무대는 고사하고 공원에서 동전 그릇을 앞에 놓고 연주를 해도 아무도 귀를 기울이지 않았지……. 어느 날 나무가 음악가에게 말했어. 자신을 베어서 바이올린을 만들고 연주를 하라고……."

"나무가 무슨 이야기를 해?"

"그러니까 이야기지. 하지 말까?"

"아냐, 아냐. 궁금하다, 얼른 해봐."

"음악가는 나무를 베어서 바이올린을 만든다는 것이 좀 미안했지만 결국 나무를 베고 말았어. 그리고 나무로 만든 바이올린으로 연주를 하자 이상한 일이 벌어진 거야. 사람들이 그 연주를 듣기 위해 몰려들었고 그는 세계적인 음악가가 되었어. 돈도 많이 벌었고, 떠나갔던 여인도 돌아왔어."

"그 여자 참 못됐다, 얘. 그런 여자 뭐가 좋다는 걸까, 음악가는?"

"후후, 그런 게 사랑일지도 모르지. 음악가가 그 여인을 사랑하는 데에는 아무 조건이 없었으니까. 오직 곁에만 머물러준다면……. 음악가는 여인과 사랑에 빠져서 연주하는 것을 게을리 했어. 바이올린은 광에 처박아두고 놀러 다니기 바빴지. 그러다가 돈이 다 떨어져버리자 다시 연주를 하려했지만 바이올린이 어디로 갔는지 행방을 찾을 수 없었어. 가난이 싫었던 여인도 떠나갔고. 그는 또 거리의 부랑자가 되고 말았어. 그를 따르던 사람들도 모두 떠나갔지……. 갈 데가 없어진 그는 문득 생각이 나서 그 숲을 다시 찾았어. 자신이 힘들 때, 위로해주던 그 나무를. 하지만 나무가 있을 턱이 있나. 그는 사람들이 왜 그렇게 자신의 연주를 사랑하고 감동했는지 그제서야 깨달았어. 그건 자신의 연주가 아니라 나무의 영혼이 내는 목소리였으니까……. 그런데 그 바이올린을 잃어버리다니……. 한참을 슬프게 울던 그는 나무가 사라진 자리에 있는 등걸을 발견했어. 자신을 오래오래 기다리고 있는 그 등걸을……. 그 후로 그는 절대로 그 자리를 떠나지 않았어. 등걸에 앉아 비로소 긴 휴식에 들 수 있었으니까……."

"쳇, 난 슬픈 이야기 질색인데…… 너무 슬프다, 영신아. 근데 어디선가 들어본 이야기 같기도 하고……."

미스 황의 말에 영신이 조금은 난감한 표정을 지었다.

"그래, 나도 항상 그게 문제야. 내가 지어냈다고 생각하지만 결국 그 이야기는 언젠가 내가 읽은 책, 혹은 본 드라마나 영화가 머릿속에 박혀 있다가 짜깁기가 돼서 나오는 것 같기도 해서……. 정말 참신한 나만의 이야기를 쓰고 싶은데…… 그게 힘들거든. 생각해보면 하늘 아래 그 어떤 이야기도 순수하게 자신이 만들어낸 이야기는 없는 것 같아."

"아휴, 어려운 이야기. 난 무슨 소린 줄 모르겠어. 근데 요즘 열심히 쓰고 있는 소설은 언제 끝나? 끝나면 응모할 거야?"

"응, 거의 마무리 단계야. 마치면 우리 한 잔 하자. 당선이 되든 안 되든……."

"좋아, 오징어 훔쳐오는 것은 나한테 맡겨~!"

(25)

"아, 좋은 아침!~"

규식이 욕실에서 샤워를 하고 나오다가 거실 소파에 앉아 있는 기훈을 보면서 밝은 목소리로 말했다. 머리에 묻은 물기를 수건으로 닦으면서 규식이 주방으로 들어가며 물었다.

"커피?"

"좋지. 난 다방 커피 줘."

규식이 쟁반에 커피를 담아 내오면서 말했다.

"설탕과 프림 많이 들어간 커피 마시면 몸에 안 좋다던데……."

"마누라 없으니까 네가 마누라 행세냐?"

기훈은 규식이 타온 커피를 한 모금 마시더니 그 맛을 음미하듯 눈을 잠시 감았다 뜨면서 말했다.

"옛날에 말이다. 새벽에 힘들게 연탄 배달하고 나서 이 다방 커피 한 잔 마시면 피로가 확 풀리더라. 참 이상하지? 음식을 먹으면 그때 그 시절로 돌아간 것 같은 기분이 드니……."

신문을 뒤적이던 규식이 말했다.

"영신이가 만들어주던 국밥은 안 그립냐?"

기훈이 잠시 생각에 잠겼다.

"그립지. 추운 날 뜨끈한 국밥 국물에 소주 한 잔 마시면 그냥 피로가 확 풀리는 것 같았는데……."

"국밥만 그립고 영신이는 안 궁금해?"

"궁금하지……. 잘 살고 있는지……."

계속 신문에 눈을 두고 있던 규식이 말했다.

"호오, 이거 봐라, 여기 흥미로운 기사가 실렸는데. 문화란 한 면을 다 차지했네."

"……?"

"대학을 나온 것도 아니고 정식으로 문학 수업을 받은 것도 아닌 20대 초반의 한 여자가 여성지 장편소설 공모에 당선됐어."

"글을 꼭 정식 수업을 받아야만 쓰는 것은 아니지. 난 어릴 때, 할아버지가 까막눈 간신히 떼고 써놓은 일기 비슷한 것에 감동을 받았는데."

"들어봐라, 돈 없어서 대학 못가는 문학도들에게 희망을 주는……."

규식은 자신이 읽고 자신이 대답하면서 신문기사를 읽었다.

"문학 수업은 어떻게 했나요? 주로 일기를 썼어요. 틈틈이 책도 읽었죠."

규식의 신문 기사 낭독에 관심이 없는 기훈은 머릿속으로 영신이만 생각하고 있었다. 어디 가서 잘 살고 있는지……. 강하고 소신이 뚜렷한 영신이지만 아는 사람 하나 없는 곳에 가서 어떻게 생활하고 있는 것일까. 이런 기훈의 심중은 안중에도 없이 규식이 계속 신문을 읽었다.

"제목도 특이해. 할머니의 엽전? 어느 날 우연히 할머니로부터 엽전이 든 주머니를 얻게 된 여자가 그 주머니를 지니면 돈이 들어온다는 말에 돈을 지녀온 사람들의 삶을 추적하는 거야. 그들의 삶을 환상적인 기법으로 엮어가는 것이 또 기발하지."

"이리 내봐."

기훈이 신문을 뺏으려고 하자 규식이 그 손짓을 뿌리치면서 계속 기사를 읽었다.

"늘 글을 쓰고 싶었다는데, 행복했나요? 행복했죠. 하지만 소설을 쓸 때는 고통스러웠어요 책임감도 느꼈고. 일기는 그냥 혼잣소리지만 세상에 내놓는 소설은 읽는 사람이 있으니 그 영향력도 무시할 수 없고……."

규식이 계속 싱글벙글하면서 신문기사를 읽자 순간 뭔가 눈치를 챈 듯 기훈이 신문을 낚아챘다.

신문에 난 사진에 눈이 머문 기훈이 말했다.

"영신이잖아."

"그래 언뜻 보면 예전 모습과 많이 달라져서 못 알아보겠지만 영신이 맞다."

기훈은 만면에 웃음을 띠고 신문에서 눈을 떼지 못했다.

"내가 뭐랬냐. 영신이는 혼자 잘 살아갈 거라고 했지?"

"그래도 너무 뜻밖인걸. 누구나 노력을 한다고 다 꿈을 이룰 수는 없는 법인데. 우리 영신이 정말 대단해."

그렇게 말하는 기훈의 등을 규식이 손으로 탁 치면서 말했다.

"사랑의 힘이야."

"사랑?"

"그래, 여자는…… 아니 남자도 사랑하는 사람이 원하는 일을 할 때, 가장 행복하지. 미경 씨도 그래서 떠난 거 아냐. 네가 자신의 그림을 사랑한다는 것을 알고……. 넌 한때 화가가 부르주아의 꿈이라고 무시했지만."

규식의 말에 기훈이 그런가 하고 멍한 표정을 지었다.

규식이 기훈의 등을 쳤다.

"야, 저녁에 한 잔 해야지. 영순 씨에게도 소식을 알려주고……. 아니, 지금 가자. 오늘 같은 날은 낮술도 맛있겠다."

샤워을 하면서 이미 면도를 마친 규식이 매끄러운 턱을 만지면서 흥이 나서 떠들자 기훈은 자신의 껄끄러운 턱을 만지면서 조금은 억울한 심정이 되었다. 요즘 들어 규식은 영순이에게 푹 빠져있는 것이다.

"참 알 수 없는 게 남자와 여자 사이야. 네가 영순 씨랑 그렇게 될 줄 꿈에도 몰랐다. 대체 누가 먼저 옆구리 찌른 거냐?"

규식이 조금은 쑥스러운 표정을 지었다.

"내가 하고 싶은 소리올시다. 나도 모르겠다. 그냥 드나들다 보니 정이 든 거라고 할까. 천방지축 철없이 떠들고 아양 떠는 모습이 어느 날부터 눈에 아른거리더라."

"솔직히 말해, 어디까지 갔는데?"

이런 기훈의 짓궂은 질문에 규식이 음흉스럽게 웃었다.

"영순이가 나를 가만 두었겠냐? 근데 영신이 못지않게 영순이도 이야기 솜씨가 있나봐. 하루 종일 있었던 이야기를 얼마나 재밌게 하는지……. 그 이야기 듣다보면 어느 땐 절로 웃게 돼."

"영신이도 그렇게 좀 밝았으면 좋겠는데……."

기훈이 푸념처럼 내뱉었다. 솔직히 요즘 영순이와 사랑에 빠져버린 친구 규식이에게 질투의 감정도 느끼고 있었다.

"거참, 여자들 없으면 우리 남자들 재미없어서 어떻게 살았을까?"

"후후…… 꽃은 없고 나비들만 득실대는 세상?"

"야, 꽃이 없는데, 나비가 있겠냐? 나비도 없지."

"그렇네? 그럼 뭐 세상 자체가 존재할 수 없는 거지. 참 조물주가 대단해. 어떻게 그렇게 남자 여자를 오묘하게 만들어 놓았는지……."

"그 놈은 안 나타나는 거 맞지?"

갑자기 기훈이 심각한 표정으로 물었다. 형기를 말하는 거였다.

"그럼, 나타나면 내가 가만 두겠냐. 이번에는 내가 가만 안두지. 그냥 안 보내고 반드시 짤라 버린다. 아니, 죽여 버리지."

규식의 말에 기훈이 두 손으로 얼굴을 쓸어내렸다. 자신도 남자지만 대체 여자에게 폭력적으로 욕정을 푸는 남자는 뭐란 말인가. 같은 남자로서 참으로 부끄럽고 죽고 싶은 일이었다. 이제 영신이는 그 상처를 극복했겠지.

규식은 기훈의 표정이 싫었다. 좋은 날에 초를 치는 것 같았다.

"넌 딴 데 신경 쓰지 말고 미경 씨나 챙겨. 연락은 왔어?"

"응. 전시회 준비로 바쁜가봐."

"미경 씨가 크게 오해를 하지 않아서 다행이다. 그림 계속 한다고 외국으로 나가긴 했지만 그게 마치 이별을 통보하는 건 줄 알고 내심 크게 걱정했는데……. 앞으로 더 잘하고 잘 풀어가. 너무 오래 떨어져 있으면 남남이 된다."

다른 날보다 한껏 멋지게 차려입고 규식과 기훈이 영순의 가게를 찾자 영순의 얼굴에 화색이 돌았다. 그 모습에 그저 행복해진 규식이 큰 소리를 했다.

"영순 씨, 여기 아주 바삭바삭하게 튀긴 치킨하고 온 몸이 얼듯한 생맥주 부탁해요."

주방으로 가서 땀을 흘리면서 치킨을 튀기는 영순을 보면서 기훈이 규식에게 속삭였다.

"참 사랑의 힘은 대단해, 영순이가 저렇게 변하다니."

마침 나타난 영순이 끼어들었다.

"제 흉 봤지요?"

영순은 스스럼없이 규식의 옆에 앉으며 말했다.

"왜 이렇게 왔는지 알아요."

"어떻게 알아?"

"어떻게는요? 규식 씨가 하도 신문 열심히 보라고 해서 아침마다 빠짐없이 읽는데……. 그나저나 우리 영신이 대단하죠? 출판계약이 밀려든대요. 다음 작품을 탐내는 출판사도 있고……. 완전 대박이네?"

규식의 옆에 딱 붙어 앉은 영순은 행복해보였다.

기훈은 그 모습을 보면서 영신이도 앞으로 그렇게 좋은 남자를 만나 행복해졌으면 하고 바랐다. 영신이가 좋아한다는 그 청년이 생각났다.

기훈도 미경이 그리웠다. 같이 살면서 오로지 돈만 버느라고 신경을 못써준 것이 미안했다. 그러나 지금 생각하니 사랑하는 사람은 잠시 떨어져보기도 해야 한다. 지금 기훈은 미경이 그리웠다.

규식의 옆에서 열심히 치킨의 살을 발라주고 더러 무도 먹여주는 영순은 천상 여자였다. 그런 영순이 갑자기 훌쩍훌쩍 울기 시작했다.

"난 이렇게 좋은데…… 우리 영신이는 고생만 하고……. 내가 나빴어요. 그때 그 청년 편지 찢는 게 아니었는데……."

"사랑하는 사람끼리는 떨어져 있어도 떨어져 있는 게 아냐, 영순아."

규식이 영순을 위로해도 영순은 울음을 그치지 않았다.

"아니에요, 내가 그때 영신이에게 어디로 가버리라고 했단 말야…… 엉엉."

영순은 숫제 규식의 품에 안겨 통곡을 하기 시작했다.

분위기 전환을 위해 규식이 농담을 했다.

"아, 내 양복 다 젖네, 단벌신사 양복을……."

"몰라, 이 나쁜 놈."

영순의 이 말에 기훈도 규식도 웃음을 터트렸다.

자신보다 한참 나이 많은 규식에게 존대를 했다가 반말을 했다가 더러 욕도 하는 영순이가 두 남자의 눈에는 귀엽게만 보였다.

"이제 영신이는 글만 쓰게 내가 뒷바라지 해줄 거예요. 지금 호텔에서 근무한다는데, 얼마나 고생이 심하겠어요."

"어이구, 이제 언니 구실하려나, 우리 영순 씨가……."

규식이 영신이를 위로한답시고 농담을 하면서 물었다.

"그나저나 어머니는?"

"요즘은 더 심해졌어요. 맨날 눈만 뜨면 명식이만 찾아요. 영신이도 찾고……. 난 안중에도 없나봐."

"그럴 리가……. 부모 된 입장에선 눈에 보이는 자식보다 안 보이는 자식이 더 걱정스러우니 그러신 거지."

"저번에는 새벽에 명식이를 찾는다고 거리를 헤매고 계신 것을 간신히 찾았어요."

영순의 말에 규식과 기훈이 조용하게 의견을 나누었다. 규식은 영신을 가족들에게 돌아오는 것으로, 기훈은 그냥 잠시 영신을 혼자 두는 것으로. 솔직히 기훈은 영신을 다시 가족들에게 불러들이고 싶지 않았다. 물론 자신이 그러지 않아도 영신은 돌아올 것이지만.

(26)

영신이 근무하는 호텔의 옥상이 제법 시끄러웠다. 비번인 미스 황과 영신이 약속대로 맥주 한 잔을 하고 있는데, 제 흥에 겨운 미스 황이 목청을 높이는 것이다.

"미스 윤, 아니 소설가 윤영신 씨 축하해!~"

술이 오르는지 미스 황은 하던 소리를 반복했다.

"아, 아쉽다. 직원들 모두 다 모여서 파티를 해야 하는데……. 자리를 비울 수 없으니. 여긴 그게 안 좋단 말야."

"그러게……. 다음에 통닭이나 사서 돌릴까."

갑자기 미스 황이 훌쩍훌쩍 울기 시작했다.

"이제 여기 안 있을 거지? 유명인사가 되었으니……."

"무슨 소리야. 당장 갈 데도 없는데……."

괜한 소리가 아니라 영신은 정말 이곳을 떠나고 싶은 생각이 없었다.

"아냐, 넌 결국 떠나겠지. 우리하고는 수준이 달라. 솔직히 너 처음 봤을 때도 우리들하고는 다르다는 것 느꼈어. 비번인 날 다른 애들이 남자 만나러 가고 영화 보러 가고 할 때, 넌 늘 혼자서 책 읽고 글만 썼잖아. 그런 모습이 좀 싫기도 했지만 네가 너무 열심히 몰두하는 모습에 결국은 다들 좋아하게 됐잖아. 그나저나 너 가면 나 어떡해. 힘들 때, 너한테 오면 위로가 됐는데……."

영신이 미스 황을 껴안았다.

"엄마만 한 번 보고 돌아올 거야. 잘 계신지 궁금하기도 하고……. 당장 엄마랑 살고 싶지만, 아직 그렇게 여유가 안 돼. 한 일 년은 여기서 돈을 더 벌고 싶거든. 출판사에서 책을 낸다고 하지만 잘 팔릴지도 모르는 거고."

"아, 나 정말 궁금한 거 있다. 미스 윤이 말하던 그 할머니가 주셨다는 엽전 말야. 정말 돈을 불러들이는 힘이 있는 거 아닐까?"

"글쎄, 난 그렇게 생각하지 않아. 그건 그냥 할머니가 나한테 용기와 힘을 주기 위해 지어내신 이야기란 생각이 들거든. 그리고…… 내가 소설에서도 썼지만 돈이 꼭 좋다고만은 생각 안 해. 불행을 부르기도 하는 것 같아."

"왜? 우리 모두 집안이 지지리도 못살고 돈이 없어서 공부도 제대로 못하고 집을 떠나 이런 데 근무하고 있는 거 아냐."

영신이 고개를 끄덕이며 웃었다.

"미스 황 말이 맞아. 하지만 돈이 많다고 해서 꼭 행복하지는 않은 것 같아. 난 그런 말을 들을 때마다 사람들이 물질에 너무 현혹될까봐 하는 말인 줄 알았는데…… 곰곰 생각해보니 맞더라고. 신문 봐봐. 돈 엄청 많은 사람들이 무슨 일인지 목숨을 끊기도 하잖아."

"몰라. 난 죽어도 좋으니 돈이나 실컷 써보고 죽었음 좋겠다. 그런데 너 그 엽전 나중에 물려줄 거야?"

영신이 잠시 생각에 잠겼다가 대답했다.

"안 그래도 많이 생각했어. 근데 아무한테도 안 물려주기로 했어. 그거 지니고 괜한 욕심만 부리게 될지도 모르니까……."

"그러지 말고 나 줘라, 미스 윤. 응?"

미스 황이 영신의 품을 더듬는 척 간지럼을 태우자 영신이 참지 못하고 몸을 꼬며 웃음을 터뜨렸다.

"미스 윤, 누가 찾아왔어요. 로비로 가 봐요."

여느 날과 다름없이 영신이 손님이 나간 객실을 치우고 있는데, 룸서비스를 하는 미스터 박이 불렀다.

일층의 로비에 가니 하늘색 정장을 입은 영순이 앉아 있다가 벌떡 일어났다. 언니의 방문은 뜻밖이었다. 너무 오랜만에 만나서일까, 반갑다는 생각보다는 낯설다는 느낌이 들었다. 낯설기는 영순도 마찬가지였다. 자매는 멍하니 서로의 얼굴을 바라보기만 했다. 그러다가 영순이 먼저 영신의 손을 부여잡았다. 자신의 입장이 난처해질까 봐 떠나라고 했던 언니의 마지막 모습을 기억하는 영신은 그런 언니의 살가운 행동이 탐탁지는 않았으나 뿌리치지는 않았다.

"언니가 여길 어떻게……."

"얘가 무슨 소릴 해? 나 여기 있소 하고 신문에 떡하니 광고를 내놓고……. 네 기사 쓴 기자한테 전화해서 알아냈어."

"……."

"너도 참 매정하다. 어떻게 한 번도 연락을 하지 않았니? 식구들 보고 싶지도 않았어?"

어찌 안보고 싶었겠는가. 어느 날은 하루에도 몇 번씩 다 그만두고 그리운 사람들이 있는 곳으로 달려가고 싶은 적이 많았다. 하지만 그럴수록 영신의 마음 한편에는 오기가 생겼다. 초라한 모습이 아닌 달라진 모습으로 찾고 싶었던 것이다. 가장 큰 목표는 고향에 가서 자리 잡을 돈을 마련하는 것이었으니까.

"오빠는 어떻게 지내? 엄마는?"

"그래, 경식이는 장 사장님 회사에 잘 근무하고 있어. 술도 안마시고 착실하다드라. 얼마나 다행이니?"

"기훈오빠…… 아니 장 사장님도 잘 계셔?"

기훈을 생각하자 영신의 가슴 한편에 묵직한 통증이 일었다. 식당 일이나 호텔 일이 힘들 때마다 행복했던 별장 생활을 떠올리면서 주저앉은 적도 많았다. 그러나 자신에게 그토록 친절하고 무한한 애정을 베푼 기훈에게 보답을 하기 위해서라도 그녀는 힘을 내곤 했다.

"응, 장 사장님만 궁금하고 규식 씨는 안 궁금해?"

영신은 언뜻 규식 씨가 누구인가 생각을 하고 있었다.

"김 기사님 말야."

"아……."

영순이 영신의 표정을 살피면서 잠시 뜸을 들이더니 만면에 화색을 띠고 말했다.

"나…… 규식 씨하고 결혼할 거야."

"?"

이 뜻밖의 말에 영신이 눈을 동그랗게 뜨고 영순을 바라보았다.

"놀랄 줄 알았어. 나도 상상도 못했으니까. 난 한 남자만 바라보고 사는 거 정말 싫었거든. 근데 그렇지도 않더라. 그 사람이 나 지켜주고 구속을 하는 게 그렇게 행복할 수가 없어. 나이 차는 좀 있지만…… 그런 남자들이 더 잘해준대. 그리고 난 아버지 같은 남자가 좋아. 이해심도 많고 투정 부려도 다 받아주는 그런 사람……."

영순은 이제 영신이 아는 언니가 아니었다. 아무 말이나 하고 큰 소리로 웃고 이 남자 저 남자 이야기를 하는 그런 방탕함을 찾아볼 수가 없었다.

"잘됐어. 언니. 나이 차이 있으면 어때. 정말 언니를 아껴주고 사랑해주면 된 거지."

이런 언니가 영신은 너무나 좋아서 덥석 손을 잡았다. 하루살이처럼 그날의 즐거움과 행복에만 빠져 지낼 것 같은 언니가 이런 생각을 하다니.

영신은 얼핏 형기를 떠올리면서 이제야말로 진정으로 자신을 사랑해주는 남자를 만난 언니의 삶을 축복하는 심정이 되었다.

"가게 분위기도 규식 씨가 바꿔 주었어. 요즘은 치킨하고 생맥주만 판단다. 그래서 말인데……. 너 여기서 계속 근무할 것 아니잖아. 이제 고생 그만하고, 가게에 오면 내가 뒷바라지할게. 넌 글만 써. 너 하고 싶은 공부도 더 하고."

언니의 제안이 영신은 선뜻 내키지 않았다. 그동안 모은 돈과 소설 당선금으로 받은 돈을 합치면 어찌어찌 고향에 자리를 잡을 수는 있겠지만 그래도 앞일을 모르니 좀 더 여윳돈을 모으고 싶었다.

"미안해, 언니. 엄마 만나러 가긴 할 건데……. 그렇더라도 다른 데 방 얻어서 있고 싶어. 고향에 돌아갈 돈이 좀 더 모일 때까지……."

영순이 서운한 표정을 했다.

"그래, 네 대견한 뜻은 알겠어. 근데 지금 엄마가 많이 편찮으셔, 영신아. 매일 명식이만 찾고……. 아마 다른 자식들 모두 잘 살고 있는 모습을 보니 명식이가 더 생각나시는 것 같아. 엄마가 나는 별로 좋아하지 않으셨잖아. 네가 돌아가면 엄마도 좀 안정을 되찾을 것 같고."

"……."

영순이 애원하는 표정으로 영신의 손을 잡았다.

"알아, 네가 나랑 같이 있고 싶지 하지 않는 것. 나라도 그렇겠다. 내가 그동안 너에게 한 짓을 생각하면 정말……."

영순이 기어이 눈시울을 붉혔다.

"너 그 용하라는 청년 좋아하지? 영신아, 너도 좋은 사람 만나 행복하게 살아야지."

"아냐, 그건 그냥 철없는 감정이었어. 누구나 사춘기 때, 그런 감정 느끼잖아. 풋사랑 같은 거야."

영순이 영신의 눈을 빤히 바라보았다.

"거짓말, 네 눈에 쓰여 있는데. 지금도 보고 싶어서 금방이라도 달려가고 싶다고……."

언니의 말이 틀린 것은 아니다. 그러나 용하가 보고 싶고 그리울 때마다 영신은 이를 더 악물었다. 사랑하는 사람과 등등한 자격을 갖춰야 한다는 자체가 순수하지 못하겠지만 지혜의 말처럼 세상은 그런 것이다. 지혜의 비웃는 말이 귓가에 아른거릴 때마다 그녀는 귀를 막고 싶었다.

'아직은 멀었어.'

영신이 속말을 했다. 소설이 당선되고 책을 내고 소설가 소리를 듣는다고 해서 용하에게 가는 길이 열린 것은 아니다. 영신은 알고 싶었다.

용하의 진실한 마음을. 정말 자신을 사랑하는 것인지. 일기장에서 부르면 달려온다고? 영신은 지금 세상을 향해 그를 부르고 있지 않은가.

"너 《바람과 함께 사라지다》란 책 혹시 읽어봤어? 책 귀신이니까 읽어봤겠지."

영순이 갑자기 뜬금없는 소리를 했다. 영신이 고개를 끄덕였다.

"난 그거 영화로 봤단다. 정말 감동적이었어. 사실 처음에는 영화의 뜻을 잘 몰랐어. 근데 이제 알 것 같아. 난 레트와 스칼렛 그 두 사람이 참 안타깝드라. 정말 좋아하는데, 자신들도 그걸 몰랐던 거야. 자존심 싸움이나 하고. 나중에 레트가 떠나고 나서야 스칼렛이 알아차리지. 너도 용하 놓치지 마. 내 생각이 맞다면 그 청년도 너 반드시 기다리고 있을 거야."

"난 기다리는 남자 싫어, 언니. 그 사람이 오도록 만들 거야."

자신도 모르게 속마음을 이야기한 영신이 당황한 표정을 짓자 영순이 미소를 지었다.

영신과 영순이 이야기를 하는 도중에 매니저가 끼어들었다.

"미스 윤, 뭐하는 거야? 얼른 짐 싸지 않고……."

영신이 어리둥절해하자 매니저는 호통을 쳤다.

"일도 잘 못하고. 오늘부터 해고야."

짐짓 화난 표정을 하던 그는 더 이상 연극을 못하겠다는 듯 호탕하게 웃었다. 영순이 영신이를 만나기 전에 매니저에게 동생을 데리고 갈 수 있게 해달라고 부탁을 해놓은 것이다.

"이렇게 예쁜 언니도 있는데, 왜 여태 고아처럼 행세한 거야. 참 어떻게 보면 정말 지독해, 미스 윤."

영신이 여전히 꿀 먹은 벙어리처럼 침묵을 지키고 있자 매니저가 타이르듯이 말했다.

"사람은 떠날 때와 머물 때를 구분할 줄 알아야 하는 거야. 이제 여기 있지 말고 더 높은 곳으로 날아가야지."

어쩔 수 없이 영신은 짐을 싸야했다. 준비되지 않은 갑작스런 이별에 그동안 한솥밥을 먹던 호텔의 직원들이 서운해 했지만 다시 만날 날을 기약하는 것으로 마무리를 해야 했다.

호텔 밖에 나오자 차 앞에서 규식이 기다리고 있다가 영신을 잠시 안고 어깨를 토닥여주었다. 뒷좌석에 앉은 영신은 호텔 건물이 멀어지는 모습을 보며 만감이 교차했다.

흐르는 강물처럼 사람의 삶도 흐른다. 영신은 수없이 스쳐온 사람들을 생각했다. 앞으로 한 평생을 살면서 얼마나 더 많은 사람들을 만나고 헤어지게 될까. 평생 헤어지지 않고 곁에 머무는 사람은 없는 걸까.

(27)

"도대체 오빠 마음을 알 수 없어, 앞으로 어쩔 거야?"

카페에 들어가 자리에 앉자마자 지혜가 용하에게 볼멘소리를 했다.

"뭘 어떡해?"

용하가 부드러운 목소리로 대꾸했다.

"왜 말을 돌려? 오빠도 신문에서 영신이 봤을 거 아냐. 그래, 이제 영신이가 나타났으니 기다렸다는 듯이 그 애한테 달려갈 거야?"

사람들 시선도 아랑곳 않고 지혜는 언성을 높였다.

"조용히 해, 지혜야. 누가 보면 싸우는 줄 알겠다."

"그러든가 말든가! 난 지금 오빠밖에 안 보여!"

지혜가 언성을 더 높이자 다른 자리에 앉은 사람들이 힐끔거리며 쳐다봤다. 그런 시선들이 부담스러워서가 아니라 가슴이 답답해서 용하는 창밖으로 시선을 돌렸다.

용하가 고개를 돌리고 창밖만 보자 지혜는 더 애가 탔다. 대화를 하다가 저렇게 입을 다물고 침묵을 지키면 그녀는 미칠 것만 같았다. 그래도 여태까지는 영신의 존재가 눈앞에 보이지 않아 크게 신경 쓰지 않았지만 이제 발등에 불이 떨어졌다는 심정이 되었다.

신문에 난 영신의 기사를 보고 지혜는 큰 충격을 받았다. 열다섯 살에 자신의 집에 나타난 시골뜨기 계집애. 기가 죽어서 어른들 눈치나 보고 자신의 생리대나 빨아주던 것이 용하의 사랑까지 받다가 이제 소설가가 되어 나타나다니. 열등감과 질투심에 지혜는 잠을 이루지 못했다.

한동안 영신의 존재는 지혜의 삶에 없었다. 용하가 군대를 갔을 때도 그는 자신의 편지에 꼬박꼬박 답장을 해주었고 제대를 해서도 영신의 이야기는 입 밖에 내지 않았다. 가끔 용하에게 영신이에 대해 물어보고 싶은 충동이 일기도 했지만 듣고 싶지 않은 대답을 듣게 될까봐 불안해서 지혜 자신도 영신에 대한 이야기는 입 밖에 내지도 않고 지내온 것이다. 그런데 뒤늦게 이게 무슨 날벼락이람. 도대체 영신이는 전생에 무슨 원한이 있기에 자신의 삶에 나타나 앞길을 가로막는 것일까.

"오빠……"

지혜가 목소리를 누그러뜨리자 용하가 고개를 돌려 마주보고 웃었다. 그 웃음 앞에 지혜의 가슴은 또 여지없이 무너져 내렸다. 몸이 아래로 꺼져갈 것 같은 느낌. 이제 그 느낌은 사춘기 시절의 애매모호한 감정이 아니다. 학창 시절 막연하게 총각 선생님을 사랑하는 그런 풋내 나는 감정이 아닌 것이다. 몸도 마음도 성숙한 여자가 남자를 그리는 암컷의 본능인 것이다.

지혜의 눈에 자신도 모르게 눈물이 맺혔다. 그 모습에 용하는 또 마음이 약해졌다. 누가 보아도 지혜는 아름답다. 그 아름다움을 외면한다면 남자가 아니라고 할 것이다. 하지만 아무리 마음을 들여다보아도 지혜는 자신에게 여자가 아니다. 그러면서도 지혜의 곁을 냉정하게 떠나지 못하고 있다.

사실 혼자 끊는다고 되는 것도 아니었다. 아버지가 지혜의 아버지와 친분이 있고 집안의 크고 작은 행사가 있을 때마다 같이 다니니 지혜는 늘 일상을 같이 하는 그런 존재가 되고 말았다. 게다가 아버지는 이미 지혜와의 결혼을 당연시하고 있으니 이 일을 어떡해야 할지 고민이었다. 확실하게 자신의 의사를 표시하지 않고 질질 시간만 끌어온 자신의 우유부단함이 그 자신도 정말 싫었다.

언젠가 얼핏 지혜와 결혼할 생각이 없다고 비추자 아버지는 예전처럼 화도 내지 않았다. 어머니가 돌아가시고 부쩍 약해지고 쇠약해진 아버지는 아들 앞에서도 위축된 모습을 보였고 그런 모습 앞에서 단호하게 자신의 의사를 말하는 일이 가혹하게 느껴져서 미루고만 있었다고 할까.

"그래, 오빠가 영신이를 잊고 있지 않다고 쳐. 그런데 영신이도 그럴까? 오빤 내가 이런 말 하면 영신이를 모함하려고 그런 줄 알겠지만 나 그런 속 좁은 여자 아냐. 전에 오빠가 책 전해주라고 해서 갔을 때, 영신이가 얼마나 나한테 포악을 떨었는지 알아? 장 사장이란 사람이 우리 기사도 얼마나 두들겨 팼는지 한동안 몸을 일으키지도 못했을 정도야. 그것뿐이야? 들은 말에 의하면 영신이 그 애 장 사장이란 사람 별장에도 머물렀다는 거야. 오빠 바보야? 남자 아냐? 그런 이야기를 듣고도 아무렇지 않단 말야?"

지혜는 귀에 못이 박히도록 한 이야기를 또 하고 있었다.

장 사장 이야기를 하자 용하도 기분이 불쾌해졌다. 굳이 지혜가 이야기 하지 않아도 영신의 국밥집에 드나들던 두 명의 신사를 알고 있었다. 그날 얼마나 기분이 나빴던지……. 어떤 남자라도 좋아하는 여자 옆에 맴도는 남자가 곱게 보일 리 없다. 이글이글 불타는 질투심에 영신이마저 잠시 미워질 정도였으니.

지혜도 얼핏 용하의 얼굴에 드러난 불쾌감을 보았다. 그 얼굴을 보자 지혜는 애가 탔다. 요즘 용하를 볼 때, 지혜는 부쩍 손을 잡고 몸을 부대끼고 싶은 욕망을 느꼈다. 예전에는 그저 머릿속으로 상상을 하면서 좋아했다면 지금은 구체적으로 껴안고 사랑을 나누고 싶은 생각도 드는 것이다.

용하의 손, 얼굴, 웃음 어느 것 하나도 영신이에게 내주고 싶지 않았다. 그건 자존심이 용납지 않는 일이다. 무슨 일이 있어도 용하만큼은 영신에게 뺏길 수 없다.

카페를 나와 지혜가 사는 아파트 앞에서 용하가 말했다.

"이제 그만 들어가."

"집에 안 들어갔다 갈 거야?"

"오늘은 피곤해. 다음에……."

"엄마가 오빠 기다릴 텐데……. 요즘 아빠 편찮으셔서 엄마가 많이 힘드신 거 알지?"

용하가 고개를 끄덕였다. 세상은 참 본인의 뜻과는 무관하게 돌아가는 곳이라는 생각이 들었다. 자신은 전혀 아닌데, 지혜와 지혜 주변의 사람들은 둘의 결혼을 기정사실화 하고 있으니.

"그럼 공원에 잠시 들렀다 가."

하는 수없이 아파트 근처 공원의 벤치에 앉았다. 지혜가 용하의 어깨에 몸을 기댔다. 가끔 지혜가 그렇게 친밀감을 표시하면 마음 약한 용하는 뿌리치지 못했다. 그렇게 우유부단한 행동이 얼마나 여자를 혼란스럽게 하는지 잘 알고 있기에 언제든 지혜에게 자신의 속마음을 단호하게 밝히고 싶은데, 전혀 그 기회가 오지 않는 것이다.

용하의 머릿속에 친구의 말이 울렸다. 평소 자신의 마음을 잘 표현하지 않는 용하가 유일하게 생각을 털어놓는 친구다.

"야, 여자한테 처신을 잘해야지. 이도 아니고 저도 아니고 네가 지혜란 아가씨한테 마음이 없다면 네 생각을 냉정하게 말하고 끊어버리는 거야. 그러다가 넌 결국 그 아가씨한테 질질 끌려가버리고 말 걸. 주변 사람들 생각한다고? 참, 한심한 놈. 사랑은 그저 눈 딱 감고 자기만 생각하는 거야. 철저하게 이기적이 되는 거지. 두 여자 사이에서 오고가지도 못하고……. 부랄 떼어버려라. 사내 망신 다 시키지 말고.”

용하의 마음속을 알 리 없는 지혜는 상냥하게 속삭였다. 누가 보면 둘은 너무나 다정한 연인 사이로 보였다.

“오빠, 기다릴게. 하지만 오래는 아냐. 나도 이제 지쳐가. 자존심 상해서 더 이상 오빠한테 이러기 싫어. 정말 내가 왜 이러는지 모르겠어. 다른 애들은 남자한테 도도하게 굴고 프러포즈도 받는데…… 내가 뭐가 모자라서…….”

이때가 기회다 싶어 용하가 지혜의 얼굴을 똑바로 보면서 말했다.

“그래, 지혜야. 넌 정말 예쁘고…… 내가 사랑 받기에 정말 벅찬 상대일지도 몰라. 나보다 더 좋은 남자가 네 주변에 많잖아. 그리고 잘 생각해봐. 넌 괜히 영신이한테 열등감을 느껴서 나한테 이러는지도 모른다는 생각이 들어. 지금 생각하니 내가 처음부터 잘못했다. 내가 자꾸 영신이하고 너를 비교해서 네가 이렇게 나한테 집착을 하는 것 같아.”

지혜가 눈을 크게 뜨고 용하를 노려보았다.

“내가 열등감을 느끼는 거라고? 영신이 그 계집애한테?”

“그래, 너는 남한테 지고 싶어 하지 않는 성격이니까. 상대가 영신이라면 더욱 그렇겠지.”

용하의 이 가혹한 말에 지혜는 거의 미칠 지경이 되었다. 생각 같아선 온 몸을 다 쥐어뜯고 옷을 훨훨 벗어 던져버리고 싶었다.

“오빠야말로 잘 생각해봐. 괜히 동정심에 사로잡혀 인생을 망치지 말고. 영신이처럼 그렇게 험하게 살아온 애가 오빠하고 맞을 것 같다고 생각해? 오빠, 결혼은 현실이야."

용하가 나직하게 내뱉었다.

"그래, 현실이지. 하지만 그 현실을 뛰어넘는 것은 사랑이야. 그리고……."

괴로운 표정으로 한참을 생각하던 용하가 말을 이었다.

"내가 동정한 것은 너야. 난 영신이를 한 번도 동정하지 않았어. 그러지 않아도 영신이는 혼자 잘산다는 것을 믿었으니까. 오히려 나와 영신이 사이에서 흔들리는 너를 동정하다가 여기까지 온 것 같아……."

용하의 단호한 표정과 말투에 기가 질린 지혜가 대꾸도 못하고 있다가 뒤도 돌아보지 않고 가버렸다. 지혜의 가슴은 찢어지는 것 같았다. 그녀는 속말을 했다.

'정말 너를 가만두고 싶지 않아. 죽여 버리고 싶어……'

영신을 향한 이 지독한 질투심과 증오가 없다면 지혜는 당장 쓰러졌을지도 모른다. 그런 지혜의 뒷모습이 안쓰러워 견딜 수 없었지만 용하는 이제 지혜를 잡지 않았다.

용하는 밤이 깊도록 거리를 배회했다. 어디 가서 술이라도 한 잔 하고 싶었지만 오늘 같은 날 술을 마셨다가는 몸도 마음도 무너질 것 같아 그저 참아야 했다. 용하의 마음속에는 온통 영신의 생각뿐이었다. 이상한 것이 눈에 보이지 않을 때는 그럭저럭 그녀에 대한 그리움을 삭힐 수 있었는데, 일단 그녀가 나타나자 더 이상 자신을 통제한다는 것이 힘들어졌다. 그동안 가끔 영신이를 찾아볼까 생각도 했었지만 행동으로 옮기지 않은 것은 그녀에게 뭔가 시간이 필요할 거라는 막연한 추측 때문이었다. 솔직히 서로 연락도 없이 지내면서 영신이 정말 자신을 사랑하는 마음을 간직하고 있을까 하는 회의도 가졌다.

가족들을 떠나 영신은 얼마나 고생을 했을까? 신문에 난 짧은 기사만 가지고는 그녀가 혼자 살아온 험한 시간을 모두 이해하지 못하리라. 그는 소설가가 된 영신이를 마냥 축복만 하고 싶은 심정은 아니었다. 글을 쓴다는 것은 너무나 외롭고 힘든 자신과의 싸움이다. 용하의 주변에 문학을 꿈꾸는 친구들이 중간에 좌절을 하고 포기를 하는 것을 무수히 보아왔다. 설사 포기를 하지 않았다고 하더라도 그들은 늘 방황하고 번민했으니까.

정말 영신은 그 길이 자신의 길이라고 생각하는 걸까. 한때 영신의 재능을 알아보고 칭찬하고 그 재능을 살려주고 싶었지만 지금의 마음은 또 다르다. 재능은 더러 자신을 갉아먹기도 한다. 영신이 고독해지고 힘들어져서는 안 된다는 생각이 들었다.

용하는 아직 영신의 책을 보지 못했다. 더러 서점에 들러 책을 고르기는 하지만 사랑하는 사람이 쓴 책을 고르는 느낌은 또 다를 것이다.

서점에 들른 용하는 괜히 서성이면서 선뜻 영신이가 쓴 책을 집어 들지 못했다. 그건 마치 영신이를 오랜만에 만나는 것과 같기에 정장이라도 하고 정중하게 손을 내미는 의식이라도 치러야할 것 같은 마음이었다.

책을 정리하는 아가씨에게 용하가 물었다.

"이 책 잘 나가나요?"

"그럼요. 요즘 우리 서점 매출은 이 책이 책임지는 걸요."

책을 집어든 용하는 세상에 태어나 이토록 뿌듯하고 벅찬 느낌은 처음이었다. 불꽃이 하늘로 오르다가 펑 터져버리는 느낌이랄까. 나중에 영신이를 만나면 대체 이런 느낌은 활자로 어떻게 표현해야 되는 건지 물어봐야 되겠다는 생각을 하니 그의 입가에는 웃음이 번졌다.

저자의 서문을 읽다가 한 구절에서 용하는 몸이 굳는 것 같았다.

…… 내가 당신을 만나러 가지 않아도

…… 당신이 나를 만나러 오지 않아도

나의 활자는 당신에게 이르는 그 숲으로 가는 길

(28)

영순이 하는 호프집으로 돌아온 영신은 오랜만에 가족들과 행복한 시간을 보냈다. 객지 생활을 할 때 아무리 낯선 사람들이 친절하게 대해준다고 해도 마음 한편으로 늘 가족들이 그리웠던 이유를 알 것 같았다. 미워하고 원망하고 다시 안볼 것처럼 이를 갈아도 결국은 한 뿌리에서 나온 한 줄기 피가 흐르는 가족의 의미를.

영순과 영신은 그동안 못 다한 자매간의 정을 마음껏 나누었다. 가난으로 인한 오해와 불신으로 잠시 금이 갔던 그녀들은 이제 누가 보아도 세상에서 가장 다정하고 행복한 자매간이었다.

영신의 눈에는 변한 언니의 모습이 신기하기만 했다. 궂은일을 싫어하고 늘 자신의 몸 가꾸는 일에만 시간을 쏟던 예전의 그 언니가 아니었다. 땀을 뻘뻘 흘리면서 닭을 튀기고 홀 청소를 자신이 도맡아 했고 영신에게는 가끔 서빙만 시키고 글을 쓰는 시간을 가지라고 등을 떠밀곤 했다. 그러다가 단골손님이라도 나타나면 얼마나 살갑게 그들을 맞는지 영신은 그런 언니의 애교스런 모습은 감히 흉내 낼 수도 없다는 생각에 속으로 웃곤 했다. 영신이 차분한 성격에 야무진 외모를 지녔다면 영순은 늘 웃는 모습에 조금은 푼수 기질을 지니고 있었다.

어느 날 영신의 어머니가 두 딸을 가만히 바라보고 있다가 흡족한 웃음을 만면에 띠면서 말했다.

"참, 같은 자매간이지만 어쩜 그렇게 둘이 다르단 말이냐?"

"에이~ 엄마, 또 옛날 버릇 나오시려고 그런다. 영신이 칭찬만 하려고 그러죠? 이제 내 칭찬도 좀 해줘요"

영순이 볼멘소리를 했다.

그런 딸의 머리를 쓰다듬으면서 영신의 어머니가 말을 이었다.

"누가 낫다 못 낫다 그 말을 하는 게 아니고……. 나도 참 신기해서 그렇지. 예전에 니들 외할머니한테 들었던 이야기를 너희들한테 하고 있으니. 할머니도 늘 그러셨거든. 자식들이 다 가지각색이라고. 하긴 한 나무에 달린 열매들도 자세히 들여다보면 조금씩 다르지 않냐? 하물며 사람인데 오죽할까. 자식 겉 낳지 속 낳지 않는다는 말이 있는데, 나는 가끔 니들 보면 정말 내 속으로 난 자식 같지 않을 때가 많단다. 어쩌면 그렇게 하나같이 생긴 것부터 마음 쓰는 것까지 다른지……."

문득 말을 뚝 끊은 영신어머니의 얼굴에 수심이 가득 어렸다. 분명 명식이 생각을 하는 것이 분명하다고 영순과 영신은 생각했다. 어머니는 늘 이렇게 행복한 웃음을 짓다가도 종내는 소식을 알 수 없는 막내아들 생각에 눈물을 짓곤 했다.

영신이 돌아온 기념으로 하루는 가게 문을 일찍 닫고 파티가 벌어졌다. 기훈과 규식이 케이크와 꽃다발을 장만하고 온 가족이 모여 이야기꽃을 피웠다. 이 자리에는 경식이도 같이 했는데, 술이 한 잔 오른 그가 목발을 짚고 흥이 나서 춤을 추다가 넘어졌지만 아무도 그 모습에 마음 아파하지는 않았다. 경식은 가족들의 동정심을 부를 만큼 이제 약하지 않고 몸도 마음도 정말 정상인 이상으로 꿋꿋해보였기 때문이다.

한바탕 흥겨운 시간이 끝나고 모두 각자의 자리로 돌아간 후에도 영순과 영신은 잠을 이루지 못하고 그간 밀린 이야기를 나누었다.

"영신아, 나는 네가 정말 대견스러워. 우리 그렇게 잘 살다가 아버지 돌아가시고 고향에서 친척들에게 얼마나 말을 많이 들었니? 경식이가 동네 애들하고 싸웠을 때, 후레자식이라고 욕을 먹던 거 생각하면 지금도 화가 치밀어. 그 뿐이야? 명식이가 조금 모자란다고 아예 대놓고 병신이라고 흉을 보던 것 생각하면……."

영순은 마치 엊그제 당한 일처럼 생생하게 떠올리며 흥분했다.

"하지만 언니, 어떻게 생각하면 결과적으로 고맙기도 해. 그런 설움을 받았으니 우리가 이를 악물고 더 잘 살려고 노력한 거잖아."

영신의 말에 영순이 얄밉다는 표정으로 잠시 노려보았다. 이런 것을 생각 차이라고 하는 것일까? 영순이 단지 울분만 삭히고 있었다면 영신은 한걸음 더 나아가 그 울분을 딛고 일어설 생각을 했던 것이다.

"참내, 난 어째 너랑 이야기하면 늘 손해 보는 느낌이니?"

"미안, 언니. 그냥 내 생각이 그렇다는 것이야……."

"암튼 네가 그 사람들에게 한 방 날려준 거야. 이제 우리 앞으로 돈도 더 벌고 너도 더 유명해져서 보란 듯이 잘살아보자."

"그래, 언니."

"나도 소설 써볼까? 이왕이면 자매가 나란히 소설가로 유명해지면 더 좋잖아."

영순이 맥주 한 잔을 시원하게 들이키더니 큰 소리로 떠들었다.

"아마 쓰면 언니가 나보다 더 잘 쓸 걸."

영신의 말은 빈 말이 아니었다. 소설도 결국은 마주보고 하는 이야기를 단지 대상을 넓혀 글로 전한다는 차이인데 이야기를 구성지게 하는 영순이가 공부만 한다면 불가능할 것도 없지 않을까.

"휴, 그냥 해본 말이야. 난 여태 책과 담을 쌓고 살았어. 물론 읽는 것은 좋았지만 그건 배운 사람의 특권 같은 거라는 삐뚤어진 마음을 가진 거야. 그래서 일부러 배운 사람들을 무시하고 내 마음대로 살아버린 것 같아. 그런데 너는 배우지 않았어도 혼자 독학으로 이루었잖아."

"글쎄, 꼭 그렇지도 않아, 언니. 세상은 역시 배운 사람들이 주도권을 잡고 이끌고 있는지도 몰라. 사람들은 역시 실력보다는 졸업장이라는 구체적인 산물을 신뢰할지도 모르고……."

"그건 무슨 소리야?"

영신은 얼마 전에 겪은 일을 떠올리며 불쾌한 안색을 했다.

"인터뷰 하는데 한 평론가가 그러는 거야. 나는 정식 문학 수업을 받지 않았고 그래서인지 글이 너무 대중적이래. 앞으로 글을 쓰려면 인정을 받아야 하는데, 그러려면 자신을 통해 검증을 받아야 한다나."

"그래, 그 평론가라는 사람 말도 일리가 있다. 아무리 글을 잘 쓴다고 해도 사람들은 선입견을 가지겠지? 혼자서 공부하고 혼자서 썼다고 하면……."

"그게 문제가 아냐. 그 사람이 슬쩍 내 어깨에 팔을 두르는데…… 마치 뭔가 은밀한 거래를 하자는 뜻으로 여겨졌어."

"저런 빌어먹을 놈."

영신의 말뜻을 알아차린 영순이 맥주잔을 탁자에 탁! 하고 내려놓았다.

"영신아, 너는 아직 아무래도 나만큼은 세상물정을 모르고 남자도 잘 모를 테니 내가 해주는 이야긴데, 어디를 가든 남자들을 조심해야 한단다. 특히나 남자들은 너처럼 예쁜 여자를 어떻게든 한 번 꼬셔보려는 심리가 있어. 그게 진심이면 다행이지만 세상엔 그저 여자의 몸만 노리는 파렴치한 놈들이 넘쳐나니까. 그 평론간지 뭔지 병신 같은 놈이 널 우습게 본 모양인데, 어림도 없지. 싹 무시해 버려. 그리고 글을 무슨 평론가가 평가해주니? 읽는 사람이 해주는 거지. 참나, 술집 다닐 때만 좆같은 놈들이 있는 줄 알았는데, 별 군데 다 드러운 놈들이 깔려있네."

영순의 거침없는 표현이 웃겨서 영신은 쿡쿡대고 웃었다.

"남자들 이야기는 나도 알 만큼 알아, 언니. 책에서도 많이 봤고……."

영순이 영신의 옆구리를 꼬집었다.

"에구, 이 순진한 아가씨야, 책에서 본 것 하고 같어? 그건 그야말로 간접 경험이지. 너 앞으로 글 쓰려면 나한테 교육 좀 단단히 받아야겠다."

언니의 말에 영신은 실소했다. 여자의 몸만 노리는 남자. 여자의 몸을 단지 자신의 욕정을 채우는 수단 그 이상의 가치로 두지 않는 남자. 그런 남자를 알기에는 형기 한 명으로 족했다.

어쨌든 언니의 말에 영신은 동지를 만난 것처럼 기뻤다.

"그래, 앞으로도 계속 쓸 거야?"

"응"

"정말 골치 아프지 않니? 없던 이야기를 새로 만들어내는 작업이……. 요즘 너 가끔 원고지 앞에서 멍하니 앉아 있는 것 보면 안쓰럽더라. 차라리 하루 종일 통닭을 튀기는 게 낫지 저게 뭐하는 짓일까 한심하기도 하고……."

"그렇긴 하지만 또 완성되면 뿌듯하기도 하고…… 내가 힘들 때는 쓰는 일밖에 돌파구가 없었어. 앞으론 그냥 편하게 쓸 거야, 내가 아는 이야기로……. 사실 '할머니의 엽전'은 과거로 돌아가 고려시대까지 다루었기 때문에 자료가 좀 많이 필요했고 벅찼어. 그래서 환상적인 기법을 사용한 거지만……."

소설 이야기가 따분한 영순이 화제를 다른 데로 돌렸다.

"그나저나 용하는 네 소식 모르나? 왜 안 찾아오는 거니?"

"언니, 난 여자들의 삶과 행복이 남자에 의해 좌우되면 안 된다고 생각해. 늘 용하오빠를 생각하면서 내 글이 메아리가 되어 그에게 들리기를 바라는 심정으로 글을 썼지만 이제는 아냐. 설사 오빠가 내게 오지 않는다고 해도 그 현실을 받아들일 수 있어. 돈을 벌거나 공부를 하는 것은 자신의 의지로 가능하지만 사랑은 아닌 것 같아. 그건 정말 운명 같거든……. 그리고 나도 잘못된 게 있어. 한때는 지혜에게 지고 싶지 않은 마음이 있어서 용하오빠를 내 남자로 만들려는 욕심이 앞섰던 것도 같아. 사랑을 한다면 정말 마음이 순수해야 하는 건데……. 그게 바로 순결 아닐까……."

"그래, 참 복잡하게도 말하는구나……. 암튼 여자는 사랑하는 사람을 만나 행복하게 사는 게 최고 아니겠어?"

"영화나 소설은 그렇지. 반드시 끝이 있어. 행복이든 불행이든. 하지만 현실은 아냐. 이어지는 일상이지. 그 일상을 지탱하려면 사랑 이상의 그 무엇이 있어야할 것 같아. 사랑하는 사람을 만난다고 늘 행복하기만 한 것은 아니잖아. 그리고 난 아직 사랑이 뭔지 잘 몰라……. 안다고 생각하는 건지도 모르지."

다른 날과 달리 제법 술을 마신 영신도 속에 있는 말을 털어 놓았다.

"아이고, 골치 아프게 생각 마. 누가 소설가 아니랄까봐. 난 도통 그 소설가들 취미 없드라. 그냥 행복하다 한 마디면 될 거 가지고 이러쿵저러쿵 두 장 세 장 늘어놓으니……. 그 시간에 남자랑 한 번 더 하는 게 낫지."

자신도 모르게 '한 번 더 하는 게 낫지'란 말을 뱉어놓고 영순은 앗!

하는 표정으로 동생을 쳐다봤다. 규식을 사랑하면서부터 말을 좀 조심하려고 해보지만 가끔 이렇게 옛날 말투가 튀어나오는 것이다. 영순은 조금 전에 돌아간 규식이 그리워졌다. 영신의 사랑은 활자로 그리는 단계에 머물지만 영순의 사랑은 늘 구체적이고 현실적인 면이 있었다.

"난 그냥 믿어. 사랑이란 것을……. 나를 받아준 규식 씨를 통해서……. 그 사람은 나의 자유분방한 지난 생활까지 이해하고 감싸주었으니까……. 이제 정말 내 삶을 잘 엮어나가고 싶어. 너무 늦은 거 아니겠지?"

영순은 자신의 말에 스스로 감흥이 되어 눈물까지 흘렸다.

그런 영순을 영신은 마치 언니처럼 안아주었다.

"나 정말 규식 씨 사랑해도 되지? 그럴 자격 있는 거지?"

"그럼, 언니. 사랑 앞에서는 자격 같은 거 따지지 않는 거야."

"그래, 우린 앞으로 더 행복하게 잘 살자. 불행 끝! 행복 시작!"

하지만 불행 끝, 행복 시작이란 영순의 염원은 그저 소설에서나 가능한 일이었을까.

저녁나절 쓰레기를 버리러 건물 뒤편으로 가던 영순은 쓰레기통 옆에 서있는 초라한 행색의 남자를 보았다. 벙거지 모자를 눌러쓴 그가 영 꺼림칙했지만 어쨌든 쓰레기는 버려야 했다. 잠시 스친 남자의 몸에서는 오래 씻지 않은 듯 쉰내가 났고 술 냄새까지 풍겼다. 갑자기 영순의 몸이 뒤뚱했다. 남자가 영순의 발을 걸었던 것이다. 넘어지려는 영순을 벽에 밀어붙인 남자가 벙거지 모자를 반쯤 밀어 올렸다. 그는 누런 이를 드러내고 이죽거리듯 말했다.

"재미 좋냐?"

영순은 한동안 이 남자를 알아보지 못했다. 아무리 시간이 흘렀다지만 예전 형기의 모습과는 너무나 달라져있었던 것이다. 한마디로 말한다면 망가졌다는 표현이 딱 맞을 것이다.

"왜 서방님이 반갑지 않아? 씨발년아."

형기는 여전히 이죽거리면서 영순의 젖가슴을 우악스럽게 움켜잡았다.

(29)

이상한 일이었다. 예전의 영순은 늘 형기가 그리웠고 하루라도 안 오면 그의 손길에 꿈틀대던 성감대의 느낌이 되살아나 견딜 수 없었는데, 지금은 형기가 징그럽고 두려운 마음이 들었다. 그동안 어디서 무얼 하다가 이런 꼬락서니로 나타난 걸까.

비록 몸에서 악취와 술 냄새가 진동하지만 한때 몸도 마음도 사랑했던 남자라면 씻겨주고 보살펴주고 싶은 것이 여자의 마음일진대 영순에게는 그런 마음이 눈곱만치도 생기지 않았다. 오히려 대체 자신이 뭘 보고 형기 같은 남자의 여자가 되어 그를 먹여 살리기까지 했는지 이해가 되지 않았다.

형기가 영순의 치마 속으로 손을 넣더니 다시 팬티 속에 손을 넣으려고 했다. 영순이 황급히 그 손길을 막았다.

"이러지 마."

"뭐야, 다른 놈 맛을 보더니 싫다 이거야? 넌 영원히 내 것이라는 사실 잊었어? 썅년! 내가 며칠 전부터 너 살펴보고 있었단 것은 꿈에도 몰랐지? 그래, 돈 많은 늙은 놈이 나보다 좋디? 바른대로 말해. 돈이 좋은 거지? 힘이야 내가 더 끝내줄 걸?"

형기는 냄새나는 입을 영순의 귀에 대고 덧붙였다.

"네년이 좋다고 발광을 하던 모습이 잊혀지지 않는다, 개년아. 지금도 온 몸이 달아오르지?"

"왜 이래. 여기서 뭘 어쩌자고. 이따가, 이따가 가게 닫으면 그때 만나, 응?"

형기는 영순이 앙칼지게 말하는 것이 좋은데, 차분한 말투로 자신을 달래니 더 화가 났다. 변한 그 모습에 형기는 부글부글 타오르는 질투심을 느꼈다. 아니 그건 질투라기보다 나는 버려도 다른 남자에게는 주기 싫다는 전형적인 치졸한 남자의 탐욕일 뿐이었다.

영순은 머리를 굴렸다. 어떤 일이 있어도 형기에게 다시 몸을 주고 싶은 생각은 없었다. 그녀는 얼른 이 상황을 벗어나고 싶었다. 소리를 지르면 누군가 올 수도 있지만 영순은 오히려 형기가 큰 소리를 낼까 두려웠다. 그러면 결국 옛날 남자가 알려질 테고 누구보다 저녁에 가게에 들르기로 한 규식에게만큼은 들키고 싶지 않았다. 물론 규식이 이미 자신의 예전 생활을 알고 있다고 하지만 이런 질 나쁜 남자를 알고 있다는 것은 끝내 비밀로 붙이고 싶었다.

영순은 형기 같은 종류의 남자를 잘 알고 있다. 여자 위에 군림하면서 여자를 놓아주지 않고 평생 진드기처럼 달라붙어 여자를 사유재산쯤으로 생각하는 남자.

처음에 그가 사라졌을 때는 원망도 했지만 규식을 사랑하면서부터는 혹시 그가 나타날까봐 불안하기도 했던 것인데 결국 이런 날이 오다니.

어떻게 할까? 어떻게 형기를 살살 달래야 자신의 삶에서 떼어낼 수 있을까.

"요것 봐라? 이 년이 이제 물도 안 나오네? 전에는 내가 만지기만 해도 펑펑 샘솟던 것이……. 딴 놈 생각하고 있냐?"

이미 영순의 팬티 속에 손을 넣고 그곳을 슬슬 만지고 있던 형기가 빈정댔다.

"나 가게 들어가 봐야 해. 이따가 만나. 가게 끝나면 내가 나올게."

"잔머리 굴리지 마. 내가 네 속셈을 모를 줄 알아? 어디서 빠져 나가려고? 가게는 네 동생한테 보라고 해. 오랜만에 서방님을 만났으면 회포를 풀 생각은 않고 가게 걱정이야? 그리고 이따 네 동생도 나오라고 해. 그 년도 아마 내가 그리울걸. 흐흐."

"그건 또 무슨 소리야?"

영순의 머릿속에 불길한 예감이 스쳤다. 형기의 말뜻을 헤아리자니 하늘이 무너지는 것 같았다.

"몰라서 물어, 썅년아! 그 년 머리 내가 올려줬다는데!"

순간 영순의 머릿속에 벼락이 치는 것 같았다.

"영순 씨, 거기 있어요?"

그때 건물 뒤편을 향해 규식이 큰 소리로 말했다. 영순은 그 소리에 형기가 잠시 방심한 틈을 타 있는 힘껏 뿌리쳤다.

건물 뒤편에서 뭔가에 놀란 듯 황급히 뛰쳐나오는 영순을 보고 규식은 걱정스런 표정을 했다.

"왜 그래요? 영순 씨?"

영순은 쿵쿵거리는 가슴을 진정하면서 최대한 표정을 부드럽게 하고 미소를 지었다. 미소가 아니라 일그러진 표정이 나오고 말았지만.

"쥐, 쥐가 나와서…… 들어가요."

쥐 한 마리에 혼비백산하는 영순을 보며 규식은 보호하고 싶은 남자의 본능에 그녀의 어깨를 안으며 말했다.

"그래요? 쥐덫을 놔야 하겠네요."

영순은 불안스런 표정으로 건물 뒤편을 돌아다보았지만 다행히 아무 기척이 없었다.

영업시간 내내 영순은 허둥댔다. 다른 날 같으면 규식이 양복을 벗고 도와주는 모습을 보며 행복감에 도취될 텐데, 한순간 그런 행복은 물거품처럼 사라져버렸다. 무엇보다 그녀는 영신의 얼굴을 볼 수 없었다. 제발 형기가 거짓말을 한 것이기를 바랐다. 여자에게 첫 경험은 결코 잊을 수 없는 기억이다. 하물며 형기에게 강제로 당한 영신은 그동안 얼마나 괴로웠을까.

영순은 순결이란 것이 거추장스러웠고 반항 심리에 미련 없이 술집을 찾아오던 단골손님에게 주고 말았다. 여자의 순결은 누가 지켜주는 것도 아니고 세상이 지키라고 강요하는 것도 아닌 자신의 개인의지에 달린 것이라고 생각해서 후회가 없었지만 규식을 만나면서 그녀는 생각이 달라졌다. 사랑하는 남자 앞에 몸도 마음도 깨끗하고 싶은 것은 아마도 여자의 본능일 것이다. 열 여자 마다하지 않고 예쁜 여자를 보면 늑대가 되는 남자와는 상반된 여자의 본능은 어찌 생각하니 참 서글펐다.

영순은 일을 하면서 줄곧 이리저리 바쁘게 손님 사이를 다니며 서빙을 하는 영신을 보았는데, 그런 동생에게서 어두운 모습은 찾아볼 수 없었다. 하지만 영순은 안다. 그건 그저 남들에게 비추어지는 모습일 뿐. 가끔 영신이 방안에 혼자 앉아있을 때, 슬픈 표정의 옆모습을 본 적이 있다. 그 모습이 떠오르자 영순은 자신이 미워 견딜 수 없었다.

영순이 자꾸 실수를 하자 규식이 그녀의 귀에 대고 속삭였다.

"오늘 혹시 손님 찾아온 날 아니에요? 저쪽 가서 좀 쉬어……. 다행히 손님도 많지 않으니까요."

"아무래도 그래야겠어요."

주방 뒤쪽 간이침대에 누운 영순은 심장이 벌렁벌렁 뛰고 머리까지 뜨거워졌다.

살면서 이런 힘든 시간은 처음이었다. 내일 일은 내일 생각하는 태평스런 성격이었는데, 일초 일초가 불안하기만 했다.

'아, 어떻게 해야 해. 아빠, 도와줘요……. 아아, 하느님……'

영순은 아마 태어나 처음으로 기도를 했을 것이다. 하늘에서 동아줄이 내려오길 바라는 절실함으로 그녀는 기도를 하고 또 했다.

'제발 앞으로 열심히 살 테니 이것이 꿈이라고 해주세요. 조금 전에 제가 헛것을 본 거라고……'

가끔 영순을 들여다보던 규식이 그녀의 머리에 손을 대보더니 말했다.
"이런 머리에 열까지 있네요."
"규식 씨……."
영순이 간절한 눈망울로 규식을 쳐다보았다. 그런 영순을 규식은 한없이 사랑스런 표정으로 바라보았다.
"정말 나를 사랑하는 거죠? 영원히…… 무슨 일이 있어도?"
규식은 알고 있었다. 여자들의 이런 뻔한 질문이 무엇을 뜻하는지. 여자들은 행복해도 이런 질문을 한다. 너무나 잘 알고 있으면서 끝없이 남자에게 확인하려는 심리가 이해되어서 그는 또렷하게 말했다.
"그럼, 세상 모든 남자와 여자가 영원히라는 말을 한다지만 우리의 영원은 정말로 영원히……."

영업이 끝날 때쯤 기훈이 왔다.
"오늘 다 같이 모여서 한 잔 하려는데, 영순 씨가 보이지 않네?"
가게 안을 둘러보던 기훈이 묻자 규식이 걱정스런 표정으로 대꾸했다.
"응, 몸이 좀 아파서……."
"그래? 어쩌지. 오늘 주인공은 영순 씨인데……."
기훈의 말이 끝나자마자 영순이 언제 아팠냐는 듯이 나타났다. 영순은 아직 닥치지 않은 앞날에 대한 두려움과 불안으로 현재의 기쁨까지 놓치고 싶지 않았다. 조금이라도 더 규식의 옆에 있고 싶어 몸을 추스르고 일어난 것이다.
"장 사장님, 저 안 아파요. 그나저나 제가 주인공이라뇨? 무슨 말인지 궁금해요"

영순이 특유의 애교 섞인 목소리를 냈다.

"영순 씨 고향에 공장을 하나 지을까 해요. 거기 책임자로 규식이를 보내고……."

"와, 그럼 우리 규식 씨 승진하는 거예요? 너무해요, 진즉에 그렇게 해주시지……."

"그러게요, 영순 씨. 그동안 규식이 녀석이 늘 옆에 그림자처럼 붙어 다니면서 내 기사 노릇을 해주었는데, 승진 치고는 너무 약소하죠? 그리고 이제 영신이도 오고했으니 얼른 규식이하고 결혼식 올려야죠."

이 말에 영신이 기쁜 표정으로 영순의 손을 꼭 잡으며 말했다.

"그래, 언니. 얼른 웨딩드레스 입은 모습 보고 싶다. 언니 정말 예쁠 거야."

주변의 사람들이 이렇게 축복을 하고 기뻐해주는데도 영순은 전혀 기쁘지 않았다. 형기라는 커다란 돌멩이가 자신의 등을 짓누르고 있는 느낌이고 답답해서 한 잔 마신 술까지 얹히는 것 같았다.

형기는 영순의 술집이 보이는 근처 포장마차에 들어가 소주를 들이키면서 이를 갈고 있었다. 그의 몸에 소주는 치명적이었다. 하지만 이제 더 이상 다스릴 건강조차 남아있지 않았다. 간암 선고를 받은 그는 이제 무서울 것이 없었다. 그동안 영순을 찾지 않은 것은 꼭 장기훈 사장이 겁을 주어서만은 아니었다. 영순이만큼은 못하지만 자신에게 살갑게 대하고 몸도 마음도 바치는 여자들이 있었으니까. 하지만 세상에 그런 여자만 있는 것은 아니었다. 뛰는 놈 위에 나는 놈 있다고 한 여자는 되레 자신의 수중에 있는 돈을 가지고 도망가기도 했다. 오히려 형기를 쥐고 누르려는 드센 여자도 겪다보니 고분고분하고 애교 많고 자신에게 사족을 못 쓰는 영순이 순간순간 그리웠다. 그러나 그 그리움은 남자가 여자에게 갖는 애틋한 그리움이 아니라 어떻게든 이용을 해먹으려는 이기적인 습성일 뿐이었다.

놀고먹으면서 술과 주색을 밝히는 형기에게 병마가 찾아오는 것은 당연한 귀결이기도 했다. 형기는 자신의 불행을 모두 타인에게 돌리는 것이 얼마나 어리석은지 깨닫지 못했다.

장기훈 사장에 대한 증오와 영순을 차지한 규식에 대한 미움으로 호시탐탐 해할 기회를 노렸지만 건장한 체격의 그들이 딱 붙어 다니니 좀처럼 기회를 잡을 수 없었다. 그런데 이제 죽을 날을 받아놓고 보니 무서울 것이 없어진 셈이다. 어차피 자신이 오래 살지 못할 바에는 같이 죽자는 심리가 발동해서 그는 며칠 전부터 기회를 노리고 있던 참이다.

'씨발년, 이걸로 얼굴을 그어 버렸어야 하는 건데…… 미꾸라지처럼 빠져나가다니……."

형기가 품속에 감춘 비수를 만지작거리면서 중얼거렸다. 그의 얼굴은 병색으로 시꺼멓게 변했지만 증오심으로 이글거리는 눈은 번들번들 광채가 났다.

영순과 영신의 배웅을 받으며 가게를 나서던 기훈은 벙거지 모자를 쓴 한 남자가 지독한 술 냄새를 풍기면서 자신의 앞으로 다가오는 것에 본능적인 경계심을 가졌다. 하지만 그 경계심도 잠시 어느 순간 옆구리에 화끈한 느낌이 밀려왔다. 자신도 모르게 옆구리를 부여잡으니 와이셔츠가 붉게 물들고 있었다. 술을 한 잔 했지만 운동으로 다져진 기훈이 병들고 술에 취한 형기 하나쯤 못 막을 리 없었지만 너무나 갑작스런 기습이었던 것이다. 아무도 눈앞에 벌어진 이 갑작스런 광경이 현실이라고 생각하지 못하는 표정으로 멍해 있을 때, 규식이 형기의 손에 든 칼을 발로 차서 떨어뜨렸다. 형기가 도망가자 기훈이 얼른 쫓아가라는 눈짓을 했지만 규식은 당장 와이셔츠 전체가 피로 물들어가는 기훈을 두고 형기를 잡으러 갈 수는 없었다.

(30)

규식이 기훈을 신속하게 병원으로 옮겼고 다행히 큰 이상은 없었지만 칼에 찔린 자리를 수술하고 한동안 병원 신세를 져야했다. 이런 사태 앞에서 영순의 갈등은 최고조에 이르렀다. 모든 일이 자신으로 인해 일어났다는 죄책감에 하루하루가 고통스러웠다. 그녀에게 행복은 두 가지 얼굴을 하고 있었다. 규식을 사랑하지만 그 사랑을 얻기 위해서는 불행까지도 감수해야 하는 현실이 원망스럽기만 했다. 이런 그녀의 마음과 아랑곳없이 죽음을 앞에 둔 형기의 만행은 여기에서 그치지 않았다.

어느 날 규식이 공장을 둘러보느라 밤늦게까지 머물고 있는 것을 확인한 그는 경비가 잠깐 자리를 비우자 젖 먹던 힘까지 짜내 공장 주변에 석유를 뿌리고 불을 질렀다. 뒤늦게 경비가 오고 소방차가 출동했지만 불길 속에서 규식을 구해낼 수는 없었다.

사람들은 신문에 난 이 극악무도한 방화범에게 욕을 했지만 그럴 가치도 없이 그의 마지막은 비참했다. 공장에서 별로 떨어지지 않은 곳에서 빈 석유통을 끌어안고 피를 토하며 죽어있던 형기의 모습을 처음 발견한 사람은 그가 방화범이라는 사실을 알고 형량을 지옥에서 받으라며 가래침을 뱉었다고 했다.

규식의 죽음 이후 하루하루 삶의 의욕을 잃어가는 언니를 보는 일은 영신에게 너무나 괴로운 일이었다. 자신 앞에 닥친 어려움과 괴로움이라면 스스로 헤쳐나가면 되는 것이지만 남의 고통은 겪어줄 수 없으니 안타깝기만 했다. 안타까운 모습은 언니만이 아니었다. 거의 반평생을 같이 한 오른팔과 같은 규식을 잃은 기훈의 몸과 마음도 급격히 쇠약해지고 있었다. 기훈과 영순을 번갈아가며 간호해야 하는 영신도 눈물이 많아졌다. 그동안 누군가 자신에게 험한 소리를 하고 힘든 일이 있을 때는 이를 악물고 참을 수 있었지만 자신이 아끼는 사람들의 불행 앞에서는 한없이 나약한 마음이 되었다. 세상에 혼자만의 행복은 없다는 것을 영신은 깨달았다. 행복이란 늘 타인을 통해 느끼는 감정이며 다른 사람과 함께 할 때만 의미가 있는 것이었다.

"영신아, 니 언니를 대체 어떡하면 좋겠냐? 밥도 안 먹고 마냥 누워만 있으니……. 정말 이러다가 사람 잡겠구나. 내가 전생에 무슨 죄를 많이 지어서 자식들이 하나같이 이러는지……."

식음을 전폐하고 누운 딸을 바라보며 영신의 어머니는 애간장이 타들어갔다. 그런 어머니를 바라보는 영신의 마음도 착잡했다. 그녀가 생각해도 어머니의 삶은 참 기구했다. 이제 조금 마음을 잡고 평화롭게 사나 싶었는데, 이런 일이 닥치다니. 정말 신은 있는 것일까. 있다면 왜 이런 무수한 고통으로 괴롭히는 것인지. 인간에게 원하는 것이 무엇인지. 과연 인간의 의지로 할 수 있는 것이 무엇이란 말인가.

행여 나쁜 생각이라도 할까 늘 언니를 살피던 영신은 어느 날 방에서 흘러나오는 흥얼거림을 들었다. 문틈으로 보니 영순이 아랫배 쪽을 바라보며 뭐라고 속삭이고 있었다.

정말 언니가 미쳐버린 것일까. 사람은 극도로 기쁘거나 슬프면 정신줄을 놓기도 한다는데.

영신이 문틈으로 계속 살피고 있자 영순이 조용히 말했다.

"지켜보고 있는 거 다 알아. 영신아."

영순이 고개를 드는데, 그 얼굴은 어제까지의 얼굴이 아니었다. 평화롭고 미소가 번지는 그 표정에는 뭔가 모를 성스러움마저 감도는 것 같았다.

"나 밥 줘."

영순은 동생을 향해 투정하듯이 말했다. 밥을 찾는 그 기분을 영신도 안다. 형기에게 당하고 삶의 의욕을 잃고 지내다가 살기로 결심하면서 가장 먼저 찾은 그 밥. 영신은 드디어 언니가 살겠다는 결심을 한 것이라고 생각하고 뛸 듯이 기뻐했다.

"알았어, 언니. 갑자기 밥 먹으면 안 되니까 죽 끓일게."

"그래. 그리고 나 치킨도 먹고 싶어. 바삭바삭하게 튀겨줘. 그건 내가 먹을 게 아니고……."

영순이 아랫배를 가리켰다.

"여기 아기가 먹을 거니까……. 아빠 닮아서 치킨을 좋아하나봐……."

영신은 지금 언니가 무슨 소리를 하는 것인지 이해가 되지 않아 어안이 벙벙한 표정으로 서있었다.

"그렇게 이상한 표정으로 보지 마. 나 어떻게 된 것 아니니까!"

영순의 목소리는 예전의 그 밝은 목소리로 돌아왔다.

"언니, 설마?"

"그래, 이 형광등아. 이제 알았니? 나 아이 가졌어."

영신은 기뻐해야 할지 슬퍼해야 할지 갈피가 서지 않았다. 하지만 이미 옆에서 이 광경을 지켜보고 있던 어머니가 옷소매로 눈물을 찍어내면서 결론을 내려주었다.

"영신아, 차라리 잘된 일이다. 어쩌면 하늘이 살린 것인지도 모르지. 애가 있으면 여자는 산다. 이 엄마도 그랬어. 니들 아버지 돌아가시고 몸은 힘들었지만 니들 때문에 이를 악물고 산거다. 여자 혼자 아이 키우면서 사는 거 힘이야 들겠지만 그래도 어쩌겠냐? 산 사람은 살아야지."

정말 하늘이 영순을 도운 것일까. 규식의 아기를 가진 영순은 하루가 다르게 기력을 회복했고 아무 일도 없었던 것처럼 밝은 모습으로 주변 사람들을 대했다.

"미안해, 영신아."

어느 날 영순은 동생의 손을 잡고 나직하게 말했다. 그 미안하다는 말 속에는 많은 의미가 함축되어 있었다. 영순은 자신이 만난 한 남자로 인해 주변의 여러 사람들에게 폐를 끼치고 끔찍한 불행을 맞게 된 것에 대해 새삼 인연이란 것을 생각했다. 영순에게 형기는 악연이었다. 그런데 그 악연이 자신에게만 미치지 않고 주변 사람들에게까지 미친 것이다. 그 죗값을 그녀는 죽을 때까지 갚아야 한다고 생각했다.

"난 가게 정리하고 어머니 모시고 고향에서 살까 해, 영신아. 규식 씨하고도 약속 했었거든. 고향에 내려가서 같이 살기로. 아이 낳을 때까지 좀 쉬다가 다시 가게도 하고……. 그러니까 너는 아무 걱정 말고 여기서 공부도 하고 글도 쓰고, 앞으로는 가족들 걱정 말고 너만 생각하면서 살아."

"언니, 무슨 소리야. 가면 나도 같이 가야지."

영신이 눈물을 흘렸다. 차라리 철없이 웃고 떠들고 자신만 알았던 예전 언니의 모습이 그리웠다. 미워하고 원망을 해도 좋으니 차라리 예전으로 돌아갈 수 있다면. 거기서부터 다시 시작할 수 있다면…….

"그래, 영신아. 그건 나중에 결정해. 하지만 지금은 여기 있어. 우리가 다 가면 장 사장님은 너무 허전하실 거야. 외국에 나가있는 그 사람 부인 올 때까지만 네가 옆에서 돌봐 드려. 이제 네가 그 사람 곁에 있어도 오해할 사람은 없어. 장 사장님 부인 정말 괜찮은 분 같아. 지금 떠나있긴 해도 남편에 대한 믿음과 사랑은 더 커져 있을 거란 생각이 들어. 왜인지 모르지만, 규식 씨를 사랑하면서 나는 사람에 대한 믿음과 사랑을 보는 눈이 뜨인 것 같아."

영순이 눈물이 그렁그렁한 눈으로 영신을 바라보면서 덧붙였다.

"사랑해, 내 동생 영신아, 그리고 미안하고……."

영신과 영순은 서로 끌어안고 기어이 통곡을 하고 말았다.

또다시 별장에 머물게 되리라고 영신은 상상조차 하지 못했다. 우연의 일치일까. 영신이 병원에서 퇴원한 기훈을 보살피기 위해 다시 별장을 찾은 날도 숲에는 가을이 무르익고 있었다. 영신은 고향에라도 온 것처럼 마음이 편안했다. 태어나 처음으로 아니 아버지가 돌아가신 후 처음으로 몸도 마음도 편안했던 곳. 기훈의 부인이 자신이 별장에 머무르는 것을 알고 언니의 종용으로 떠날 수밖에 없었던 곳. 가족 곁을 떠나 객지 생활을 하면서 힘이 들 때마다 이곳을 떠올리면 위안이 되고 힘이 났었다.

별장에 아주머니가 있었지만 영신은 기훈의 곁을 잠시도 떠나지 않고 시중을 들었다. 휠체어에 탄 기훈과 그 옆에 영신이 서서 이야기를 나누고 있는 모습은 마치 다정한 오누이 혹은 부녀 사이처럼 자연스러워 보였다.

"영신아."

여느 날처럼 영신이 기훈의 곁에서 책을 보고 있는데 유달리 다정한 목소리로 부르는 소리가 들렸다. 그녀가 바라보자 기훈이 뒤에 감추고 있던 상자를 내밀었다. 이게 뭔가 하는 표정으로 영신이 물끄러미 바라만 보고 있자 기훈이 재촉했다.

"어서 열어봐."

상자 안에는 하늘빛 원피스가 곱게 담겨져 있었다.

"내가 나갈 수가 없어서 아주머니에게 부탁했는데, 감각이 보통이 아닌 것 같구나. 네 또래의 딸이 있다고 하더니……. 마음에 드니?"

"고마워요, 오빠……."

영신이 눈물을 흘렸다. 따져보면 자신과 언니에게 무한한 사랑을 베풀어주는 바람에 험한 일을 겪은 것인데, 원망은커녕 끝없는 애정을 베푸는 기훈에게 고마움보다는 죄스러운 마음이 앞서기만 했다.

"전 뭘 해드려요, 오빠. 저는 정말 아무 것도 해드릴 것이 없어요……."

영신이 두 손에 얼굴을 묻고 흐느꼈다. 정말 너무나 고마운 이 사람 앞에 아무 것도 할 수 없다는 것이 한없이 가슴 아팠다.

"그런 말 하지 마, 영신아. 지금 잘 하고 있잖냐. 넌 내 앞에 나타나준 것만으로 고마운 일이었어. 울지 말고 어서 입어봐."

"이걸 어떻게 집에서 입어요. 나갈 때, 입을게요."

"여잔 집에서 더 예쁘게 입고 있어야지. 옷은 여자에게 제 2의 몸 아니겠냐?"

하는 수없이 영신이 다른 방에 가서 옷을 갈아입고 기훈 앞에 나타났다. 그 아름다운 모습에 기훈이 인자한 미소를 띠고 있는데, 전화벨이 울렸다.

전화를 받은 기훈은 응, 하는 짧은 말로 전화를 끊었다. 무슨 전화를 그렇게 받을까 의아한 표정으로 영신이 바라보자 기훈이 턱으로 창가를 가리키며 말했다.

"밖에 한 번 내다봐."

영신이 창문에 눈을 대고 아래를 내려다보자 승용차 앞에 한 남자가 서있었다. 오랜만에 보지만, 멀리서 보지만 그는 분명히 용하였다.

영신이 이 뜻밖의 상황에 놀라서 기훈을 돌아보자 그가 웃으면서 고개를 끄덕였다.

고맙다는 말조차 나오지 않을 정도로 가슴이 미어져서 영신이 또다시 눈물을 흘리며 무릎을 꿇고 기훈의 손에 얼굴을 묻었다. 그런 영신의 머리를 쓰다듬으며 기훈도 목이 메어 말했다.

"어서 가봐. 남자 너무 기다리게 하면 안 된다."

문을 열고 나가는 영신의 뒷모습을 보며 기훈은 속말을 했다.

'잘 가, 순정아…… 아니 영신아. 앞으로 많이 행복해야 한다.'

기훈의 눈에 눈물이 흘렀다. 그는 자신의 삶을 돌이켜보았다. 하나 둘 자신의 곁을 떠난 소중한 사람들. 언제쯤이면 미련 없이 보내줄 수 있을까. 이제 여동생 순정이를 보내줄 수 있을 것 같다. 아마 규식도 순정이와 저 세상에서 만나 행복하게 보낼지도 모른다는 생각이 들었다.

기훈은 창가에 서서 아래를 내려다보았다. 온통 가을로 물든 숲. 그 숲은 한 가지 색깔이 아니다. 수없이 많은 여러 가지 색이 섞여 그 누구도 흉내 낼 수 없는 오묘한 색을 발하는 것이 바로 가을 숲이다. 그 숲을 배경으로 마치 오래된 장면처럼 용하와 영신이 서로를 마주보고 서있었다.

"저런, 바보 같은 녀석. 뭘 하고 있는 거야. 얼른 껴안지 않고……."

마치 기훈의 말을 듣기라도 한 듯 용하가 영신을 껴안았다.

"그래, 이제 절대 떨어지면 안 된다."

다시 전화벨이 울렸다. 전화기를 귀에 댄 기훈의 얼굴에 편안한 미소가 번졌다.

"응, 당신이야? 그래……. 이번 주에 나온다고? 잘 됐어. 순정이 아니 영신이 결혼 준비해줘야지, 난 영신이 손잡고 식장에 들어가는 연습해야 하고."

-끝-